蒋勋说
宋词

著

陈大钢 整理

中信出版集团 | 北京

目 录

第一讲 李煜

002 唐诗何以变成宋词

003 前半生的醉生梦死，后半生的亡国之痛

007 富贵繁华都幻灭了

009 命运的错置

014 俗世文学自有其活泼与力量

016 有如流行歌曲

017 对繁华的追忆

019 唐诗的规矩被打破

021 人间没个安排处

023 无奈夜长人不寐

025 《浪淘沙》：李后主在美学上的极品

第二讲　从五代词到宋词

- 030　诗和词之间的界限
- 032　词长于抒情
- 033　词是视觉性非常高的文学形式
- 036　从风花雪月到《花间集》
- 039　"自恋"的美学经验
- 040　以一朵花或一枚雪片的姿态体会宇宙自然
- 050　文人的从容
- 055　包容之美
- 057　深情存于万事万物
- 062　为君持酒劝斜阳，且向花间留晚照

第三讲　范仲淹、晏殊、晏几道、欧阳修

- 070　"分裂"的知识分子
- 074　享受生活中的平凡和宁静
- 077　超越感伤和喜悦
- 079　昨夜西风凋碧树，独上高楼，望尽天涯路
- 082　感伤与温暖并存
- 084　落花人独立，微雨燕双飞
- 087　中国文学中的夜晚经验
- 089　庭院深深深几许
- 092　白发戴花君莫笑
- 093　把酒祝东风，且共从容

095　富有而不轻浮

097　人生自是有情痴，此恨不关风与月

098　天赋与轻狂

099　行人更在春山外

101　率性令生命优美

第四讲　柳永

104　才子词人，自是白衣卿相

108　"慢词"自柳永开始

110　衣带渐宽终不悔，为伊消得人憔悴

111　今宵酒醒何处

第五讲　苏轼

116　可豪迈，可深情，可喜气，可忧伤

117　不思量，自难忘

121　偷窥——中国文学少有的美学经验

123　融合儒、释、道

124　可以和历史对话的人，已经不在乎活在当下

129　绵中裹铁

134　文学重要的是活出自己

第六讲　从北宋词到南宋词

138　具备美学品质的朝代

139　雾失楼台，月迷津渡

140　音乐性与文学性

143　文学的形式有时代性

145　形式上的完美主义者

147　阳刚与阴柔没有高低之分

148　一旦讲求形式，也就是没落的开始

151　向两极发展的美学品格

第七讲　秦观、周邦彦

156　优雅文化的发达

161　桃源望断无寻处

162　每个诗人都有自己最爱用的那几个字

164　"大典故"

166　耽溺之美

169　再造美学空间

171　小楫轻舟，梦入芙蓉浦

176　南朝盛事谁记？

第八讲　李清照

184　李清照与苏轼

185　知己夫妻

188　李清照有点儿"野"

191　寂寞深闺，柔肠一寸愁千缕

193　才下眉头，却上心头

196　懒懒的情绪是南宋词的重要特征

198　多少事、欲说还休

202　愁损北人，不惯起来听

205　物是人非事事休，未语泪先流

207　这次第，怎一个愁字了得！

209　宋代文人的生活空间

第九讲　辛弃疾、姜夔

214　辛弃疾与姜夔——南宋的两面

217　"江南游子"

219　辛弃疾的侠士空间

221　却道天凉好个秋

223　众里寻他千百度，蓦然回首，那人却在，灯火阑珊处

225　村居老人辛弃疾

227　醉里挑灯看剑

228　千古兴亡，百年悲笑，一时登览

229　杯汝来前

231　悲壮美学

234　二十四桥仍在，波心荡，冷月无声

237　只讲自己的心事

第一讲　李煜

唐诗何以变成宋词

大家对词这个文学形式有兴趣，可是也许我们应该关心的一点是，为什么唐诗会变成宋词？唐诗经过初唐，发展到李白、杜甫、李商隐、杜牧，它的成就高到这样的程度以后，已经有些高不可攀，民间慢慢读不懂了。凡是艺术形式意境越来越高的时候，其实也说明它远离了民间。可是民间不可能没有娱乐生活，老百姓会自己写一些歌来唱，这时会被士大夫看不起，说你看那些歌多难听。结果，二者就越来越远，越来越远。然而一旦二者被拉近，就会产生新的艺术形式，即我们现在讲的词。

大家千万不要误会，认为宋朝没有人写诗，其实多得不得了，甚至他们的诗比词还要多。可是宋人诗的成就往往没有词的成就高，这是个有趣的事情。词的整个音韵形式发生了变化，当我们读到"春花秋月何时了，往事知多少"时，会发现唐诗的七、五都在变化，甚至九都出现了。音韵的跌宕起伏产生了很多节奏上的新的韵律感，这种韵律感拓展出了词的境界。

讲到词，首先要提到五代词，因为五代词是唐诗过渡到宋词的一个关键桥梁，而其中的关键人物是李后主，即李煜。李后主的作品其实不多，可是不多的作品却在文学史上产生了那么大的影响力。在文学艺术的创造

性上,有时候的确可以看到一个人具有旋乾转坤的力量。

李后主是战争的失败者,又是文化上的战胜者。因为他的词征服了汴京,整个汴京的文人都开始填词。北宋时大家还在写诗,可是词变成了文学的主要形式,从中可以看到李后主的影响有多大。他令原来属于贩夫走卒的歌声,忽然变成了士大夫用来疏解生命的某一种情怀的工具。那些伶工从来没有想到自己的作品可以变得这么有意境。

我们今天谈词这一文学形式的出现与成熟,要重视两个方面。一是民间创作。词最初不是文人创作,而是民间歌曲。它产生于民间,产生于大家认为要有一点"低俗"的民间文化。后来当文人开始用这一形式去书写自己的心情、感受时,它才变成民间创作与文人创作合作产生的文学成就。二是李后主,他把民间创作与文人创作成功地连接在一起。

前半生的醉生梦死,后半生的亡国之痛

李商隐、杜牧创造出晚唐靡丽的风格,没过多久,大唐完全崩溃了,进入五代十国的分裂局面。这一阶段,有两个国家比较安定繁荣。一个是定都在金陵(今南京)的南唐,延续了对唐朝的向往与崇拜,并且自认为延续了唐朝的正统,故以"唐"为国号。李煜是南唐最后一位君主,被称为李后主。另外一个国家是建都在成都的后蜀。四川本来就是很富有的地方,也产生了非常华丽的艺术、文学创作。五代十国是战争频发的乱世,在乱世当中,江南与蜀地保有了文化上的稳定力量,南唐更是出现了一个重要的文人,而且是一个帝王——李煜。

在整个中国文学史上,李后主的地位一直存在巨大争议。他是一个亡国之君,背负着原罪。一个帝王竟然亡了国,当然会受到指责。另一方面

我们又会发现，他创造了文学世界当中最精彩的作品，而且对后世影响很大。这个时候，矛盾就产生了。词的形式起源于唐，这个过程中最重要的人物就是李后主。王国维在《人间词话》中对李后主评价极高，说他变"伶工之词"为"士大夫之词"。如果中国文学史上没有这个人，也就没有后来的士大夫之词。什么叫作伶工之词？伶工是写流行音乐的人，是职业性的演奏音乐的人，他们的音乐形式在民间流行，在社会上的地位却一直不高，只是被人们当成消遣。什么叫作士大夫之词？士大夫之词就是后来苏东坡、欧阳修等人写的词。这些人是士大夫，是社会文化的领导者，他们认为词可以变成上层的文学形式。好比今天有一个人，利用卡拉OK的形式，填进自己写的词，改革了流行歌曲，提高了流行歌曲的意境，李后主就是进行这种文学改革的人物。

李后主身上存在着有趣的矛盾，他的前半生与后半生绝然不同，简直是两个人。他的前半生是什么样的？李后主是富贵的第三代——他的祖父是皇帝，父亲也是皇帝，到他做皇帝的时候，就有一点不耐烦了。祖父那一代要北伐中原，到了父亲那一代，已经不太想了，再到孙子辈，连想也不想了，就是玩。江南又非常富有，皇宫里面天天在吃喝玩乐。

我想大家都听过他与大周后、小周后的故事，一对美丽的姐妹，先后成为他的皇后。这样他还觉得不过瘾，就去玩"偷情"的游戏。他有几首词就是写自己和小周后婚前幽会的场景，比如"刬袜步香阶，手提金缕鞋"。他生于富贵之家，长于华丽的宫廷，根本就没出去过，不知道外面的民间疾苦。他完全是一个淫乐的皇帝，每天关注的都是自己的吃喝玩乐。可是他喜欢文学，就去写词唱歌，唱的东西常常是艳情的内容。他的艳情与李商隐全然不同，李商隐有感伤，而他没有。比如李后主著名的《玉楼春》，里面没有任何感伤，你在读这首词的时候，会感觉到他描述的是绝对的女性。

李后主一生最喜欢描述的就是宫里的女子。唐代画家周昉画里的女子与李后主所欣赏的宫廷女子之间似乎存在某种联系。我为什么要先介绍这首《玉楼春》？因为这是他在亡国之前的作品，是他享乐时代的作品，里面没有任何感伤。

> 晚妆初了明肌雪，春殿嫔娥鱼贯列。凤箫吹断水云闲，重按霓裳歌遍彻。　临风谁更飘香屑，醉拍阑干情味切。归时休放烛花红，待踏马蹄清夜月。

"晚妆初了明肌雪"，黄昏以后，刚刚入夜，白天的妆已经有一点乱掉了，这些华丽宫廷里的女子要再化一次妆。从这句词里可以感觉到女子皮肤的细腻、白皙，像雪一样美。"春殿嫔娥鱼贯列"，在李后主的宫殿当中，那些妃嫔宫娥，那些美丽的女子，身着盛装，人数众多且列队齐整。"凤箫吹断水云闲"，宫廷里面养了非常多的伶工，唱着美丽的歌，吹笙、吹箫，音乐竟然让宫廷里的烟雾都散开来了。"重按霓裳歌遍彻"，音乐演奏完了，开始重新演奏《霓裳羽衣曲》。《霓裳羽衣曲》是唐代的大曲，《长恨歌》中也提到了这个曲子。

"临风谁更飘香屑"，这么美的音乐，这么美的舞蹈，是谁锦上添花，随着风，撒了很多花瓣？"醉拍阑干情味切"，好像已经喝醉了酒，在那边拍着栏杆唱歌。这些都是在写皇宫里面的娱乐生活，一种追求感官愉悦的华丽生活。"归时休放烛花红，待踏马蹄清夜月。"宴会结束的时候，李后主吩咐旁边的侍从不要点那红色的蜡烛，因为今天的月光特别好，他想骑马踏着月光回家。这个皇帝爱美爱到这种程度，享受美享受到这种程度，

第一讲　李煜

实在是不敢相信可以把政权放到他手上。他就是一个诗人，亡国大概是注定的。

在李煜早期的作品当中，我们读不到感伤，他也从来没有想到有一天感伤会降临到自己身上。富贵的第三代，也可以说是最幸运的人。祖父打天下，父亲守成，孙子干什么呢？当然就是挥霍。所谓"富不过三代"，大概就是讲这个意思。偏安江南的朝代或国家到了第三代，常常出现类似的情况：华贵、富丽，又有点糜烂的生活。

等到宋朝大军南下的时候，李后主吓了一跳：怎么打仗了？他后来在词里写到"几曾识干戈"，他从来没有想到要打仗。从皇帝忽然变成俘虏，巨大的命运转折使他在文学史里扮演了重要角色。

王国维对他有两个评价：一是称他是将伶工之词变为士大夫之词的革命者；二是说他亡国之后的词作"真所谓以血书者也"，其人如基督、释迦牟尼般担负了"人类罪恶之意"。他是一个亡国之君，觉得所有的罪都由自己来承担吧，不要让百姓受苦，所以他后期的文学忽然跳到很高的境界。这样一个角色，也许是非常值得我们去理解的。

作为一个帝王，李煜身份很特殊。我们很难要求他前半生会有不同凡响的文学表现，因为他生活的某一部分可以说已经被注定了。祖父是皇帝，父亲是皇帝，他顺理成章要做皇帝，又有这么富有的国库，你真的不知道他能做什么。在《玉楼春》里面，我们看到他对于整个生命的态度和亡国以后非常不一样。

王国维在评论他的时候，有一种很特殊的悲悯。王国维说李煜"生于深宫之中，长于妇人之手"，从小在一堆女人当中长大，没有办法要求他不写这样的作品。亡国是他生命的另外一个开始。前半生他面对自己，追求感官上的愉悦，是诚实的；亡国以后，他后半生的哀伤也是诚实的。

富贵繁华都幻灭了

《破阵子》是李后主一首重要的作品，可以看到他在亡国之际生命形态的转折，好像忽然感觉到自己过去的富贵繁华都幻灭了，这首词大概是李后主对自己一生最诚实的回忆。

> 四十年来家国，三千里地山河。凤阁龙楼连霄汉，玉树琼枝作烟萝，几曾识干戈？　一旦归为臣虏，沈腰潘鬓消磨。最是仓皇辞庙日，教坊犹奏别离歌，垂泪对宫娥。

"四十年来家国"是讲李氏王朝三代人在江南近四十年的历史，从他的祖父，到他的父亲，再到自己。他从来没有想过这个国家会灭亡。他们拥有过大概方圆三千里的土地，所以说"三千里地山河"。他回忆南唐数十年的统治，数十年的繁华。"凤阁龙楼连霄汉"，皇宫里面那种非常漂亮的房子，装饰着凤和龙的楼阁，简直已经连到天上去了。"玉树琼枝作烟萝"，皇宫里面种的树木像玉，树枝像宝石，华丽珍贵，在园林当中流荡的烟雾薄得像纱一样。他在写一种富贵，富贵之下，从来没有想到有一天会打仗——"几曾识干戈？"

一个偏安江南的皇室的第三代，大概也没有其他路可走，北方的宋王朝已经建立，虎视眈眈，正要挥兵南下，一个"生于深宫之中，长于妇人之手"的多情男子，根本没有想过什么叫作战争。顾闳中画过一幅《韩熙载夜宴图》，主人公就是曾在李后主的朝廷里做大官的韩熙载。韩熙载曾经建议加强国防，北伐中原，可是朝野上下没有人想打仗，后来他为求自保，也放任起来，在家里通宵达旦地举行宴会。李后主派顾闳中到韩熙载家一看究竟，顾闳中就把韩家繁华的夜宴画了下来。

在这首词里，可以读到李后主对自己成长经历的描述，如果从比较悲悯的角度来看，会感觉到这位第三代帝王大概也只能有这样一个结局。得到这个结局之后，他觉得难堪，又有一点像天真的小孩，不知道亡国到底是怎么回事。他回忆到"一旦归为臣虏"，那一天他忽然变成了俘虏，宋军把他抓到北方的汴京，宋太祖封他为"违命侯"。宋军凯旋了，自然要庆祝，宋太祖招待群臣吃饭，对李后主说："听说你很会填词，我们今天宴会，你就填一个词，再找歌手来唱一唱吧。"李后主便写了词给大家唱。宋太祖"称赞"他说："好一个翰林学士。"这里面有很大的侮辱，根本没有把他当成一个帝王。

但是李后主变成俘虏以后，想到的竟然还是美。"沈腰潘鬓消磨"，这句用了两个典故："沈"是沈约，"潘"是潘岳，两人都是历史上的美男子。这个皇帝真的非常有趣，被抓变成俘虏了，心情很不好，原来是因为令他自豪的身材容貌都要憔悴了。王国维对他的欣赏，是因为他的一派天真。他完全不知道什么叫亡国，什么叫战争，什么叫侮辱。他还在讲自己的容貌之美，担心自己的容貌要憔悴了。下面是他最哀伤的回忆。他觉得一生中最难过的时刻，是亡国的那一天。"最是仓皇辞庙日"，李后主用了"仓皇"两个字，他跑去拜别太庙，但敌人没给他很长时间，拜完庙就把他抓走了。他觉得很惨，"教坊犹奏别离歌"，"教坊"是皇室的乐队，在此时演奏起充满离别意味的曲子。他看到平常服侍他的宫女，就哭了，即所谓"垂泪对宫娥"。

人们觉得到这个时候李后主还"垂泪对宫娥"，真是亡国之君，实在太过贪好女色，如果他说"垂泪对祖先"好像还可以被原谅。王国维却认为他作为诗人的真性情就是在这个时候表现出来的，他觉得要走了，最难过的就是要与这些一同长大的女孩子们告别。所谓的忠，所谓的孝，对他来讲非常空洞，他没有感觉。这里颠覆了传统的"文以载道"，绝对是真性情。李后主没有感知到家国，他只是感知到宫娥，因为他是跟这些女孩子一起长大的；他没有其他机会去感知家国到底是什么，家国对他来讲，只是供他挥霍的富贵。"凤阁龙楼连霄汉，玉树琼枝作烟萝"，这就是他心目中的家国。至于"三千里地山河"，他哪里去过？疆域对他来讲，有一点像卡尔维诺写的《看不见的城市》，他从来没有真正看过；他一直在宫廷里，连金陵城都没有出过。一个在这种环境中长大的第三代帝王，"垂泪对宫娥"就是他会讲的一句话。

王国维对李后主的评论，有非常动人的部分。文学的创作，艺术的创作，最重要一点就在于是否真实。如果存在作伪，那是有问题的。可是当文化传统要求"文以载道"时，我们往往不得不作伪，不能不"载道"。李后主写的"垂泪对宫娥"，如果以现代视角来看，刚好颠覆了人的伪善部分，所以王国维认为他从此以后"俨有释迦、基督担荷人类罪恶之意"。他到北方之后，觉得身上背负着亡国之君的罪过，后来的宋徽宗也是如此。他们完成了文化上的角色，却输了政治上的角逐。

命运的错置

在政治上，李后主、宋徽宗都是亡国之君，是受诟病与批判的；可是在文化上，没有李后主或许就没有宋朝的词，没有宋徽宗或许就没有南宋和元以后那么高的绘画成就。他们在文化上的贡献是非常惊人的。

宋徽宗留下一个传统，一个执政者如果没有文化方面的收藏，是不配作为执政者的。后来的人接受了这种理念，因为他代表了正统。正统并不等同于政治或政权，而是一种意识。正是这种意识，使一批文物一直被保存下来，在任何战争当中，执政者最先要带走的就是这些文物。没有宋徽宗，绝对不会有这样的观念。在文化创造的历史上，李后主和宋徽宗这样的人起了非常重要的作用。

在传统的艺术史上，他们两人是被批判的，因为政治上的评判被带到了对艺术的评价当中。如果写政治史，宋徽宗被批判是正常的，可是写美术史批判宋徽宗如何立论？宋徽宗的个人创作丰富到了惊人的地步，他的收藏、他编纂的画谱影响力都极大。这说明政治史一直在干扰着文化史，我们还没有独立的文化观。我想这是我们将来在美术史、文化史上一定要纠正的一个大问题。一篇文学作品被选入课本，常常不是从文学的角度出发，而是从政治的角度出发。在这种状况里，一代又一代人会被牺牲掉，无法看到真正的文化创造力。

文天祥的《正气歌》、方苞的《左忠毅公逸事》、林觉民的《与妻书》为什么被选进课本？不见得因为它们是真正优秀的文学作品。在这样的背景之下，我们才会觉得当李后主写出"垂泪对宫娥"的时候，颠覆性有多么大，他等于是打了已经习惯于伪善的文学传统一个耳光。他就是不要"垂泪对家国"，而要"垂泪对宫娥"，这是他的私情。这在我们的生命当中是令人羞怯、令人难以启齿的部分，只有天真烂漫的李后主才如此坦然地写出来。我一直很感动于王国维在《人间词话》中给予李后主新的定位，不然在整个文化传统中，我们甚至都会怀疑，到底应该把他放在一个什么样的位置。

王国维说，没有李后主，就没有宋词的成就。李后主变伶工之词为士大夫之词，给予文学形式一种新的可能性。王国维最喜欢讲"境界"，原来的"低俗文学"被提升为有境界的文学。李后主亡国之后，被软禁在宋朝的宫廷之中，唱着这些歌，忽然对生命有了不同理解。比如这首《相见欢》：

林花谢了春红，太匆匆。无奈朝来寒雨晚来风。　胭脂泪，留人醉，几时重？自是人生长恨水长东。

我们大概从中学时代就对这些句子非常熟悉，熟悉到已经觉得李后主不是在写自己，而是在写生命从繁华到幻灭的状态。

"朝来寒雨"、"晚来风"，华贵的生命面临着巨大的外在坎坷。在不断的打击下，自己的生命应该如何去坚持？"胭脂泪，留人醉"，他还是如此深情眷恋。"胭脂泪"当然是讲女子，胭脂是红色的，红与泪形成了一个意象。我之前提到李后主的词与李商隐的诗有文化血缘上的继承关系，在整个意象处理上，红色与泪变成他后来的重点。"泪"、"醉"、"红"、"胭脂"，都是他喜欢用的字眼，基本上可以总结为从繁华转成幻灭的感觉。

"自是人生长恨水长东"，定都于南京的朝代，对于长江东流去的感觉特别明显。在文学当中，李后主把这个意象用到最丰富的状态。"问君能有几多愁，恰似一江春水向东流"，这个意象在他的词中一直被重复。他晚年在北方做俘虏的时候，时常感叹时间的消逝，而在时间的消逝当中，有一个意象是"故国"。南京三面环江，他被抓到北方的汴京之后，地理上对长江的怀念，其实是他的乡愁。

李后主的《虞美人》是大家很熟悉的一首词，很多人认为这是导致他失去性命的作品。一般人对于李后主这样"垂泪对宫娥"的人不会心存芥蒂，可是搞政治的人绝不会放过任何一个逼迫的机会。宋太宗读到这首词的时候非常生气，他觉得李后主还有故国之思，就下令给他毒酒，把他毒死了。李后主的命运有一种错置，一个一点儿政治细胞都没有的人，却被放到了最残酷的政治格局当中。

春花秋月何时了，往事知多少？小楼昨夜又东风，故国不堪回首月明中。雕阑玉砌应犹在，只是朱颜改。问君能有几多愁，恰似一江春水向东流。

"春花秋月何时了"不过是对时间的感叹，日子还是一样过，春天花在开，秋天的月亮会圆，只是已经没有当年的雅兴骑着马踏着月光回家。"何时了"是一种无奈，生活在被俘虏、被侮辱的境况里面，春天的花开、秋天的月圆都已经变成令人悲哀的景象。"春花秋月何时了，往事知多少？"，他的一生似乎就定格在"辞庙"以后的状态，他在北方的生活、余下的生命，都陷在对往事的回忆当中。

"小楼昨夜又东风"，他在讲失眠的状态，因为失眠，知道东风吹得很急。这个"东风"也是李商隐写过的"东风无力百花残"里的"东风"：东风将尽，春天即将结束，百花残败。这句词是说好像又一次经历了春天将要过完的惨伤感觉。"故国不堪回首月明中"，在月圆的时候看到月亮，对自己过去的家国已经不敢回忆了。他的生命落差实在太大，从一个帝王忽然降为俘虏，这使他觉得不堪回首。前半生作为帝王，经历了富贵荣华，现在物质生活上虽然不见得有欠缺，但是作为俘虏的心情、亡国的心情，以及作为亡国之君在家国沦亡之后的罪恶感，让他内心非常不安。

"雕阑玉砌应犹在"，皇宫里雕饰得很美的栏杆，如玉砌成的台阶应该还在吧；"只是朱颜改"，大概只有人改变了。这个"朱颜"讲的是谁？是李后主自己，还是那些宫娥？我们不清楚，但总归是在描述美丽的容颜。

他对于容颜的眷恋，是他对青春年华的眷恋，或者是对与他一起生活过的那些美丽的人的眷恋。"问君能有几多愁，恰似一江春水向东流。"心里面的忧愁澎湃汹涌，像春天上涨的潮水一样，一波接一波。原本属于民间流行曲的"低俗"的词，竟然被李后主拿来抒发对人生的感慨，产生了很强的社会性与历史性。

如果没有李后主，后来的苏东坡、欧阳修大概不会把词作为自己的文学形式。在李后主之前，词就是酒楼、歌楼里面歌妓们唱的艳曲，完全是表现感官与艳情的，是很被文人看不起的文学形式。李后主把这个局面改变了，也就是王国维说的"变伶工之词为士大夫之词"，让词进入了属于知识分子的境界。他一开始也有很多感官描写，比如《玉楼春》中对于女子肌肤的美的描述，甚至还有很多情欲的描述。待到亡国之后，他被抓到北方，转而开始用自己熟悉的文学形式书写家国之思，借着这一特殊的契机，让词这种文学形式发生了巨大的改变。

李后主很特别的地方在于，他根本没有关心过文学，他喜欢的就是流行歌曲，但是有一天他利用流行歌曲的形式，把自己亡国以后的心境放进去，力量就出来了。这是在他完全不自知的状况下发生的事情。当时的士大夫阶层普遍看不起词这种艺术形式，可是李后主用了，传唱出来让大家很感动。"问君能有几多愁，恰似一江春水向东流"，可以讲亡国之君的愁，也可以讲我们在生命不如意时候的愁。大家被这个句子感动了，这个句子的意义也扩大了。

有时候你会感觉到一种宿命，好像是注定要让一个文人亡一次国，然后他才会写出分量那么重的句子。如果不是遭遇这么大的事件，李后主的生命情调不会从早期有点轻浮、有点淫乐的状况转到那么深沉。亡国突然让这个聪明绝顶的人领悟了繁华到幻灭的过程。所以我们读到《虞美人》，读到《浪淘沙》，读到他后期的作品的时候，不由得被带动了一种很不同的生命经验。这种在亡国之后产生的创造力其实是值得我们重视的。

如果李后主没有经历亡国，就不会有后期的这些作品，说不定会继续写自己的靡靡之音，那样他在文学上就不会有这么大的影响力了——好像真的是亡国换来了历史上的几首千古绝唱。大概宋太祖都没有想到，他抓来了一个人，会对本朝文学发生这么大的影响。继宋太祖之后成为宋朝皇帝的宋太宗是个手段残酷毒辣、心机重重的人物，在政治上是特别阴狠的一个角色，刚好和李后主那种天真烂漫，完全不知世事的孩子一样的人物形成对比。我想这里面就可以看到文学成就与政治成就的两极性。李后主哪怕有一点点，甚至万分之一类似宋太宗的心机，他也写不出那样的词。正是由于他的一派天真，他才会那样写，才不会想到"故国"两个字最后会给自己招来杀身之祸。他是完全不懂政治的一个人。

俗世文学自有其活泼与力量

我们先来看李后主的《乌夜啼》（也作《相见欢》）：

> 无言独上西楼，月如钩。寂寞梧桐深院锁清秋。　剪不断，理还乱，是离愁。别是一般滋味在心头。

这些句子脍炙人口，没有必要一个字一个字地解释。像"无言独上西楼，月如钩"，今天好像已经变成了我们自己的感受。像"剪不断，理还乱"，你在写信、写日记时可能都用过，也许当时你尚不知道李后主的名字。我记得自己小学五六年级就开始"剪不断，理还乱"了，写毕业纪念

册的时候也在写这个句子,可见李后主的影响力是很惊人的。

不过大家也会发现,李后主的文学成就其实来自于民间,我的意思是说他早期的生活并不是一个文人,反而是浸泡在流行歌曲里面的,"剪不断,理还乱"是非常类似于流行歌曲的感情。后来的苏东坡等人都不会写这样的句子,因为这种表达很女性化,好像是女性在刺绣的时候一堆东西解也解不开,剪也剪不断,理也理不清的那种感觉,而这种感觉常常不是文人的感觉。李后主应该是最喜欢流行歌曲的一个词人,我们今天如果常常去卡拉OK唱歌,就会发现那些流行歌曲与我们读过的许多文学名著的来源是不一样的。一个整天唱卡拉OK的人如果去写诗,他的文字和从中文系出来的人绝对不一样,因为他们的渊源是不同的。比如说我们在江蕙的《酒后的心声》里面,会感觉到一种在民间的酒家喝酒悲咽的情感,那是你在书房里想象不到的。

我常常觉得,要了解李后主,恐怕要了解他前半生那种花天酒地的生活,了解他在花天酒地当中与那些女性的厮混——对不起,我用到了"厮混"这么粗俗的字眼。可正是因为这种厮混,他才会有"剪不断,理还乱"的感受。这种感受像我们在前面说的,是非常女性化的感情,"剪不断,理还乱"就是纠缠,是在做女红时发生出来的生活体验。"别是一般滋味在心头",其实非常浅白,就是离别的哀愁,就是一种滋味,可是这个滋味又说不清楚是什么。李后主用到了"滋味",一种味觉,可是大家有没有发现,流行歌曲里类似的感觉很多,就是心头呀,或者滋味呀,诗里面很少用到这种语言。也就是说,词的语言更接近民间,当然这与李后主了解民间最底层的文化有关——讲得更白一点,就是歌妓的文化。当时的士大夫阶层恐怕对这种东西很不屑为之,可是李后主的天真个性里有这个部分。

不知道大家在读这首《乌夜啼》的时候，会不会联想到聆听邓丽君演唱它的感觉，你会觉得邓丽君唱得很对，好像就应该是这样的声音，这样的感觉。这首词直到今天还可以跟民间的流行歌曲在一起。像"剪不断，理还乱，是离愁，别是一般滋味在心头"，这四句完全是流行歌曲的形式，完全可以变成流行歌曲。在情感的传达上，词是比较倾向于和通俗文化接触在一起的。通俗文化的出现有它重大的意义，因为文学艺术的形式已经艰涩到远离了通俗。虽然有时候我们在文学形式上说通俗不好，可是有时候通俗又是好的。通俗不好是说它可能有太多模仿，或者人云亦云，这时通俗是不好的。可是在美学上，当文学创作在形式上越来越难突破，越来越和民间脱节的时候，通俗的意义就是回到世俗，俗世文学自有它的一种活泼和力量。

有如流行歌曲

不知道大家会不会觉得今天台湾所谓的现代诗与流行歌曲之间的断裂非常严重。今天会去读现代诗的人，和听流行歌曲的人，是完全不同的两种人。有一段时间大家希望把它们拉在一起，比如有人想把余光中的诗用吉他伴奏来唱一唱，希望它可以流行。可是它毕竟没有真正流行过，比起销售了几十万张、上百万张CD的伍佰或者张惠妹的歌，毕竟还是不同。诗的创作者，即所谓的士大夫阶层，能不能关心民间的流行形式，而同时民间的流行形式，有没有机会去看一下上面在做什么，我想这个话题就是我们谈五代词的变革的时候应该关注的。五代词刚好连接了这两方面。在唐诗的黄金时代之后，你写诗要超过李白、杜甫，想都不必想了，所以要另辟一条新路出来，从而把通俗开创出新的经验。走到"流行歌曲"的这批人呈现出了新的东西,这就是我们今天讲的五代词的变革的意义。

由于是流行歌曲,所以词有点调皮,有点不按常理出牌,整天混在酒家歌妓中间去唱歌的这些人,变成新的文学创作者,走出了一条新路。大家也许可以理解,为什么我们今天读到"林花谢了春红"这样的句子,会隐约感觉到和唐诗不一样。"太匆匆",时间这么快过去,就是很直接的民间感情。你会发现,把这些东西变成现代的流行歌曲非常容易,因为它本来就是歌。"虞美人"、"乌夜啼"都是词牌名,每一首词里都有音乐的调性。《乌夜啼》通常是比较悲哀的调子,就像我们今天用《雨夜花》的调子来填词,你大概很难填成悲壮的感觉。《满江红》是中东韵,是壮大的感觉,是那种洪亮浑厚的声音的感觉。词牌代表的是一首词音乐的调性,词人只是按照音乐把词填进去。

非常遗憾的是,经过一千多年,大部分的词我们今天都不知道该怎么唱了。我只听过姜夔的《长亭怨慢》被整理出来,它还有古谱,可我也不确定它是否完全是古谱。这是非常奇特的一个现象:文学留下来的东西比较稳定,音乐则非常容易流失。作为词来讲,它应该有一部分是音乐史关心的,有一部分是文学史关心的。可是音乐史的部分能够找到的可唱的已经非常少,而属于文学的大部分还在。我们今天读到的《虞美人》、《乌夜啼》,都是文学的部分,至于音乐的部分,我们已经遗失掉了。

对繁华的追忆

李后主的《望江南》、《望江梅》和《清平乐》这几首词,也有不同的音乐形式。它们都属于"小令",比较短,可以反复唱。也有比较长的,像《长亭怨慢》,或者苏东坡喜欢用的《水调歌头》、《念奴娇》。李后主有很多小令，大概是在酒宴当中偶然唱的一些小调性的东西，本来也许是不登大雅之堂的、有一点调笑的艳词。他在亡国之后创作的词，会令人感觉到其中有很多对繁华的追忆。来看这首《望江南》：

> 多少恨，昨夜梦魂中。还似旧时游上苑，车如流水马如龙，花月正春风。

"多少恨，昨夜梦魂中。"他又做梦了，每次在做梦的时候，他都会回到故国；所有的恨、所有放不下来的心事，都是因为梦里面他又回到了故国。"还似旧时游上苑"，在梦里还像旧时，还像没有亡国时那样，在自己的皇宫里面游玩，"上苑"就是皇宫的园林。"车如流水马如龙"是讲当时金陵城皇宫的繁华和热闹。"花月正春风"，开始是"多少恨"，而结尾是"花月正春风"，是回去的停格。有没有发现他好像有一点拒绝现在了？一开始是"现在"，可是他不喜欢这个现在，所以他倒叙回去，像一部电影的回顾。"多少恨"当然是因为现在，因为做俘虏，可是"昨夜梦魂中"，他已经开始回忆了，"还似旧时游上苑"是回到以前，回到"车如流水马如龙"，然后"花月正春风"，那个时候的花、月亮、春天的风都是最完美的状态。我一直觉得这首词是一个最有趣的倒叙的文体，就像我们在看录影带的倒转。

我们再看《望江梅》：

> 闲梦远，南国正清秋。千里江山寒色远，芦花深处泊孤舟。笛在月明楼。

"闲梦远,南国正清秋。"梦又出现了,他的梦一定会带出江南、南国,因为他已身在北方,不在江南了。那么在梦里想一想,江南应该已是清秋时节。"千里江山寒色远",一个曾经的帝王,现在作为俘虏,提到"江山"两个字,大概也感触良深吧。在统治者的文化当中,江山一直代表政权,比如说打江山、坐江山,都是这样的意义,"千里江山"和前面我们看到的"三千里地山河"其实是同样的意思。"千里江山寒色远",当他回想起自己曾经掌管过的千里江山的时候,用了"寒",用了"远",是冷的,是远的,繁华热闹已经全部过去了。"芦花深处泊孤舟",秋天芦花都白了,苍茫的芦花当中躲藏着一只孤独的小船。"笛在月明楼",可是月明的时候,好像还听到在楼上吹奏的笛声。这又是他的梦境,他在很多早期的词里都写过,当时只要是月圆的晚上,金陵的皇宫里全都在演奏音乐。

他是一个会玩的皇帝,玩变成了他后来对于繁华的长久的回忆。这有点像法国文学家普鲁斯特写的《追忆似水年华》。那样大的一部书,很少看到有人把它读完,大家都觉得怎么老在吃饭,老在那儿形容他们的衣服。但是他的回忆就是这些,这就是一个贵族的回忆,就像《红楼梦》里也是老在吃饭。在一个生命对繁华的回忆里面,往往就是吃喝玩乐,没有"伟大"的事情发生。

唐诗的规矩被打破

我们再看《清平乐》,这可能是大家比较熟悉的一个作品。

> 别来春半,触目愁肠断。砌下落梅如雪乱,拂了一身还满。　　雁

来音信无凭,路遥归梦难成。离恨恰如春草,更行更远还生。

大家注意一下"拂了一身还满",这个句子非常民间化,是流行歌曲式的句子:花瓣掉下来,掉了一身都是。在唐诗当中,你看不到这种文字,这种句法。读到这样一个句子,你会忽然觉得很新奇,它不是诗的延续,而是词的创造。"拂了一身",就是我们在身上掸一掸东西的感觉,它是非常白话的一个描绘。"拂了一身还满",唐诗里面四和三的规格在这里被打破,从"流行歌曲"中发展出来一种新的语言形式。

"雁来音信无凭,路遥归梦难成。离恨恰如春草,更行更远还生。"注意里面的节奏感,"雁来"、"音信"、"无凭",其实是二、二、二的关系,有一点回到了南朝的四六,不再出现唐诗"三"的状态。照理讲,春天的时候大雁从南方回到北方,应该是要带信来的,可是竟然没有,因为这个时候他是俘虏,被关在宋朝的都城里,当然不能跟外面通消息。所以雁虽然来了,可是没有信,他也不知道故乡到底发生了什么事。

"路遥归梦难成",回家的路那么远,回家的梦也要做得很长,可是他又常常失眠,常常惊醒,所以"路遥归梦难成",这是已经到了很绝望的状态。李后主越到后期,越希望可以一直活在自己的回忆当中,一直活在自己的梦当中。但因为那种憔悴、哀伤和被侮辱的心境,最后仿佛连做梦都有点难了。"离恨恰如春草",这种离开故乡、离开故国的恨,这种心里的难过,就像春天的草一样,"更行更远还生",你走得越远,它越是生长得茂密。

从"雁来音信无凭"开始,到"更行更远还生",你看到多少个二、二、二的堆叠?这个节奏是非常奇特的,完全没有"三"。在读唐诗的时候,我们会觉得"三"是很重要的元素,"怅卧新春白袷衣"中,就用"白袷衣"

的三去平衡和二的关系。可是在《清平乐》中，我们看到十二组两个字的词或短语，即"雁来音信无凭，路遥归梦难成，离恨恰如春草，更行更远还生"，全部是堆叠，把自己的阻碍、困顿、一走一停的感觉全部发展出来，这个形式完全因为是歌曲才能够做到。如果当时《清平乐》可以唱，在唱的过程当中，这个地方一定会有顿挫。尽管顿挫的具体节奏我们今天不知道了，可是你能在文字里感受到它的转折。虽然词的音乐韵律今天不知道了，可是在文学的词汇当中，我们还可以隐约感觉到它堆叠的特色。

人间没个安排处

我们再看下一首《蝶恋花》。《蝶恋花》是宋朝写词的人非常喜欢用的词牌，原来在民间一定也是艳情的流行歌曲。蝴蝶那么依恋着花，变成了一个曲调的名字，非常漂亮。苏东坡有一首非常有名的《蝶恋花》，下阕写道："墙里秋千墙外道。墙外行人，墙里佳人笑。笑渐不闻声渐悄，多情却被无情恼。"可以看出《蝶恋花》是比较俏皮的调子，比较缠绵，有一点恋歌的样子。但李后主的这首词，却带有感怀春天逝去的情绪。

> 遥夜亭皋闲信步，乍过清明，早觉伤春暮。数点雨声风约住，朦胧淡月云来去。　桃李依依春暗度，谁在秋千，笑里低低语。一片芳心千万绪，人间没个安排处。

"遥夜亭皋闲信步"，夜晚的时候一个人在水岸亭边散步。"乍过清明，早觉伤春暮"，暮春的时候，刚刚过了清明，觉得春天快要过完了，有一点儿感伤。凡是到春天过完，诗人的感伤情怀会特别深。"数点雨声风约住",清明前后还有一点点稀稀落落的雨,然后风也不大了。"朦胧淡月云来去",月亮在弥漫的春雾里面,有一种朦胧、缥缈的感觉。在这里,我们看到是一幅非常好的对春天情景的素描。

下面他转到这首词的主题,也就是情感部分。"桃李依依春暗度",桃花、李花都还处在开放季节,春天却已经悄悄地过去。"春暗度"是双关,一方面在讲春天,一方面在讲男女之情。我跟大家提过,李后主早期的词作当中,有非常大的"偷情"的兴趣,"暗度"那种感情是他很着迷的。"谁在秋千,笑里低低语",这两句就是《蝶恋花》的感觉,写女孩子在荡秋千,边笑边低声说着什么。前面提到的苏东坡的那首词也讲到女孩子荡秋千。"谁在秋千",他没有讲是谁,就是一个美丽的女子,她有很娇的笑声,可是不知道她在哪里。这样的描绘,用了《蝶恋花》的调子,带出一种情歌、恋歌的形式。

"一片芳心千万绪,人间没个安排处。"这里变成了诗人替她去想。春天来了,这样的一个女孩子,在青春年华,大概她的一片芳心要有所寄托吧。"一片芳心千万绪",有好多剪不断、理还乱的烦恼、思绪。"人间没个安排处",完全是白话,唐诗绝对没有这种句子,意思是在这个人间到底怎么去安排自己啊,好像有一点无奈了,就是一个思春少女的情怀,那种思绪万端的情绪。你回想一下,李白、杜甫、李商隐,都没有这种句子,这种句子绝对是从民间的流行歌曲里出来的白话的东西,而且我相信,当时的文人一定很看不起。什么叫作"人间没个安排处"?我们现在还在用"安排"这个词,它是非常白话的语言,当时民间的流行歌曲反而能够在语言的一统模式当中出现一些比较活泼的词汇。唐诗已经有一点固定了,固定了以后它没有办法再去描述那种很新鲜的感觉,可是在流行歌曲里面这种语言就出来了。

我一再希望大家注意到李后主对于整个文学形式改变的巨大影响，即敢于用俚语入歌，就像我们今天用民间语言去入歌一样。入歌以后，它慢慢会变成古典。我们今天会觉得这些词是古典的，对不对？《蝶恋花》是一首古典的杰作，可在当时完全是民间的流行歌曲。

无奈夜长人不寐

我们再看《长相思》。《长相思》也是一个小令，"令"这一类东西都很小，是比较短的小调形式的东西。李白、杜甫的诗，有很多是歌行体，而歌行体是从乐府民歌的形式中出来的，比较接近我们讲的民谣，而"令"接近我们现在讲的流行歌曲。民谣与流行歌曲不一样，《小河淌水》之类的，我们叫作民谣，而流行歌曲是现代商业文化里面的东西，其实就是排行榜里的文化，是比较诉诸感官的东西。

> 一重山，两重山，山远天高烟水寒，相思枫叶丹。　菊花开，菊花残，塞雁高飞人未还，一帘风月闲。

"一重山，两重山，山远天高烟水寒"，有没有发现，琼瑶用过很多李后主的句子，她最大的祖师爷大概就是李后主。这很好玩，李后主把伶工之词变为士大夫之词，可是在现在的文学创作里，可能会把士大夫之词又还原到伶工之词，还原到通俗。琼瑶很多小说用到古典元素，尤其是她早期的《六个梦》、《烟雨蒙蒙》、《窗外》。她常常用到李后主的东西，但是把它们回到通俗化去使用，大家慢慢就会看到，琼瑶作品中好多和情感有关的东西恐怕是来自于李后主的词。"相思枫叶丹"，枫叶是红的，可是加上了一个人主观的"相思",好像是被想红的。一直到现在,流行歌里面仍喜欢用"枫红片片"什么的,大概还是来自于这里。你会发现,李后主的东西都可以和流行歌曲搭在一起。

"菊花开,菊花残,塞雁高飞人未还,一帘风月闲。"后面部分文人的气味比较多,尤其是"塞雁高飞人未还",比较像文人的调子。可是前面的"一重山,两重山"、"相思枫叶丹"、"菊花开,菊花残",都比较像流行歌曲。你在唱流行歌曲的时候,把流行歌曲的情感和读到李后主这一类词时的感受混合一下,大概会对他多一点了解。可是很多时候我们不太敢讲,因为在文学史上,尤其是经过王国维的定位以后,李后主变成了文学大家,成为文学的正统了。如果你说他的词是流行歌曲,大家会很不以为然,可是我一直希望大家能够以欣赏流行歌曲的心情去体会李后主创作的渊源,不然的话你很难理解他为什么会用这样的方法来创作。

我们再看《捣练子令》。

深院静,小庭空,断续寒砧断续风。无奈夜长人不寐,数声和月到帘栊。

可能大家都会感觉到,这首词的时间性不是很清楚,有可能是写在亡国前,也有可能在亡国后。这里面的情感基本上还没有到亡国后那么沉重。有一点小小的感伤,不像《虞美人》"故国不堪回首月明中"那么沉重,而是非常简单的对生命情怀、小小事件的描述。"深院静,小庭空"会让我们想到李商隐的"微注小窗明",它不是对大的开阔意境的描绘,而是对一个生命角落的安排和处理。

"断续寒砧断续风",这个句子很像李商隐,连用了两个"断续",不

断传来的风、不断传来的女人夜晚捣衣的声音引发了"无奈夜长人不寐"。李后主大概是一位"失眠专家",你总看到他在漫漫长夜当中失眠。"数声和月到帘栊",捣衣声伴随着月光,传入了帘栊之中,更显出夜深人静时的孤独。

《浪淘沙》:李后主在美学上的极品

下面我们看到的,是李煜亡国以后很重要的一首作品——《浪淘沙》。我一直觉得这应该是他最后定位的作品,因为里面凝结了他亡国后的情感,以及由亡国情感扩大而成的对生命繁华与幻灭之间的最高的领悟。我认为这是他成就最大的一首作品,虽然民间一般以为李后主的代表作品是《虞美人》或《乌夜啼》。

> 帘外雨潺潺,春意阑珊。罗衾不耐五更寒。梦里不知身是客,一晌贪欢。 独自莫凭阑,无限江山,别时容易见时难。流水落花春去也,天上人间。

我自己一直觉得《浪淘沙》是李后主在美学上的极品,为什么这样讲?因为它有很多的象征,已经不再描述"故国不堪回首",连"梦魂"都没有了,而是一个很奇特的梦的惊醒。如果你住在都市里,就不太容易感觉到春天;而如果我在东海的校园,因为院子很大,都是树,春雨来的时候,夜里常常会忽然醒过来,因为雨淅淅沥沥的,就是"帘外雨潺潺"。这很像李商隐的"曾醒惊眠闻雨过",我用这个句子来比照"帘外雨潺潺"。李后主在被抓到北方后某一个春天的夜晚,听到住所的窗外一片雨声,忽然醒来。

"春意阑珊","阑珊"这两个字有慵困、慵懒、迟延的感觉。"阑珊"是民间歌曲里,特别是唐宋时代的流行歌曲里面喜欢用的,就是形容一种情感,这种情感很拖带,不干脆,好像没有办法一刀两断。比如"夜阑珊"就是说夜晚好像老是过不完,漫长,牵连。"春意阑珊",春天用了"意",所以不是在讲春天,而是在讲他自己的心情,一种在春天时黏腻、不明朗、忧郁烦闷的心情。

"罗衾不耐五更寒",人惊醒了,身上的罗衾很薄,挡不住黎明即将到来时的春寒。可是我想李煜更大的感受是心里面的荒凉,而不只是肉体上的寒冷;真正"不耐"的是从梦里面惊醒,披着衣服发呆,听到雨声时心里的荒凉感。

这是李后主的词中我最喜欢的一首,它对于意境的处理非常迷人,特别是下面两句:"梦里不知身是客,一晌贪欢。"我常常把这两句抽出来单独写成书法。什么叫"梦里不知身是客"?刚刚他在做梦,可是雨声起来以后,他被惊醒了,才发现做梦的时候不知道自己身在北方。他在梦里一定回到南方去了,以为仍在故国。这里非常苍凉。"一晌贪欢","一晌"是很短的时间,我觉得"贪欢"这两个字用得非常迷人,年轻时吃喝玩乐、追求感官享受的情形都浮现出来。

我一再强调,一个文人的诚实就体现在他的用字上。今天我们写文章用到"贪欢"两个字,大概都会稍微斟酌一下,因为它是非常感官化的。我一直觉得王国维在这样的东西里面看到了李后主最感人的东西,所以他会说李后主在最后其实是担负着释迦牟尼、基督的苦难的意义,也就是赎罪。我为什么常常把这两个句子单独抽出来写成书法?因为我觉得这不仅仅是在写李后主,我们每一个人都"梦里不知身是客",可能是被流放的形式，或者被宅居的形式。

李商隐说"上清沦谪得归迟"，在死亡发生以前，我们不太知道自己是不是在一个大梦当中，可能仅仅是一种客居的形式。我的意思是说，在不少的宗教哲学中，我们有一个最后的归宿，可是我们不知道那个归宿在哪里，所以我们是在梦中。在梦醒之前，我们是一个客居的身体，这个身体有一天要到哪里去，我们其实不太知道。因此，"梦里不知身是客"其实是在讲自己目前在一个"大梦"中的状态，"一晌贪欢"也是在梦中贪欢而已，因为你不知道将来各自要到哪里去。这有一点像《红楼梦》里讲到繁华最后散尽时说的"树倒猢狲散"，那些人在大观园中，情爱之深，贪欢之深，最后却是"食尽鸟投林"。

在整个中国文学史上，"梦里不知身是客，一晌贪欢"这个句子的宗教感和哲学感可能是最强的。我觉得它可以用来做任何一种生命形式的告白，让我感触到自己的生命其实是在这样的状态，不知道到底是不是应该这样执着，那些最深的感情，对母亲的眷恋，对自己最爱的人的眷恋，好像也不过是"一晌贪欢"，因为你知道后面会有什么在等着。所以我把这个句子抽出来，我想李后主在写这首词的时候，心境已经完全沉淀下来了。他已经不仅仅是在怀念故国，也是在思考自己这一生到底在干什么。

下面的"独自莫凭阑"是连接上面的情绪的，一个人靠在栏杆上眺望，其实有非常哀伤、孤独的感觉。"无限江山，别时容易见时难。"我特别写过一篇散文叫作"别时容易"，"别时容易"也是张大千的一方印，《韩熙载夜宴图》上面就钤有这个印。张大千当时要把这幅画留在国内，临别之时钤了这个印。《韩熙载夜宴图》画的正是李后主身为南唐国君时的故事，而这方印上面的"别时容易"也恰好是李后主自己的句子。"别时容易见时难"，非常直接，很容易令人联想到李商隐的"相见时难别亦难"。那种两难在这里忽然变成绝对，因为"相见难时别亦难"是人与人的关系，"别时容易见时难"则是你与自己生命的关系。无限江山似乎已经不再是讲国家了，其实是在讲你自己的生命中所可能看到的一切。

我一直觉得这首词好像是李煜到了最后的时刻，所以感叹"无限江山，别时容易见时难"，没有以后了。"流水落花春去也"，水在流，带走了所有凋零的花，春天也要结束了。他觉得自己的生命也可以消逝了。如果将这首词看作庙里的签的话，我想这应该是他最后的签："流水落花春去也，天上人间。"对"天上人间"有很多不同的解释，很多人认为他的意思是过去在故国是在天上，过着花天酒地的日子，现在则是被打入人间受罪。我对这个版本的解释不是很喜欢，我觉得"天上人间"其实是一个生命在面临最后的死亡状态时忽然迷惑了：我以后到底会在哪里？我会在天上吗？我会在人间吗？我会是流水吗？还是落花？或春天？他对自己梦醒之后将要去哪里充满了迷惑。

我前面引用过李商隐的"曾醒惊眠闻雨过"，下面一个句子是"不觉迷路为花开"，因为一直迷恋着开放的花，跟着花一直走，最后找不到回家的路。李后主最后用"天上人间"来结尾，其中或许包含着可以扩大的内容。由于夜晚惊醒过来那一刹那的生命感伤，他忽然得到了生命里最后的谶语。

第二讲　从五代词到宋词

诗和词之间的界限

在上一讲里，我们讨论了五代时期对于词的发展影响最大的人——南唐的李后主。我曾经提到过，我会在介绍宋词的时候把唐诗拿来进行比较，那么，诗和词之间的界限到底在哪里呢？

其实，诗和词的界限不是很容易分清楚的。很多人认为词是长短句，是按照音乐的程式来安排的。"满江红"、"虞美人"、"相见欢"并不是某一首词的名字，而是词牌，有点像西方讲的音乐的调性，它一定是有旋律的。所谓填词，就是诗人拿到某一个词牌后，按照要求把文字放进去。

好比说在今天的流行歌曲里面，你对《绿岛小夜曲》的旋律很熟，可是你觉得它的文字不够雅，就把文字抽掉，换另外的文字进去。当然换文字会有限制，因为你必须按照音乐的节拍、长短来安排文字，如果它只有三个音节，你要放七个字就非常难。所以我们可以说，词在整个文学性上，更接近于与音乐合拍的过程。很多人以为词是长短句，相对自由，好像就比较容易写，可是事实上刚好相反，因为它的每一个字与音律之间必须联系得很好。它的上声、入声，或者它的关系位置、节奏，都必须是准确的，因此它的难度比诗还要高。这是词与诗在形式上非常大的不同。

我特别想跟大家谈诗和词不同的另一方面。我刚才用《绿岛小夜曲》

这一类流行歌曲举例，更适合的例子或许是民谣，比如《雨夜花》、《望春风》、《补破网》等。这一类东西类似于词牌的形式，比如《补破网》，它是一个比较哀伤的调子，描写渔民的辛苦生活，所以后来大家拿《补破网》填词的时候，基本上也会填进类似的情感。同样的道理，我们用《满江红》填词的时候，填的内容大多比较悲壮，很少人会用失恋的感觉去填《满江红》，大概失恋的时候都会去填《蝶恋花》，因为它是比较接近《雨夜花》那种调子的。

我不知道大家可不可以理解，音乐本身的调性，有的慷慨激昂，有的比较婉约、比较哀愁，这就限制了一个词牌本身的发展。如果大家有兴趣，可以找一下所有填《满江红》的词，大概都在写关于国破家亡，或者类似的悲壮的内容。我选的北宋词里，没有一首是《满江红》，因为《满江红》大概不会随随便便就唱，它比较严肃，像我们很熟悉的岳飞的《满江红》，就是在传达一种家国情怀。它比较类似于今天的"军歌"、进行曲，豪迈，悲壮。

北宋的很多词人在他们的日常生活里是会唱词的。唐代诗人也唱诗，可是不像词在宋代的时候，基本上变成生活里非常重要的一部分。苏东坡曾问旁人："我的词和柳永比起来怎么样？"对方答道："柳永的词是十几岁的女孩子，手拿红牙板唱'今宵酒醒何处，杨柳岸晓风残月'，而如果是苏东坡的词，就要关西大汉执铁绰板唱'大江东去'。"这里面明白说出了词本身是有很强的音律性的，不仅如此，它也包括了歌手的表达。我也相信，当时这些词，的确是从某些作为歌妓的小女孩口中唱出，或者是由一些关西大汉执铁绰板唱出来的。

今天我们谈北宋词的时候，已经抽离了它的音律性。我们不了解北宋词以歌唱形式流传的情况，也可能因此丧失了对北宋词比较全面的了解。

这也是为什么我很希望大家了解词的出身——用今天的语言来讲，可能真的是流行歌曲。我用流行歌曲来作比没有任何贬低的意思，今天我们很可能觉得流行歌曲的层次不高，可是不要忘记，有一天《雨夜花》《望春风》可能会被列为台湾当时重要的文学创作。我们常常会忽略一件事，就是记录一个时代的文学往往不一定是我们所认为的文学形式，有的时候它会是另外一种文学形式。

总之，我们今天已经不知道旋律的所有宋词，在当时都是可以唱的——我应该修正，不是可以唱，是一定要唱，不唱就不叫词了。词不是看的，它是听的。你可以试着想象一下，如果词是在弹着琵琶或者别的什么乐器的状态下唱出来的，像"大江东去，浪淘尽"，通过听觉上的接触，感受一定会非常不一样。

词长于抒情

词与诗还有一个很大的不同，即词是高度口语化的形式，尤其是在北宋。北宋是词的发展期，这时期的词保留了民间歌谣的形式，因而它非常口语化。读宋词和读唐诗的感受有很大不同，唐诗你常常要查典故，可宋词就不那么需要。

词更讲究唱的过程，它的每一个句子往往是相对独立的，也就是上一个句子和下一个句子的关系没有那么密切的必然性。因为歌曲本身有旋律，所以我们听一个段落中某一句的时候，这一句有它自身情绪的发展，而它自身文字的独立性非常高。我们再想想记得的宋词，它们往往是片断的句子，这些片断的句子并不见得在整首词里发生必然的互动。

我再举一个例子。我们在讲唐诗的时候，讲过李白，讲过杜甫，讲过白居易。特别是白居易，我们介绍了他的《长恨歌》和《琵琶行》，他可以在百句当中，发展出一首叙事长诗，从"汉皇重色思倾国，御宇多年求不得"开始，铺叙一个故事，讲一个女孩子的成长。"杨家有女初长成，养在深闺人未识"，一路下来，有一个长故事在贯串这首诗。回到我们现在讲的词，各位会发现，它们几乎没有叙事的意义。像《长恨歌》这种以这么长的文字去描述一个故事的情况，在词当中消失了。

那么，为什么会有这种现象呢？我们会发现，这时期的词都在讲某一种特定的情感，词比较长于抒情，而不长于叙事。但是以后词能否发展出叙事的可能性呢？可能。我再打个比喻，如果有一天我们把《望春风》、《雨夜花》、《补破网》等全部编在一起，一直编到《绿岛小夜曲》，或许就能编出一个台湾发展的故事。词也是这样，它们可以组成戏剧的形式，有一点像歌剧，可是每一首歌本身还是短的。

词是视觉性非常高的文学形式

我想大家这样就可以比较清楚的了解到诗与词之间的界限。诗的文学形式慢慢没落以后，词就兴盛起来，这其实是因为诗后来发展成太过文人化的专业的艺术。中唐以后，像杜牧、李商隐、李贺的诗，用字用句越来越繁复，越来越难读懂。当一种文学形式繁复到专业性那么高的时候，它可能达到巅峰，可同时一定是下坡的开始。这个时候，它就会下到民间。唐代比较有创作力的诗人，大概已经意识到诗必须要转换成另外一种形式。

有趣的是，尽管李白、杜甫是诗的高峰，可是我们现在保留的最早的词，大概也是李白的。我们来看这首大家很熟悉的《忆秦娥》：

箫声咽，秦娥梦断秦楼月。秦楼月，年年柳色，灞陵伤别。　　乐游原上清秋节，咸阳古道音尘绝。音尘绝，西风残照，汉家陵阙。

李白是喜欢在酒楼与这些民间的歌谣形式发生关系的，利用它的曲调，放进自己的内容。

我们前面说过，词与诗有很大的不同。从上面大家可以看到，首先，大部分词有很明显的长短句，把诗原有的形式再一次打破。最早的汉语诗的格局，比如《诗经》中的"关关雎鸠"，多是二加二的形式。然后到屈原的《楚辞》，多是三加三的形式。到汉朝的时候，出现了汉乐府，比如"青青河畔草，绵绵思远道"，变成了二加三的五言形式，整个汉朝诗的主流就是"五"。三国分裂之后，二、二、三的七言形式多起来，到唐代开国，出现了"春江潮水连海平，海上明月共潮生"这样"孤篇盖全唐"的佳作。

诗大概经过了二、三、五、七结构的发展，到词出现的时候，后者就把上述结构来了一次大集中，所以我们也可以说，词是在宋代文化的基础上，将汉语中格律的美做了一次最大的集合，可是它的准备工作是在唐朝。刚才提到李白、杜甫的诗是格律的极限，五言、七言的极限，可同时他们又意图打破这个极限。

我们上面提到的李白那首词，对于词的创造性意义非凡。李白是在创作上爱"玩"的人，他对形式的创造常常会有比较另类的做法。他这个人有一点佯狂，我们能够看到这首词当中传达出李白特有的豪迈气魄，同时也有很多婉转的地方。

我希望大家特别注意到叠句的大量出现——"……秦娥梦断秦楼月。秦楼月……"，"秦楼月"两次出现，这是歌词里常用的形式。大家可以注意到，所有的歌词，因为只有听觉的缘故，需要反复和婉转。而视觉的东西常常要避免重复,我们小时候写作文,老师会要求同一页不要有重复的词汇或者字句,这就是一种视觉文学的规则,与听觉刚好相反。你注意一下《雨夜花》或者《望春风》,都有调性和文字的重复,这种重复便于大家记忆,便于跟上节奏。

凡是与音乐、音律配合得比较密切的文字,都会形成"婉转"。所谓"婉转",其实就是在对感情进行反复的讨论。在《忆秦娥》中,你读到"秦娥梦断秦楼月"的时候,其实没有想到后面会出现"年年柳色,灞陵伤别",这就是我们刚才所说的词的句子独立性比较高。各位有没有感觉到,这首词把某些句子抽出来,只有几个字,就可以单独成为一个画面。我在年少的时候读这首词,最喜欢的画面是"西风残照,汉家陵阙"这八个字;王国维也讲这八个字道尽边关的气魄,他认为唐以后没有人再写得出这样的画面:站在落日的残照当中,秋天的风吹起来,一旁是几百年前的帝陵。

我们刚才说过,词很大的特征是它不再叙事了,经过诗的叙事过程以后,词把情感直接抓出来变成了画面。我一方面觉得词是音乐性非常高的文学形式,同时也觉得词是视觉性非常高的文学形式。我们会发现词的某些句子拿出来以后,更适合去画一张画,比如"西风残照,汉家陵阙"这八个字,就是一个可以入画的场景,因为它抓住了一个景观,感官性比较强。诗的叙事传统当中有一个理性规则,它必须从"汉皇重色思倾国"开始,一直到最后,要有一个编织的结构。可歌曲的结构常常不那么严谨,可以跳跃。比如在《雨夜花》中,可能一下让你看屋檐上的水在滴,一下让你看掉在土里的花萎堕的样子。它的视觉是转移的,有点像我们今天的电影镜头,自由度非常高。

我想上面讲的这些能够帮助各位慢慢体会到词与诗在形式上的不同。一位文学史家有一个很有趣的描述:宋词像一种织锦,把很多不同颜色的线编织在一起,而唐诗像是单一的线的串连。用编织、彩绘去形容词,我想是因为它常常会有各种不同的视觉效果和感官效果显露出来。我们可以在李白的"箫声咽,秦娥梦断秦楼月。秦楼月,年年柳色,灞陵伤别"当中,感觉到音调的婉转,转成心事;同时也感觉到它具备了释放出文学独立个性的可能。

"乐游原上清秋节"是一个独立的意象,和后面的"咸阳古道音尘绝"可以相关,也可以不相关。相关是靠曲调来相关,而不是靠文学本身的意象,它们其实是独立的意象。大家或许会发现,词在某种意义上更接近现代诗,因为它非常讲究意象。

结尾的"西风残照,汉家陵阙"完全是意象。我希望大家仔细看一下,在"西风残照,汉家陵阙"这八个字当中,诗人有没有讲他的感情,有没有讲他快乐或不快乐?什么都没有讲。他用的全部是名词——"西风"、"残照"、"陵阙",可是为什么它们会组合出一种感觉?这就是我们所说的意象。意象并不是直接告诉你"我觉得好悲壮",可是这八个字却形成了悲壮的感觉,是一种肃杀,是一种时间的沧桑之感。很复杂的感觉用这八个字完全说出来,这是文学上的高手。

从风花雪月到《花间集》

有一类创作者会很直接地传达自己的情感,另一类创作者会把情感融化为一个意象,而意象的可传达性和耐久性有时候更强。我们以后会讲到元曲当中的《天净沙·秋思》,大家非常熟悉的"枯藤老树昏鸦,小桥流水人家,古道西风瘦马",一连九个意象,完全没有讲作者在做什么,完全是电影拍摄中蒙太奇的手法,形成一个纪录片的效果。

为什么我反复讲这些？因为在诗当中，情感的传达有时候是非常直接的，可是到词的时候，它必须转成很多意象化的东西。造成这种转变的很关键的时期是五代十国，虽然李白、白居易都是唐代诗人中写词、填词比较多的，像白居易的《忆江南》等大概也比较接近民间的歌曲，可是一般说来，唐诗的叙事传统还是超过抒情的传统。到晚唐的时候，从民间的歌曲当中慢慢开始了一个新的文学运动。

这个文学运动也可以说是由某一些看起来"不务正业"的文人发起的——特别要注意一下，创作者常常要有某种程度的"不务正业"，当他太正统的时候，往往会变成学者。我们可以想象一下，唐代后期，大家都在学诗，如果有所谓中文系的话，大家都在那儿学李白的诗怎么写，杜甫的诗怎么写，这时有一个逃学的学生，逃到卡拉OK去唱歌，而这个人大概就是词最早的创作者。我这样说的意思是，文学形式一旦僵化，就会有一些另类的人开始"逃学"。"逃学"的意思是说他必须回到生活里面，去寻找文学新的可能性。而那个时候他们的方式是接近歌妓，接近民间歌手，从伶工、乐手那里找到新的灵感，这是词非常重要的来源。

可正是由于词的开始与流行歌曲靠得太近，所以最初文人对它的评价不高，因为大家觉得它永远在写一些风花雪月。历史上最早写词的那些诗人，作品的内容大多也的确是比较风花雪月的。有一部非常重要的五代词的总集叫作《花间集》，这也是词最早的总集。五代十国的时候，文化最高的是定都成都的后蜀和定都金陵的南唐，这两个国家对词的发展都有非常大的影响。南唐的两个皇帝——李中主和李后主，即李璟和李煜，最早把词发展到了格调非常高的程度。

王国维称赞李后主，认为他变伶工之词为士大夫之词。伶工本来有一点被人看不起的意思，这些人为了生活、为了赚钱去谱曲，不能说没有好的东西，可是基本上格调不高。但是李后主以皇帝的身份，以一个地位非常高的知识分子的身份，进入这个领域之后，伶工之词就一变而成为士大夫之词了。

而四川一直是中国非常富有的地方，从三星堆文化看下来，就可以发现，当地一直有相对独立的文化形态。当中原力量不强的时候，蜀常常扮演很重要的文化创造者的角色。五代的时候，蜀地出了非常好的画家和文学家。后蜀人赵崇祚编了一个集子，收录了当时十八个文学创作者的词作，取名《花间集》。《花间集》是了解五代词进入北宋词的一个非常重要的关键，其中包括几个重要的创作者，像温庭筠、韦庄、牛峤等。

《花间集》中常常被引用的句子，和我们今天的流行歌曲的内涵是非常像的。比如描写情爱的内容，说两个人要分别了，却依依不舍，频频回首，"语已多，情未了，回首犹重道：记得绿罗裙，处处怜芳草"。绿罗裙是女孩子穿的绿色的裙子，要你记得这样一种绿色，以后走到天涯海角，看到所有草的颜色，都会爱怜那草，因为你的爱是可以扩大的，会从绿罗裙扩大为"处处怜芳草"。这两句也是朱光潜在他的美学作品里引用过的句子。

文学和艺术上的美，其实是一种扩大的经验，我们不太知道在生命的哪一个时候，因为一种什么样的特殊体验会使情感会扩大。也许对其他人来讲，草的绿色是没有意义的，可是对这个人来说，草的绿色是他曾经爱恋过的女子的裙子的绿色，所以他会"记得绿罗裙，处处怜芳草"。朱光潜认为美学的扩大意义其实也在这里。这种现象很有趣，它不是对一个特殊经验的执着，而是一个特殊经验被记忆以后在生命的时间和空间里的扩大意义。

"自恋"的美学经验

在我看来,唐朝是一个向外征服的时代,它的一切感官都很蓬勃,它的精力非常旺盛,像李白就是具有这种时代特征的典型的创作者。但在向外的征服中,常常会忽略了向内的缠绵。五代的时候,天下大乱,但后蜀和南唐这些地方经济非常稳定,非常富有,于是人们对于很细腻的情感产生了一种眷恋。我之所以用这样的词语,是因为我认为五代是中国美学"自恋"的开始,这个"自恋"没有任何褒贬的意思,只是说原来唐诗是向外的观察,譬如"大漠孤烟直,长河落日圆",而现在转回来变成"记得绿罗裙,处处怜芳草",变成了一种非常精细的,有一点儿耽溺的经验。

一个人特别喜欢诗,或者特别喜欢词,会产生很不同的美学经验:诗的经验是比较外放的,而词的经验是比较内省的。你很难在唐诗,尤其是盛唐诗人的作品中看到"记得绿罗裙,处处怜芳草"这样特别缠绵,甚至慢慢会产生颓废的体验。下面我们会介绍五代词人冯延巳的词,从中你可以感觉到南唐和后蜀扮演了宋词最早的性格决定者的角色,类似"语已多,情未了"这样的句子,会在北宋词中大量出现,因为它集成了南唐和后蜀词作的经验,北宋最早的画家和词人主要来自于这两个地方。

冯延巳与南唐的李中主、李后主生活在同一个时期,他们常常一起吃饭喝酒,一起唱歌——我现在用"唱歌"来代替所谓的填词。比如他们某天决定唱《鹊踏枝》的曲调,当场写好后立刻交给乐工演奏,然后由歌手唱出来。冯延巳的词集叫作《阳春集》,这是中国历史上第一部单个词人的总集,在词的历史中有比较特殊的代表意义。

众人在一起填词、唱歌,有时可能会有一点搞混。我当兵的时候,有出操的歌,唱久了你就很烦,于是有些人开始填词,把早操歌变成一首有新的内容的歌曲。这种填词的方法，就有一点集体创作的性质，这个人编几句，那个人又编几句。某一首词，有人说这一句是冯延巳的，有人说这一句是李后主的，为什么会产生这种现象？就因为当初在歌词的创作过程中没有在意所谓绝对的个人创作。在填词的时候，有人说这一句如果改成另外一句会不会更好，大家觉得是这样，于是就改了，所以那一句可能是别人的句子。在晏殊、欧阳修、冯延巳等人的作品中都出现过这种现象，就是你可能在别的文学史书中发现这一首词不是冯延巳的，而是另外一个人的名字。尤其是在词发展的早期，它非常不强调个人创作，而是大家在一个共同的音乐环境里去玩。

我这次选了两首冯延巳的《鹊踏枝》词，希望大家感受和印证一下我刚才讲的，即到了词的时代，中国文学以"自恋"的形式出现。什么叫作"自恋"？也许在希腊文化里有关于所谓自恋传统的美学讨论，可是在我们的文学形式当中，在我们的美学形式当中，过去很少有人谈论这样的字眼。在儒家文化里，对于"自恋"大概不会有好的评价。可是各位读一下这两首作品，去判断一下我所谓的"自恋"、耽溺，甚至是一点儿颓废，它们的意义是什么。

以一朵花或一枚雪片的姿态体会宇宙自然

冯延巳的词非常简单，几乎没有什么典故，我们先看第一首《鹊踏枝》，去体会一下五代词最早的精神导向。

谁道闲情抛弃久，每到春来，惆怅还依旧。日日花前常病酒，不辞镜里朱颜瘦。　　河畔青芜堤上柳，为问新愁，何事年年有？独立

小楼风满袖，平林新月人归后。

五代十国的时候，整个文化中心渐渐从北方转到南方，有着上千年都城史的长安日益没落。继起的宋不再定都长安，而是选择了比较偏南方的汴梁城。文化中心的南移使得原有的北方塞外的文学景象慢慢转成江南的文学景象，而这种景象常常发生在春雨连绵的初春时节，它会对人的心境产生影响，我称之为一种生态美学。

我想大家应该还记得李后主的句子："帘外雨潺潺，春意阑珊。罗衾不耐五更寒。梦里不知身是客，一晌贪欢。"这样的句子和冯延巳的意境高度契合。为什么会"每到春来，惆怅还依旧"？因为每到这个季节，春雨连绵，花慢慢在萌芽，人也感觉到自己生命内在的非常复杂的心情，好像是眷恋，又好像是颓废。我们没有办法解释这惆怅是什么，它不必伴随事件，与《长恨歌》的情绪必须有事件来引导不同（比如"君王掩面救不得"）。词将事件抽离，我们无法追问为什么惆怅，就像你在唱一首流行歌曲的时候，不会特别追问为什么这首歌在这里讲哀愁，讲情绪。

此外，经济的富有和政治的安定，有时会构成人生命里更大的内在的感伤。有人可能不太理解这样的逻辑，我的意思是说，政治安定、经济繁荣之后，人回到自身的生命里面去进行反省和沉淀，会生出伤感来。凡是经济不好的时代，人是会奋发有为的，所以台湾大概在一九七〇年代及一九七〇年代之前其实很少有人会惆怅。所谓的惆怅又叫"闲愁"或者"闲情"，"谁道闲情抛弃久"，闲情是一种你说不出来是什么的情。用"闲"这个字，因为你没有办法解释为什么买一杯咖啡坐在那儿一个下午，看着窗外街头的阳光，却说不出自己的落寞，那其实是心里的感觉。如果一个人致力于外在的追求，致力于向外征服，它反而不会有这种内在的感伤。

但到了五代十国，我们从南唐词里，从冯延巳的词里，非常明显的看到"惆怅"、"闲情"这类字眼大量出现。

大家可以慢慢地感受他的句子。"日日花前常病酒"，在春雨连绵的季节，当花一簇一簇开放的时候，他每一天的日子就是在花前不断喝酒。"日日花前常病酒"完全是五代词的状态，不再是"西风残照，汉家陵阙"。唐代甚至连王维都很少写这样的句子，他的句子中也可以看到人的生命的外放形式。可是到五代的时候，忽然有一个内收的形式出来，而内收是因为感觉到向外的征服完成了之后，没有办法解决心中本质的生命的落寞，它更倾向于哲学性或者宗教性的内省。

我曾讲过，我不太敢用"颓废"这个词，因为这个词在汉语当中不是一个好词，我们说一个人很颓废，绝对不是赞美的意思。可是在西方的文化当中，颓废有特殊的美学上的意义：经过巨大的繁华之后，人开始转向对于繁华的内在幻灭的感受，这叫作"颓废"。十九世纪末的颓废美学在西方美学中占据了非常重要的位置，他们在巨大的繁华之后，开始反省繁华的意义何在。好比说台湾是第一代打拼，第二代守成，大概到第三代会开始反省自己的意义何在，会出现对生命本质的幻灭感，会生出对于财富、权力追逐的某一种沉静下来的力量。我们刚才提到的韦庄、冯延巳都是皇帝身边的贵族，在现实生活里，这些人向外的征服已经没有任何缺憾了，这个时候，心灵上的空虚感、缺憾感会成为他们创作的源流。

我们不必说喜欢不喜欢这样的美学，我们只说当文学已经有了李白、杜甫、白居易之后，要继续往哪里走？你要写豪迈，大概写不过李白；你要写沉重，大概写不过杜甫；你要写磅礴的叙事，大概写不过白居易。可是文学仍有未被开发的部分，那就是内心某一种"颓废"的经验。我现在已经把"颓废"加上了引号，特指从西方所谓的"颓废"字面翻译过来的内心经验的反省。它和我们汉语里讲的世俗意义上的颓废不太一样,"日日花前常病酒"其实是一个非常清新的画面,这个"病"可能是在讲身体的病,也可能是在讲心里没有被治愈的创痛或无力感。

我们提到过,南唐是五代十国中最富有的国家,可是面对北方日益强大的宋,它渐渐感到了无望。我们知道李后主后来被宋军俘虏到北方的过程,他所写的"四十年来家国,三千里地山河",其实可以把南唐词当中的"颓废"经验一下总结出来:在政治安定和经济富有之外,还有不可知的宿命感以及对不可知的无力感。北方强敌压境,南唐不知道要怎么办,不知道要怎样与北方相处,在这样的状况下,南唐词在文学形式上的"颓废"也就不是毫无根据了。"日日花前常病酒"就是当时南唐文人的写照。

我在讲中国美术史时曾提到过《韩熙载夜宴图》,韩熙载也是"日日花前常病酒"。他是朝廷的重臣,但他会把领来的官俸发到各个妓院去,没有钱的时候,就化装成乞丐,到妓院去讨饭。这种形式就是我刚才讲的"颓废",是感觉到生命的某种无助和无处倾诉。我希望大家通过这个背景去理解冯延巳,它对北宋开国时期文学的影响也非常大。

北宋是南唐的强敌,宋军打到金陵,抓走李后主的时候,予人一种弱势政权被收拾的感觉。可是不要忘记,宋开国时本身也是弱势的,它的北方有更强大的辽。宋后来为什么接受了南唐文学的颓废经验?因为宋本身也在政治的压迫感之下。宋和唐开边的经验是非常不一样的。唐代开国的时候不断开边,在唐太宗时代有六七十个国家向它朝贡;可是宋代统一过程中的开边却在对辽战争中受挫。经验的不同使得文人士大夫去追求另外一种美学,即生命里的"颓废感"。我想"日日花前常病酒"这样的句子,其实是我们所有人进入五代词和北宋词的最大挑战。我不知道大家会不会喜欢这样的句子,但无论你喜欢不喜欢,都必须接受这个挑战。

我们从五代词一路进入北宋词之后，很大的矛盾就在这里。我自己有很长一段时间在抗拒这种"颓废"，因为曾经喜欢过李白，喜欢过白居易，所以不愿意进入这个世界。很多人认为"日日花前常病酒"与晚唐李商隐的诗有关，可是我觉得不同，很想和大家分析一下。

李商隐的"春蚕到死丝方尽"表现出一种极大的热情，而在"日日花前常病酒"中，热情开始冷淡下来了。五代词的内里常常是炙热的火烧过以后冷灰的感觉。"日日花前常病酒"就是那冷灰，它把热烈的情感拿走了。

大家可以再做一点比较。一个诗人写出"春蚕到死丝方尽"，说明他还是有热情的，他要把自己包裹起来，不断地去吐丝；"蜡炬成灰泪始干"，说明他还要去追求，哪怕不断地流泪，为生命流泪。可是到"日日花前常病酒"的时候，大概就真的是心已成灰了。当然，在我们讲完五代词和北宋词之后，大家可以自己决定是不是喜欢五代词，是不是还要回到唐代，这是个人美学上的选择。

我前面讲过，我自己也抗拒过五代词，一直觉得那种"颓废"不是我想要的，我接受的教育也一直排斥这些东西。但是忽然有一天，我对"南朝"有了很奇怪的感觉。什么叫作"南朝"？我所谓的"南朝"不仅是说一个朝代、一个国家的地理位置，更关乎它的文学传统和美术传统，那些没有定都在北方的朝代，怀有独自把经济繁荣稳定下来的自我期望，可是无力感又那么深。对"南朝"的这种认识慢慢引导我进入五代词和北宋词，我忽然发现五代词和北宋词可能更贴近我自己的生命体验。如果我刻意要去造成一个"西风残照，汉家陵阙"的景象，其实有一点作假，因为根本没有汉家陵阙在身边了。在文学创作中，作假是非常危险的事情。一九三〇年代、一九四〇年代，以及之后台湾很多的文学，并没有产生很感人的东西，因为缺少内在的实力。反而是当时描写"颓废"经验的诗人，因为讲出了自己的无力感，讲出了自己的荒谬经验，而留下了属于自己的东西。

美学是不能勉强的，它必然跟随个人所处时代的真实经验去阐述。孤独、落寞、惆怅、茫然、迷失……这些其实在五代词中浸透得非常深，给后来的人类文学提供了重要的经验。海明威等人被称为"迷失的一代"，他们的作品写出了人在巨大的信仰崩溃之后，寻找自我的过程中出现的迷失感。这有点像北宋词人秦观写的"月迷津渡"，月光朦朦胧胧，渡头都看不到了，"迷"成为一种非常特殊的状态，从五代到北宋都带着这种迷失。

我希望冯延巳能够成为大家了解五代词的一个入口。通过他的作品，大家可以感受到文人的形貌发生的变化：这么消瘦，这么"颓废"，这么"自恋"。"不辞镜里朱颜瘦。"一个诗人，一个男性诗人，不断地看着镜子里自己容貌的消瘦，看到自己青春容貌的衰老。在镜里对自己凝视，深深地耽溺在里面，他不只是在看，同时还有一点沉醉。我希望这两个句子——"日日花前常病酒"，它是对生活形态的描述；"不辞镜里朱颜瘦"，它是对镜子里自己容貌长久的凝视——可以解释我刚才讲的所谓"颓废"和"自恋"的混合。

兰波的诗里多的是这种东西，可是远不如冯延巳。我常常想跟法国朋友说，要讲"颓废"经验我们比你们还早得很呢。这种在南唐被创造出来的"颓废"经验非常奇特，可是我也觉得很奇怪，为什么直到今天，西方十九世纪末的所谓"世纪末风"（颓废的美学）还时常在艺术上被讨论，可是我们的南唐经验却还是在被回避？我想这里其实还是出于政治考量，因为我们的文学和艺术史从来没有自主性，包括对于北宋的文化，一直都是从政治的角度来谈论的。

我和很多朋友提过，今天你去台北故宫看看，宋代有那么精彩的文物。我从小学开始读到的所有写中国历史的书中，宋朝都是一个积弱不振的时代，我们对于宋朝的认识就是每打必输。所以，我心里一直不喜欢这个朝代。可是我们从来没有想过，这样一个积弱的朝代，却在辽、西夏、金诸强敌面前存在了三百年，并且留下了让所有人佩服的文化。我们一直注意的是谁在政治上强势，我们很少歌颂文化上的强势。我认为，在读历史的过程中，转换一下角度，你会发现每个朝代都有不同的贡献与特征。

我们说唐是"大唐"，而宋不过是一个积弱不振的朝代的时候，其实是把政治作为考量朝代的唯一指标，而忽略了宋朝做出了全世界最好的瓷器，做出了全世界到今天也织不出来的丝织品，它们都是全世界工艺水准最高的东西。为什么宋朝可以达到这么高的文化水准，为什么这个文化水准反而是不被看重的，这其实是一个大问题。

我们再来看"不辞镜里朱颜瘦"，作者对镜子里自己的凝视，有没有另外一层意义呢？它不是一种向外扩张、征服的愿望，而是对生命存在价值的内在反省。今天如果我们一直强调文化要向外扩张，其实是有问题的。为什么不能兼容并蓄呢？为什么文化的提升就要去不断征服呢？

我们歌颂唐朝，是因为唐朝国势的强大。当然唐朝还有李白，但是我们也可以说，北宋出现的柳永和苏东坡等人，有另外一种生命的豁达和从容。宋朝以前，汉族很长时间都站在优势的位置，可这个时候它受伤了。我觉得一个民族的受伤经验不见得不好，如果没有受过伤，大概很难理解曾经被你欺负过、被你伤害过的其他民族的感受；当你弱势了，你才知道伤害别人是应该反省的。宋朝是一个很特殊的朝代，它开始有了内省的经验，政治上的受伤使它开始反省多重的关系。

后面我们会讲到范仲淹。范仲淹是镇守陕西、对抗西夏的军事家，同时他又是那么好的词人。范仲淹担任过陕西经略安抚招讨副使，相当于今天的边防司令，但是他可以写出"碧云天，黄叶地，秋色连波，波上寒烟翠"这样的句子，你不太能够想象今天一个司令能写出这样的词。

宋朝某一种柔和性的东西，可能值得我们重新去思考。经过唐之后，汉族与周边民族之间究竟建立起什么样的关系？其实唐朝从来没有以平等的态度对待过它的周边民族，在《步辇图》里，那个来到长安城晋见天可汗李世民的吐蕃大臣被阎立本画成那么卑微的样子。在这样的背景下，宋的受伤使它重新去思考怎样与周边民族建立平等的关系。而这样的经验对汉族来说是陌生的，因为汉族过去一直处于"天下之中"的自我认识中，称周边少数民族为"四夷"，没有把他们放在对等的位置上。

我不知道前面讲到的这些能不能帮助那些像我当年一样对冯延巳作品有偏见的朋友调整一下看法。我的意思是，生命是一个非常漫长的过程，能够感受到春天花的绽放的人，大概必然要在某些时候体会到花朵凋零的哀伤。只看到春天的灿烂，而不能看到秋天的肃杀和萧条，那他的生命经验也是不圆满的。

如果我们太眷恋唐，眷恋它开国的气度与豪迈，眷恋那种旺盛的向外征服的生命力，那大概没有办法忍受宋的安静，体会那种收回来的内省的力量。我常常觉得，向内的征服所要花费的功夫恐怕比向外的征服还要大：向外的征服可能是养兵千日，去征伐敌人，可是向内的征服是自己静下来去做内在呼吸的调整。我想宋代就是一个这样的时代，它的很多文学创作产生的气质非常不同。宋词有更多个人的体验突显出来，而这一点在五代时已初露端倪。比如在冯延巳的词里，"日日花前常病酒"就是非常个人化的体验，"不辞镜里朱颜瘦"也是非常个人化的体验。你会发现，这几千年的文明，过去似乎一直没有好好在镜里看一看自己，而现在它开始有了凝视镜子中的自己的心情。

《鹊踏枝》的下阕有如册页画，画面感很强。"河畔青芜堤上柳"，河岸上草色青青，堤上绿柳拂动。"为问新愁，何事年年有？"，大家已经注意到，一进入五代，闲情、惆怅、新愁，种种内在不可排解的落寞之感，全都浮现出来了。

你可能会问：为什么在唐代没有？唐代也有，但是它会被更大的声音所掩盖。李白有很大的愁，可是会"与尔同销万古愁"，他在喝酒和歌唱的时候把它挥霍掉了，而不把它作为镜里的凝视对象。五代词人不是这样，他们在极大的孤独里去凝视这种愁。其实我们在读"花间一壶酒，独酌无相亲"时看到了李白的愁，可是他很快就"举杯邀明月，对影成三人"了。他有自己的排解之道，可以立刻把心里面的愁闷扩大为对宇宙的体验，使其消解。

我们在白居易《琵琶行》里看到的"同是天涯沦落人，相逢何必曾相识"，那也是愁，但是他可以让愁在自己和另外一个人之间产生对话关系。唐代的愁是不会被自闭到个人化的、绝对孤独的体验当中去的。可是我们看冯延巳或者李后主的东西，总是晚上一个人睡不着觉，在绝对的孤独当中和自己进行对话。它失去了对话的对象，几乎变成一种深层的独白。我们前面讲的"自恋"形式，可能是冯延巳最重要的一个基础点。"为问新愁，何事年年有？"为什么每年到了春天都会有新的愁绪出来？这其实是不可排解的。这个人是因为失业吗？是因为失恋吗？是因为参加选举没选上吗？我们都不知道，其中完全没有事件，可他就是怀着惆怅、闲情、新愁。

对于惆怅、闲情、新愁，或者所谓文人的风花雪月，如果从负面的角度来说，它可能是我们讲的不好的颓废；可是如果从正面来讲，生命中的

忧愁是一种本质性的内容，是你怎么样都无法排解的。生命最后的虚无性是存在的，除非你不去想它。大概只有麻木的人，才会对新愁视而不见；对于一个敏感的人来说，新愁是一定会跟随着他的，因为他会看到所有生命的周期——柳树会发芽，也会枯死，水边的草也会有生死，其他生命也是如此。当他看到生命的流转，他便开始"为问新愁，何事年年有"。他将愁当成了一个对象，问它为什么每年都来。

下面两句是我一直非常喜欢的，也是我前面提到的最能够入画的那种画面："独立小桥风满袖，平林新月人归后。""独立小桥风满袖"就像后来宋徽宗拿来考画家的诗题。我们大概都有过类似的经验：在某一个傍晚，有风，你一个人站在空旷的地方，衣服被风吹起。"独立小桥风满袖"其实是个人存在的状态，这种状态是一种饱满，也是一种孤独。饱满和孤独看起来是两种无法并存的生命状态，此刻却同时存在，大概在你拥有最大的生命喜悦的同时，一定有最大的生命感伤。"独立小桥风满袖"是一个意象，它没有直接描写喜悦或忧伤，但是我们能感受到它所传达的是双重感情。大家可以回想一下自己在生活中类似于"独立小桥风满袖"的体验。比如在爬山时，感觉到衣服的每一个隙缝里都有风，而且风在同你的身体对话，这个时候你好像才第一次意识到自己是存在的，作为一个生命个体，你既感受到了喜悦，同时又有感伤，因为你知道它会消逝。"平林新月人归后"也是一个意象。一片树林上面，一弯像眉毛一样的月亮，人已经回去了。注意是"人归后"，此时只剩下一个空空的画面。

这有点像欧阳修讲的"平芜近处是春山，行人更在春山外"的感觉。宋以后的画作中经常看不到人，因为人远离了。"平林新月人归后"虽然是五代时的句子，但也是无人的风景；而在唐朝是很少有机会看到无人的风景或者不从人的角度去看的风景的。从人的角度看到的风景都是征服的，不从人的角度看的风景，才是所谓"万物静观皆自得"，它促使你以一朵花或者一枚雪片的姿态去体会宇宙自然，成为大自然的一部分。

文人的从容

对于五代到北宋这一时期，我们反反复复从不同角度讲解，目的是希望大家能够对这个时期的文学特质做些比较，对过去接受的概念产生一些不同的想法。

我们前面提到过，宋朝开国的经验和唐朝是绝然不同的。各位如果去台北故宫博物院，会看到宋太祖赵匡胤的像，非常写实，一个脸很黑、身材很魁梧的人，完全是一个司令的样子。他曾是后周的大将，后来他的部下发动"陈桥兵变"，拥护他做皇帝，其实就是篡位。以中国儒家的角度来讲，篡位是会被诟病的，但赵匡胤假装醉倒，由部下为他黄袍加身，从而淡化了这个事实。我们读《宋史》的时候，会觉得很有趣，因为赵匡胤的母亲在得知他黄袍加身以后，说"吾儿素有大志，今果然矣"。很多人都认为这句话其实透露出宋太祖不是没有野心的，可是在"陈桥兵变"的时候，他却用隐晦的方法来实现目的。

宋太祖赵匡胤在执政之后，马上做了一件事，即"杯酒释兵权"。所有聪明的执政者在执政之初最重要的一件事情，一定是收兵权，只有糊里糊涂的政治家才不懂这些。当然收兵权有两种方式，一种是用强迫的、军事的力量去收，还有一种是像赵匡胤那样用"杯酒释兵权"的方式。据说当时宴会的外面强兵环伺，意思是说你不放兵权，也该知道下场是怎么样，所以谈笑之间这些大将就全部退隐了，从此兵权就被赵匡胤整个抓在手上。

我讲这两件事是要说明,其实赵匡胤是真正实行过军人干政,并篡夺政权的人,所以他对于军人干政、篡夺政权的忌讳也是历代君主中最强烈的。大家都了解唐朝的节度使是兵权在握的,他们拿着旌节,就可以变成一个地方的首长。这些手握兵权的人一旦失控,就会成为政权的巨大威胁,像安禄山、史思明都曾是节度使,"安史之乱"却是唐盛极而衰的转折点。赵匡胤以唐朝为戒,同时也以自己为戒,实行了"杯酒释兵权",而且极其成功。他还要求子孙后代也不再让军人干政,于是,军人干政在宋代从制度上被排除了。

民间流传着有关宋太祖去世的一桩疑案,即"烛影斧声"。宋太祖的弟弟赵光义觊觎皇位,于是在太祖生病的时候下手。据说外面有人看到蜡烛的影子一片摇动,斧子举起落下,弟弟就把哥哥砍死了。后来,赵光义取得了政权,是为宋太宗。

我们前面提到过李后主亡国时的场景:宋军兵临城下,李后主投降,然后被抓到北方,被封为"违命侯"——违抗命令的侯,可还是侯爵。后来,宋太祖招待群臣,喝了酒之后,对李煜说:"听说你文采很高,很会填词,就立刻填一首吧。"填了词以后,宋太祖"称赞"他"好一个翰林学士",意思是说你做文人大概还不错,做皇帝是不够格的。李煜被软禁期间,写了很有名的《乌夜啼》、《虞美人》等作品。

宋朝的文人在其后的时间里,反而慢慢接受了来自南唐和后蜀的非常高的文化美学气质。我一再强调,在一个相对独立、不受干扰的环境里,四川和江南这种富有的地方发展出了非常高的文化,虽然在军事战争中失败了,却提供了非常重要的文化品质,令后来的政权有机会学习。宋代在真宗、仁宗主政时,进入了文化水准最高的时期。

大家可能记得,宋真宗时还有所谓的"澶渊之盟"。宋朝当时在战争中处于优势地位，可是它并不要求延续战争，而是缔结了"澶渊之盟"。"澶渊之盟"也建立了宋代以后谈判的一个方向，即战争的目的是为了和平相处，而不是继续战争。我想这种情况的形成也和宋朝非常特殊的背景以及宋太祖本身是军人出身有关。因为是军人出身，所以他十分懂得军人是双面刃，你可以用他杀别人，也可能被他杀了。因此，他严格防范军权落入武人之手，而是给文人很高的位置，让文人去领导军队。

唐朝的李白没有"科举人"的身份，也没有正统的资历，是因为诗写得好而"供奉翰林"的，身份有点儿类似皇室的"御用文人"。我认为宋代的科举制度是所有朝代里最上轨道的。把当时的精英全部选拔出来是非常不容易的事情，而范仲淹、欧阳修、司马光、王安石、苏轼等人，全部是通过科举出来的。

宋代科举有一个很严格的系统，由非常好的文人主管，比如苏轼考试那一年的主考官就是欧阳修。他们的品格之高、品味之高，形成了历史上最高的文人风范，使得在文人政治的背后产生了一种个人的从容。我现在讲到"从容"两个字，不知道大家是不是可以理解，就是中国历史上很少有一个朝代的文人可以在政治上没有恐惧感，可是宋朝的文人有很大的自信和安全感。因为宋朝有所谓的"太祖誓碑"，继位的皇帝都必须遵守，其中一点就是"不杀士大夫"，这是宋朝非常重要的一个制度，是祖宗家法。皇帝再怎么生气，可以把大臣降职、流放，但不能杀他。

在这样的环境里，知识分子的人格得到了充分的尊重，宋朝出现了整个文化当中最优秀的一批知识分子。关于"尊重"这一点，甚至近代都未必做得到，文人有时候会在政治里被利用一下，可是未必真正能够成为对于国家政策、对于各方面进步最重要的决策者。像王安石与苏轼，在朝堂上可以有那么多不同的意见争论，在朝堂之外却可以写诗唱和，我想这在世界历史上大概也是非常少有的开明的状况，也能够帮助我们体会北宋词的从容。

在历史上，知识分子常常处于战战兢兢的状况中，要么卑微，要么悲壮，能够有宋朝知识分子那么坦荡的情怀的是少数。我觉得这也是由于宋代继承了后蜀和南唐文人政治的风气。

如果说哪个朝代的皇帝有非常强的文人气质，大概也就是宋朝，从真宗、仁宗之后，到神宗、徽宗，都像文人。那一年宋徽宗的画像被借到法国展览，整个香榭丽舍大道两侧挂满了穿着红衣服坐在位子上的宋徽宗画像，法国人都迷死了，说你们的皇帝真是帅哥。宋徽宗的相貌之清癯，文人气质之优雅，让人觉得他不像一个帝王。如果大家去台北故宫，我特别希望你比较一下宋太祖和宋徽宗的形象：宋太祖就像屠夫一样，脸黑黑的，身材壮壮的；但是宋徽宗就非常有文人气。通常我们会觉得皇帝应该很霸气或者霸道，可是为什么皇帝就一定要霸气、霸道呢？宋代有好几个皇帝都写得一手好字，作得一手好诗，画得一手好画，这是皇室教育的成功；而这种成功是因为当时一批杰出的文人扮演了皇帝老师的角色，比如朱熹。这些人做皇帝老师的时候，会把文人的经验传递给皇帝，促使他们可以讲道理，可以真正谈谈文化。

我想正是这些背景构成了宋词乃至宋代文学的发展基础。我希望大家在读到欧阳修、范仲淹这些人的词时，不要忘记他们是类似于我们今天的省长或者边防司令的身份，可是他们能够写出这么优美的词。他们表达内心最柔软的部分时，不会觉得羞怯；在今天的官场里，我们的官员未必敢流露这个部分。我的意思是说，在一个男性担当特殊角色的社会结构当中，他可以流露出"日日花前常病酒"的情感，那么我们大概就要思考这个文化的特殊性了。

第二讲　从五代词到宋词

其实我们可以从中看到一些有趣的东西。范仲淹绝对不应该只被当作文人看待，他绝对是一个政治人物。可是他在词的世界当中疏解了自己柔软的部分。我觉得这才是比较"完全"的范仲淹，因为人有一部分是社会性的，有一部分则是非常私密的，当私密的、属于个人私情的部分被满足的时候，一个人就圆满了。宋代的诗词与同时期的策论文章有很大不同，如果你拿苏东坡等人的策论和他们的词对比，大概会吓一跳，以为对方是精神分裂的人。苏东坡考试时写的《刑赏忠厚之至论》是谈司法制度的；他和宋神宗、王安石辩论新法之失的时候，策论写得洋洋洒洒，绝对是最好的政论文章。可是当他写到"墙里秋千墙外道。墙外行人，墙里佳人笑"的时候，你忽然感到那种柔软、妩媚的东西跑出来了。这些人身上是有两面的，他们也很了解自己有必要做一个完美的理学的信仰者。所谓"完美的理学"，是儒、释、道三者相融合、调适的一种关系。

宋代是一个最懂得融合的时代。所谓融合，意思是说过去总要分你是佛家，他是道家，我是儒家（像杜甫是儒家，所以是"诗圣"，李白比较接近老庄，所以是"诗仙"；而王维比较接近佛教，所以是"诗佛"），可是宋朝时这种界限越发模糊。文人们身上有一种豁达，可以在上朝的时候扮演一个儒家的角色，下朝的时候又是另外的样子——你看苏东坡和佛印和尚的关系，他可以"无入而不自得"。

这是一种成熟，也是一种智慧。你会发现其实身体里有很多个"我"，可是当你决定哪一个是真正的"我"的时候，对其他的"我"就开始排斥了，然后自己和自己打仗，纠缠不清，我们姑且称之为"分裂"。可是"分裂"其实是和解的开始，也是圆融的开始。当你发现你的"A"和你的"B"、你的"C"可以坐下来好好谈话的时候，那大概会是很愉快的体验。

包容之美

我非常喜欢宋代的文人可以在作品中自由转换角色,转来转去一点都不冲突,所有的分裂忽然都和解了。词对他们来讲本来就是玩赏之物、游戏之物,上班时没有人写词,都是下了班才去找一些歌妓唱歌。这时你还要说那么正经八百的东西,实在大可不必,他就会释放出另外一个"我"。我们后面看到宋徽宗时会觉得比较麻烦,他身上文人的部分越来越多,每天都在写词作画,忘掉皇帝的角色了。可是在北宋开国的时候,我觉得这大概是一种非常完美的人格。

我最喜欢的中国知识分子大概都在北宋,南宋有点不行。欧阳修、王安石这些人,都可以进退不失据,就是因为他们有一种对人格的完美要求。他们做官不是为谁做的,是因为自己的理想,所以他们非常清楚做官与不做官之间的分寸。苏东坡不会因为被下放了,就不做事了,他要做的事情更多,有更多的机会去与人接触。他被贬到岭南,觉得荔枝很好吃,就写起荔枝来。

我觉得这些是宋朝最可爱的部分。它不像唐朝,唐朝一切东西都要大,而宋朝可以小。小不见得没有价值。他可以很愉快地去写生命里一个小小的事件、一点小小的经验,这个部分就是我前面提到的"完全"。"完全"是他把春天的灿烂、秋天的萧瑟都看到了,是另一种美学。我们在现实中常常进行比较,比较当中很少有"完全",因为比较之后一定有一个结论,是要其一,还是其二。可"完全"是说生命中这些东西本来就都在,雄壮是一种美,微小也是一种美,没有人规定雄壮的美会影响微小的美。"西风残照,汉家陵阙"可以是一种美,宋代画家画的一片叶子上的草虫,也可以是一种美。

台北故宫收藏的《草虫瓜实图》上，画了一个瓜，瓜上有一片叶子，叶子上有非常小的一只蚱蜢，很多人都盯着那个草虫看，让人感觉到小小昆虫的生命也是一种美。宋代文人让你看到了"小"；唐诗里"小"的东西不多，一看都是"大漠孤烟直，长河落日圆"，而你看到"长河落日圆"，就不一定看得到昆虫了。宋朝是可以静观万物的，静观万物是因为你对自己的生命有信心，可以看到生命来来去去；你有更大的包容，不去做比较和分辨。这个时代既有范宽在画《溪山行旅图》那样大气魄的山水，又有花鸟画家在画一些非常小的草虫。

"大"和"小"都是一种宇宙世界，当然这背后有一个非常深的哲学背景，就是我们刚才一直讲的理学。现在大家对于宋明理学好像不太有好感，觉得它很教条，可是我觉得北宋理学其实是一种生命之学——谈生命中的宽容，谈拿掉所有外在的权力、财富之后，人怎样才能像一个人，这些是当时的理学家关心的问题。

我为什么喜欢北宋的知识分子？因为我觉得北宋的知识分子最像人。这个说法有点奇怪，知识分子当然都是人，但在历史上，知识分子很难做自己，反而一直在文化里被扭曲，尤其是在政权当中，被扭曲以后会回不来。可是宋朝的知识分子可以回来做自己，而这种自我的释放使得宋朝在文化的创造上产生了一种"平淡天真"，就是不要做作，也不要刻意，率性为之。

各位如果去台北故宫看到《寒食帖》，会发现宋朝人写字绝对不像唐朝人那样规规矩矩地写楷书，他可以随意，写错字就点一点，再改一改就好了。没有人规定伟大的书法里不能有错字，错了为什么一定要再写一次呢？生命里面的错误让别人看到会那么难堪吗？这个字错了，就把它圈掉，旁边再补上一个字，这些在书法中都出现了。苏东坡、黄庭坚的书法里都有涂改的痕迹，书法的美学因此从一个官方的很正式的规格转变为性情的流露。从艺术中可以看到人的真性情，是什么就是什么，不要去掩盖它。

我在前面曾讲到宋代的文人崇尚理学，其实这样的哲学也与后蜀和南唐有关，渗透了某种非常奇特的流浪感。我讲的"流浪"，是指一种生命的不定形式，是说我可能正在旅途当中。唐诗《春江花月夜》所展现的就是一种旅途当中的流浪感，可是更大的流浪，有一点像佛经里面说的"流浪生死"，是生命从哪里来，又到哪里去的流浪之感，使生命的不定性产生真正的惆怅与愁绪。

深情存于万事万物

大家读一下冯延巳的另一首《鹊踏枝》，可以看到里面在讲一种流浪感。

几日行云何处去，忘却归来，不道春将暮。百草千花寒食路，香车系在谁家树？　泪眼倚楼频独语，双燕来时，陌上相逢否？撩乱春愁如柳絮，悠悠梦里无寻处。

它开始就用了一个意象——在天空中飘动的云。李白曾经讲过"浮云游子意，落日故人情"，"浮云游子意"是讲一个游子像浮云一样居无定所，不仅是身体上的流浪，也包括心灵的流浪。我们看看冯延巳是怎样传达出这种流浪感的："几日行云何处去，忘却归来，不道春将暮。"从五代到宋，常常会有一种对时间的感伤，不知不觉春天已经快过完了。"不道春将暮"，其实是对生命在不知不觉中衰老的感伤,是对青春在不知不觉中逝去的感伤,它和"不辞镜里朱颜瘦"的意义是一样的。"春"、"暮"两个字合在一起,是在讲述繁华的过去。

从历史上说,大唐的确是繁华的过去,宋朝则是一个有机会去回忆繁华的时代。法国十九世纪末、二十世纪初最重要的作家是普鲁斯特,他的《追忆似水年华》是在写一个家族的繁华;《红楼梦》也是写家族的繁华。在繁华当中时间过得很快,你一旦对时间有感觉,大概就是繁华已经过去了,所以作者以"不道春将暮"来述说自己心情上的流浪。

"百草千花寒食路",在清明的前后,百草千花都在繁盛地开放,可是春天快要结束了。百草千花是在讲繁华,寒食则是在讲心情的落寞,特别是寒食节还隐含着介之推被烧死,大家为纪念他不吃热食的典故。"百草千花"和"寒食路"其实是一组对比,一面是繁华,一面是幻灭。

"双燕来时,陌上相逢否?"各位请特别注意这一类句子,我们在晏殊的词里还会看到。他们常常会写春天看到燕子来了,就问燕子"我们是不是去年见过?",有一点"为问新愁"的意思。这一类形式在唐诗里几乎没有,其实它是在很特殊的万物静观之后感受到生命的流转形式,觉得生命都是有前缘的。一朵花,或者一只燕子,都会变成生命当中的一种象征。

最有名的像晏殊的"无可奈何花落去,似曾相识燕归来",其实燕子回来是季节的景象,是客观的,可是"似曾相识"就变成主观了。你觉得那个生命是曾经认识的,似乎有过很多的记忆,好像有很多没有了结的东西要在这一世延续。这个部分很明显是佛教或者老庄的成分进来了,特别是佛教,因为佛教的轮回观认为生命不是一个短暂的形式。"陌上相逢否?"是在问燕子,在向外的政治力量结束之后,人才会回来关注自己身边的小事物。

通常我们一讲小事物就会看不起，总在谈虚妄夸大的东西，对身边的小事却可能没有真正珍惜过。对于每年春天来过屋檐下的燕子、田陌上的燕子，我们都没有注意过。这个时候，"大"会变成虚大、浮夸，而不是真实的深情。而五代到宋都在讲深情，不讲大的问题，在这里大家可以很明显地感觉到，在春天来临的时候，走在花树底下，燕子飞来，创作者会产生什么样的心态。"泪眼倚楼频独语"，泪眼婆娑地靠在楼边独白。唐诗的对话形式转变成心事独白，而这种心事独白不能随便传达给别人，很私密，所以这个时候才敢问"双燕来时，陌上相逢否？"。

当然这里面有很复杂的隐喻。很多人认为"双燕"是某个女子之类，可是我觉得这样有一点儿小看五代到北宋的词。恋爱不见得一定是跟人，我相信深情是可以存在于万事万物之中的，同一朵花的缘分不见得下于同一个人的缘分。比如我到日本看樱花，会觉得是前世曾经看过的，这是一种很奇怪的心情，好像生命中有些东西在一个超经验的状况里轮转。尤其对创作者而言，他会寻找某一个记忆或经验，甚至是记忆以外的空间和时间。

我自己并不喜欢对"双燕来时，陌上相逢否？"的一般注解，即"在燕子来的时候，问我们去年是不是在田陌上遇到过"。这种注解特指某一个人、某一个恋爱的对象。其实我觉得，作者自己可能真的就是燕子，他觉得他的生命形式是循环的：也许去年春天来过，今年又来了；也许是五百年前来过，五百年后的现在又来了。由于理学本身包容了很大的佛教经验，打破了儒家关于时间和空间的概念，将其扩大至无限，所以这一部分在北宋词里会看到更多。

"撩乱春愁如柳絮"，那种春天的愁绪、烦乱，像随风飞舞的柳絮一样。

在台湾不太容易看到柳絮，我小时候读到这儿，一直以为柳絮就是柳花。其实柳絮飞起来是一团一团的，毛毛的，满天满地，沾得你一身都是。古代的很多文学作品是有它现实的自然环境的。作者用柳絮比喻总是拂不去的东西，它轻得不得了，但就是沾得你一身都是，变成了一种对于心情的形容。

我们前面一直提到，唐诗里面很少有这种东西，诗人们站在那里，目视着"西风残照，汉家陵阙"，他们看不见柳絮，因为柳絮很细小。可是宋朝的时候，诗人已经开始用"显微镜"了，他们专注地看到了生命里面这么小的事物，也许这是因为他们在文学上没有那么大的野心。可是不知道大家同意不同意，换一个角度来看，要近到什么程度，你才会看到这么小的东西？这也是需要野心的。

我们有时候测验学生，比如出去写生，就会看到每个人交回来的东西都不太一样，有的人是一座大山，有的人就画草上面一点点光的变化，每一个人看到的其实都不同。你会看到其实人们有趋向唐朝的，也有趋向宋朝的，他们会有面对自己生命经验的不同取向。有些人的视野广大，看到大的东西，这是一种能力，可专注也是一种能力。所谓"至广大"是一种能力，"近精微"也是一种能力。如果说唐朝一直在"至广大"，那么到了宋朝则开始"近精微"了，当然在整个儒家的道统里面，"至广大"和"近精微"必须合在一起才是完整的。

所以我觉得，唐、宋也要加在一起才是完整的，你只用其中任何一部分，都会有一点偏。比如，李白诗的音韵高亢得不得了，在李白的诗里不是侠客就是仙，都是特异的生命形态。可是你在读五代词、北宋词的时候，会感觉到人的一种真实性。作者把自己置放在季节或者山水当中，去看人的真实性，而不去虚夸人对自然的控制或征服。你读"大漠孤烟直，长河落日圆"，当然很过瘾，因为它的气派很大；可是"独立小桥风满袖"却是一种非常特殊的个人与宇宙合一的平凡经验，它非常单纯，这些细小的经验积累成了北宋后来体现出的状态。你会用伟大去形容唐诗，但你不太会用伟大去形容宋词，因为后者不追求伟大，它追求的是一种平静。这一点大家在北宋开国时期的几个词人身上会特别明显地感觉出来。

"撩乱春愁如柳絮，悠悠梦里无寻处"表达了对生命的茫然之感，或者说是刚才讲的流浪之感、迷失之感：这种愁到底在哪里？在梦里面无可寻找。现在这样的流行歌曲其实蛮多的，它表达的是一种春愁、一种闲情、一种惆怅。不过这种惆怅不严重，没有到要命的地步，没有到绝望，它是一种淡淡的哀愁。大部分人讲不清楚这种哀愁，为什么？因为他的忧郁或者烦闷都不严重。你如果给他一个事件，比如说杨贵妃死了，令他很难过，那是由事件引导出来的情绪。可是这里连情绪的根源都不清楚，因为不清楚，所以才会变成抽象的、对于生命内在的描述，那种"无寻处"的状态才是重要的。

讲中国美术史的时候我们讲过《清明上河图》，讲过汴梁（即汴京，今开封）曾经如何繁华，在十二世纪，全世界大概没有一个城市比汴京更繁华。一个城市可以有那么多商店，有那么多人在街上游玩，有那么多货物的运输，有那么多贵族的管弦在吹奏。

很多人研究中国的城市发展史，第一个讲到的城市就是汴梁。难道汉唐的长安不繁华吗？当然也很繁华，可是北宋的汴梁不仅繁华，更重要的是它具备了近代商业城市的基本规模。我记得当年讲到城市发展史，老师会特别跟我们提到近代所有的城市以汴梁作为起点的原因：它是最早把住宅区、商业区、游乐区分开的城市。以城市规划来讲，一个城市不发展到一定程度，不会有所谓住宅区、商业区、游乐区的分别。

另外，宋代真正达到了经济繁荣和贸易频繁的状态，特别是贸易。商业与贸易不完全相同，所谓贸易是指货物交换。宋朝是中国第一个通行纸币的朝代，这种纸币叫作"交子"。货物的交换量到了一定程度，才会有纸钞的交换。"澶渊之盟"之后百余年间，北宋与辽国大体维持和平，这不是很容易的事。这样的情况对于宋朝发展出安定的城市文化是一个非常重要的基础。人在战争的威胁之下很难累积繁华，政治的安定加上贸易的频繁，使宋朝真正进入了繁荣。人们有一种喜悦感，对于物质，对于自己所拥有的繁华，有一种安定感。

为君持酒劝斜阳，且向花间留晚照

白居易写"花非花，雾非雾"，已经有一点碰触到类似"悠悠梦里无寻处"的神秘经验，只是这种神秘经验在唐朝没有成为主流。宋朝的时候，这个内在的神秘经验成为主流了。我首先想和大家提到的就是宋祁的《玉楼春》，其中有一种繁华，有一种完全属于宋朝的美。

词牌本身的旋律部分大都失传了，我们不知道当年《玉楼春》怎么唱，《鹊踏枝》怎么唱。可是我常常觉得词牌和西方的调性最大的不同在于，它会把某个调性的内在经验转换成很简单的符号，让你感觉到这个歌大概应该怎么唱。比如"鹊踏枝"这个名字，有一种喜鹊在树枝上跳动的感觉，你会觉得这是一个优美的小调，有一个优美、愉快的旋律，可又带着一些淡淡的自我反省的力量。可到了"玉楼春"，你会感觉到它是更喜气的调子。中国的词牌很特殊，它不像西方那样是用一个客观的调性去记录，而是把它转换成富于文学性的描绘。现在很多人说"玉楼春"三个字没有意义了，可是我觉得有意义，"玉楼春"表现的是一个春天，在酒楼上，诗人喝着酒，有一种开心，有一种喜悦。我觉得这首词反映了北宋开国时期文人的一种词曲生活。

有一段时间，在江蕙的歌里能够听到台湾某一种很哀伤的情绪，苦闷的，而且是毁灭性的，或者说自毁性的，喝酒一定要喝到肝都坏掉的那种情绪。我觉得歌曲比一般诗人的诗其实更能够传达时代性，宋祁的《玉楼春》就是这样能传达时代性的作品。我其实是把《玉楼春》、《鹊踏枝》当成时代中的歌曲看待，我不认为它们是绝对个人的创作。

> 东城渐觉风光好，縠皱波纹迎客棹。绿杨烟外晓寒轻，红杏枝头春意闹。　　浮生长恨欢娱少，肯爱千金轻一笑。为君持酒劝斜阳，且向花间留晚照。

《玉楼春》所传达的时代性，就是北宋开国时人们心里的一种喜悦。"东城渐觉风光好"，春天到了，没有政治的压迫，没有经济的窘困，没有战争的威胁，大家出来玩，很开心。这个词牌的音乐绝对是愉快的，大概就是出去郊游时会唱的那种歌曲。大家可以试着找一找和《玉楼春》、《鹊踏枝》最像的今天的流行歌曲。我相信可以找得到。

"縠皱波纹迎客棹"，水的波纹像绉纱的皱纹似的，宋朝常常用这个比喻，如果大家看过宋画里画水的方法，就可以了解。用这种画法画水，表现的是什么样的状况？就是在风平浪静、阳光亮丽的时候波光粼粼的感觉。如果有风浪起伏，线条就不会是这样的画法了。大概在最平静的春天，阳光又非常透明的状况下，才会出现这种非常细的水纹。"棹"是撑船的工具，有客船来了。

宋朝有一个很特殊的经验，就是关于水的经验——我觉得，在唐朝，对于山的认识大过对于水的认识，在绘画里也是如此。宋朝开始慢慢去寻找对水的认识，当然有一部分原因是宋朝的都城都和水有很大关系。汴河是北宋很重要的一条河，南方的物资由此运进来。我们在看《清明上河图》的时候，能够看到河流上的船只来往非常频繁。这条重要的河流构成了城市的景观。

我不知道大家会不会觉得亲近水的心情和亲近山的心情是非常不一样的：水比较柔软，比较温和，比较顺从，也比较沉静和反省；山则比较稳定、雄壮、大气。二者带出了两种不同的美学经验，尤其是到南宋以后，因为定都在杭州（时称临安），所以关于水的经验更为丰富。宋词当中描述水的内容很多，比如欧阳修曾任官扬州，苏东坡有很多时间在杭州，他们都有对于水的观照体验。

宋朝有很多水上活动，比如"争标"，《金明池争标图》描绘的就是这个场景，有很多船参与，有一点儿像龙舟竞渡。标是由政府或者皇帝设的，大家去抢，抢到以后会有很大的赏赐。节庆的时候，湖面上会有这样的活动，宋朝官员、文人也会参与其中，陪着皇帝观赏争标。争标后皇帝赐宴，大家当场写诗。宋祁的《玉楼春》就被认为是他在观看争标以后的宴会里陪侍时写的。

下面两句是常常被提到的："绿杨烟外晓寒轻，红杏枝头春意闹。"王国维曾经说过，一个"闹"字出来，整个境界就不一样了。一个词人要描写红杏开到繁盛至极的景象，一定要有自己的表现手法，他用一个"闹"字给全句收尾，视觉、听觉、嗅觉全部出来了。王国维极其赞赏这个"闹"字，认为是了不起的创作。其实创作的高低常常取决于某个字是否用对了。

填词是一个字一个字镶嵌进去，和写诗时在思维逻辑下产生的文字和句型是不太一样的。如果我们今天已经有一个曲调，要你把词填进去，而且平仄都是固定的，那你对每一个字的分量都会仔细斟酌，这个时候创作者除了要思考整个句子的状况，还要思考每个字本身的特异性。我想这也是宋词对中国文学非常大的贡献，它开发出了字本身的独立特性。我讲的是"字"，而不是"词汇"，唐诗里面常常表现的是词汇的美，你很少看到一个字本身有很大的特殊力量。

当然，我们过去举过"僧推月下门"、"僧敲月下门"的例子，那是对于字的斟酌，这种斟酌大多是在动词上斟酌，而宋词中对于字的斟酌更多、更明显。当我们看到"红杏枝头春意"的时候，还没有什么感觉，可是这个"闹"字一出来，整个画面全部被统接在一起。王国维的《人间词话》常常会提醒我们，在读词的时候要注意某些字。又比如接下来这句"绿杨烟外晓寒轻"，讲杨柳在春天如烟雾般弥漫，清晨的寒气轻微。"轻"变成了很特殊的生命体验，既是客观的，也是主观的。"闹"字也是如此，既讲客观，也讲主观。读完这两句话以后，你会觉得"晓寒轻"和"春意闹"好像在讲自然，可实际上也是在讲生命本身。我们自己的生命中也有"闹"，青春繁华的感受就是"闹"，和"轻"字形成对比。

"浮生长恨欢娱少"，这里也是宋词对五代词非常明显的延续——你会不会觉得它很像李后主的句子？李后主后来的句子也总是有"浮生长恨欢娱少"的情绪。创作本身有时是对欢娱的反省，"浮生长恨欢娱少"其实不是感伤，而是从另外的角度对生命经验进行寻找——他要求自己在沉静的状况里重新去思考欢娱这回事。

"肯爱千金轻一笑"——大家会不会想到李白的句子？比如"黄金白璧买歌笑"。他总是觉得，最珍贵的物质其实是用来"买"生命里最美好的一刹那的。可是在宋祁这里,"肯爱千金轻一笑"变成了一种质问:在现实当中,由于我们对物质的计较,是不是忽略了生命里最可珍惜的某种深情呢?"一笑"其实就是一种深情,是你生命里的所爱。每个人能够为之一笑的东西,我相信都不一样,你应该为它而执着。唐诗的澎湃激情到这里慢慢转变为追求个人生命中短暂的、刹那间的深情,变成了"肯爱千金轻一笑"。

"为君持酒劝斜阳,且向花间留晚照。"结尾这两句是我最喜欢的,过去我常常喜欢用它写书法。对宋祁来讲,"肯爱千金轻一笑"的东西,大概就是结尾这两句。其实生命是有对象性的,因为这个对象,生命会产生不同的意义。比如我们前面介绍过的"记得绿罗裙,处处怜芳草","绿罗裙"是存在过的,但现在可能已经不在了,于是你开始扩大记忆中的经验,开始"处处怜芳草"。"为君持酒劝斜阳"是一个特定经验,"且向花间留晚照"是在和夕阳对话——我们前面讲过和燕子对话的,现在又是和夕阳对话。对夕阳说,对夏天最后的晚霞说:可不可以在花间再多留一下?宋词中有很多在花间的寻找,在花的盛开中寻找生命的体验,思考如何让美好的体验延续。可是又有感伤,因为"晚照"本身是感伤的,已经是要入夜的落日了。但"晚照"和"花间"结合在一起,又是一个最华丽的状态。不知道大家能不能通过《玉楼春》看到我前面讲的宋代开国以后的某种从容。

《玉楼春》的句子全部是七言,但是既不讲究对仗,也不讲究叙事,每个字都有很高的独立性,都可以跳出来以独立的状态发展。当然我们也可以看到,《玉楼春》的声调比较平缓,很少有高亢或者低沉的大变化,哀愁和喜悦都不是特别有起伏的。即使是"浮生长恨欢娱少"的时候,即使是"肯爱千金轻一笑"的时候,即使是"为君持酒劝斜阳"的时候,也不是激动得不得了，只在最后留下一个淡淡的"且向花间留晚照"的愿望，好像变成一种对生命的美好祝福。这个美好势必要结束（"晚照"），在结束以前，至少能够和繁华在一起，能够有一种深情的珍惜。"且向花间留晚照"，如果把这样的句子送给朋友，我想其实是一种对生命的祝愿，它绝不是在讲某一天的晚霞，而是说在生命结束以前要珍惜自己。

第三讲　范仲淹、晏殊、晏几道、欧阳修

"分裂"的知识分子

下面我们会看到范仲淹的两首词,大概在我上中学的时候,这是我父亲一直要我读的。当时他发现我很喜欢文学,所以要找一些可以和我一起读的东西。大概他很怕我去喜欢"日日花前常病酒"那样的东西,那个时候,好长一段时间写毛笔字都在写《渔家傲》。当然,范仲淹的词还是很有趣的。

我们前面提到范仲淹是一个政治家,所以他的发之为文不是为了狭义的文学。我自己一直不采取狭义的"文学"定义,而采取广义的,一个人对于生命的感慨、意见,都可以是文学的状态。

范仲淹所处的时代和宋祁大体相当,但他承担着守卫边关的重任,所以他的生命情调和宋祁是不一样的。在他的词当中,有着宋代开国词人中少有的苍茫之感,这和他的身份有关,也和他的位置有关,因为他身在陕西,北方的西夏和辽随时可能进攻宋朝。他的《渔家傲》里面多是比较高亢的声音。"渔家傲"大概原本是民间渔家传出的声音,可是有个"傲"字在里面,构成一种高亢的感觉。这个词牌和《满江红》有一点相似,是比较悲壮的。

我特别把范仲淹选出来,是希望大家了解,虽然北宋词是以宋祁、欧

阳修这一派为代表，可是应该给范仲淹一个特殊的定位，从他身上可以看到宋代在从容之外的焦虑感。他的《岳阳楼记》里就有一种政治上的焦虑感和某一种祝福的意义。宋代知识分子身上所兼有的养分非常丰厚，在不同的环境下能够扮演政治家、诗人、评论家等多重角色。

我们在读《渔家傲》的时候，可以看到范仲淹出入于不同的状态之间，他要写出一个边防司令带领军队的悲壮和勤奋，同时又要写戍边的辛苦，要用一个司令的心情去感同身受边疆士兵常年回不了家的辛苦。这个时候，我们会看到他两种身份的对比关系。

塞下秋来风景异，衡阳雁去无留意。四面边声连角起，千嶂里，长烟落日孤城闭。　浊酒一杯家万里，燕然未勒归无计。羌管悠悠霜满地，人不寐，将军白发征夫泪。

"塞下秋来风景异"一句非常像唐代的边塞诗。范仲淹是宋代少数到过边塞的文人之一，风景肃杀的感觉出来了。"衡阳雁去无留意"，衡阳在湖南，秋天来了，大雁往南飞，往衡阳那边飞，它不想留下来了；而将士们大概是中原来的，到了陕西，到了边疆，感觉到秋天来了，连鸟都回家了，可是自己却回不了家，这里是在讲乡愁。"四面边声连角起"，"四面边声"是在讲胡人的队伍，胡人吹起一种用动物的角做的乐器，声音非常高亢、悲凉，令人有一点感伤。"千嶂里，长烟落日孤城闭"，秦岭山峦阻隔，"长烟"、"落日"、"孤城"三个意象有一种类似"西风残照，汉家陵阙"的肃杀与荒凉。当时他守在被西夏包围的一座孤城里，情势非常危险。

下阕中，范仲淹非常明显的文人气质出来了。我们很少在一个政治家身上看到这种情感："浊酒一杯家万里。"作为一个边关司令，这个时候他

第三讲　范仲淹、晏殊、晏几道、欧阳修　071

却喝着一杯浊酒，心里是说不尽的感伤，有凄凉，又有雄壮，完全是从他的身份里面流露出来的情感。"燕然未勒归无计"，这里他用了一个汉朝的典故。汉和帝派人讨伐匈奴，一直打到燕然山，当时的大将与匈奴刻石为界。而现在范仲淹也觉得他身负国家的使命，一定要在完成这件使命以后才能够谈自己回家这件事。"燕然未勒"是说他还没有完成任务。

"羌管悠悠霜满地"，羌管吹奏出悲凉的声音，秋天已经飘霜了。"人不寐，将军白发征夫泪。""将军"、"白发"、"征夫"同"长烟"、"落日"、"孤城"一样，都是三个意象，一个用"闭"结尾，一个用"泪"结尾，写出了在极大孤独感里的一种忧伤。前面我们讲到宋词里单字的独立性非常强，请注意"闭"字是怎样把长烟、落日、孤城三个意象联结起来，"泪"字又是怎样把将军、白发、征夫三个意象联结起来。自己已经是一个老将军，头发都白了，跟他一起来的那些被征发的兵士也都老了，可是边功未成，还没有勒石燕然，悲哀的心情以"泪"来做总结。

北宋开国，范仲淹代表了一种试图恢复大唐气象的愿望，可这在当时并不是主流。我们前面提到过，宋朝本身并没有特别去发展边功的意图，在开国时就没有，它希望发展文人政治。在《苏幕遮》里，大家会发现范仲淹变成了一个多情男子，完全不像一个将军，也不像一个政治家。

  碧云天，黄叶地，秋色连波，波上寒烟翠。山映斜阳天接水，芳草无情，更在斜阳外。 黯乡魂，追旅思，夜夜除非，好梦留人睡。明月楼高休独倚，酒入愁肠，化作相思泪。

这首词大家很熟悉，它的内容进入了现在的流行歌曲里。"碧云天"三个字是被琼瑶拿去做书名的。"山映斜阳天接水，芳草无情，更在斜阳

外。"这样的文字非常像山水画。斜阳是一种时间上的无情与哀伤,你没有办法在花间留下晚照;可是芳草也是无情的,它在斜阳之外的无限的空间里。所以,时间的无限性是人的第一个感伤,空间的无限性是人的第二个感伤。这里是讲思念在时间上与空间上的不可及,我们现在的分析议论转成这么优美的句子。

在读一首词的时候,我想很多人并不追究作者的意思。有时候我问学生"芳草无情,更在斜阳外"是什么意思,他们讲不清楚。其实我觉得无所谓,因为你在听一首歌的时候,歌本身会传达出很深的情感。我前面提到过,人类最深的两个感伤其实是时间的不可寻找和空间的不可寻找,也就是时间的无限性和空间的无限性。宋朝有一个理学的背景,文人们都在碰触时间和空间的问题。

"黯乡魂,追旅思,夜夜除非,好梦留人睡。"这句完全像口语,我们会发现经过了一千年,它的语言我们还在用。原因就是我们前面提到的,它是歌,歌靠听觉传达,你不能用太过艰深的典故、词汇。"夜夜除非,好梦留人睡",几乎没有人不懂。"明月楼高休独倚,酒入愁肠,化作相思泪。"这种对于离家的情感,或者说思念自己亲密的人的情感,非常通俗。这种情感无论在历史上,还是在今天包括流行歌曲在内的整个通俗文化当中,都是一直没有中断的主流。

我之所以把《苏幕遮》和《渔家傲》放在一起讲,是希望大家看到我前面提到的宋代知识分子的"分裂"个性。范仲淹作为将领的角色与他作为一个柔软多情的男子的角色竟然是如此不同,但是又可以合在一起。我刚才说"分裂",是因为我们不了解看似对立的个性可以和解,如果实现了和解,这种分裂反而是一种完美。人性当中有上朝时的你,还有下来游玩时的你,可以不一样,如果随时都一样,那就是可怕的事情了。

宋朝这方面的情形是我特别希望谈的，下面我们讲到欧阳修、苏轼、柳永时，更可以看到这种多重性。尤其是苏轼，我觉得他是一个性格大分裂的人，我们那么爱他，就是因为他的大分裂。他身上什么都有，佛教的也有，儒家的也有，道家的也有；又是政治家，又是一个多情男子。不过你会发现这些在他身上并不矛盾，他可以变来变去：上朝时把王安石骂得狗血淋头，下来之后就跟他下棋，还说王荆公的诗写得多好多好。这当然是"分裂"的，可是这种"分裂"真可爱。这反映出他看到了人的多重性，也尊重人的多重性；他看到了生命的丰富，也就不去阻碍生命里面任何特异性的发展。

享受生活中的平凡和宁静

在范仲淹之后，我们明显看到，大概到宋仁宗时期，北宋政治开始稳定下来，它的文化特质也在文学创作里表现得非常直接。我特别用晏殊、晏几道等人来做典型代表，下面会为大家介绍晏殊的四首词，以及晏几道和欧阳修的作品。我想以他们三人作为苏轼之前的引带，因为晏殊和欧阳修都算是在文学上对苏轼产生比较大影响的人物。

我们先来看晏殊的《踏莎行》。

小径红稀，芳郊绿遍。高台树色阴阴见。春风不解禁杨花，濛濛乱扑行人面。　翠叶藏莺，珠帘隔燕。炉香静逐游丝转。一场愁梦酒醒时，斜阳却照深深院。

大家可以特别注意"炉香静逐游丝转"这样的句子。我们前面曾经提

到，宋代在开始有一个静下来的心情以后，会去静观一些在唐代不太容易被看到的事物。香炉里燃一点檀香末或者沉香末，然后香炉上面的孔会冒出细细的烟来，这就是"炉香"。"静逐"是说因为非常安静，也没有风吹，所以烟慢慢慢慢地绕，如一道游丝般在转。这个场面，这个过程，很可能是诗人坐在书房里面对着香炉观察到的。

所以我们可以进一步印证，唐代的很多东西是在描述大的景象，或者生命中必须有目的性的事件；可是到宋代以后，因为政治的相对安定和经济上的繁荣，使得人们可以很安静地去看一些几乎是无谓的小事件。我现在用"无谓"这两个字，是说我们会发现"炉香静逐游丝转"这一句，好像是一个没有目的性的描述，它在整个人生的意义上，不代表任何东西。可是所有的无谓和无聊，在生命里面又占据了蛮重要的时间。我们的生命并不是每分每秒都具有重大意义，有些时候是属于静下来的时刻，以及休闲的时刻。

从"小径红稀"开始，作者描述了一个人走在落花稀疏的小路上，在郊外游玩时看到绿色的树，再进一步用"高台树色阴阴见"去形容人在树底下看到的树荫所构成的光影层次。"翠叶藏莺"就是在翠绿色的叶子里面藏着春天的黄莺鸟。我们在台北故宫的一幅宋画里可以看到，一道珠帘，外面有燕子飞过来，这就是"珠帘隔燕"。过去的文人有时候在比较接近轩或者廊的地方读书，有很多鸟飞进飞出，他就用珠帘挡住，让光线没有那么明亮，同时也让禽鸟或者昆虫不容易进入这个空间。这种隔帘的经验变成了一种很特殊的生活空间里的美学形式：室内与室外的空间没有绝对的隔断，而是形成一种通透的感觉，人与自然之间可以有"隔"，可是这个"隔"又是可以连接的。

到"炉香静逐游丝转"的时候，我们会发现作者在追求一个完全静下来的心境和画面。这样一个描写的特殊之处，也是它和五代词最大的不同在于，所谓的"愁"稍微少了一点点，虽然后面还是要讲到，可是不太像花间词有那么多哀伤和惆怅。它会描述生活中一些微不足道的东西，那些过去在唐代不太会拿来作为创作题材的内容，会被刻意地描述。

这首词以"一场愁梦酒醒时，斜阳却照深深院"结尾。我不知道大家有没有这样的体验，有时候你午睡醒来，尤其是夏天午睡醒来，会有一种呆呆地看着院中斜阳的愿望。在那一刹那之间，你会感觉到自己的身体坐在那儿，可好像还有另一个你在看着自己。所谓"一场愁梦酒醒时"，是说在喝酒睡着以后醒过来，不止是身体的苏醒，同时也是心灵上的苏醒。"斜阳却照深深院"一句，是感觉到斜阳在移动，时光在慢慢消逝。这种描述和《花间集》或者南唐词句里直接的感伤不太一样，它只是一种观察，比如说斜阳慢慢消失的感觉；而且作者不用很重的句子，只用"深深院"这样的表达——本来是照在他身上的阳光，此时在慢慢退后。

北宋词最精彩的部分在于它对意象的掌握。这些意象经常是非常平淡的，里面没有大事件，不过就是愁、醒、梦这些小小的生活体验，加入一些自己身边最具体的景象，比如"炉香静逐游丝转"这样的东西。我很希望可以通过北宋的词，找到我们现今生活中可以描述类似"炉香静逐游丝转"这样经验的诗句。我们可以用什么样的方法，去描绘自己生活里面最安静的空间和状态呢？如果不选择李白"西风残照，汉家陵阙"的大气魄，而是希望创作保有宋词的某一种安静，那我们今天生活的安静又在哪里？我不知道大家可不可以了解，我们一直在沿着"文学之美"这个话题谈下来，其实是希望找到我们这个时代的文学之美会在哪里。如果它不是盛唐时代的那种豪迈，那它是不是能够有宋词的那种安静，还是好像两个都没有？两个都没有并不是说不会有，而是可能还在摸索的过程当中。

我们讲生活美学，是说由生活中升华出的一个特殊景象。在饭后把牛奶倒进咖啡，然后拿着小调羹去搅，这样的场景可能就是一个现代诗的画面，只是我们还没有找到那个句子。我的意思是说，牛奶与咖啡融合的场面，其实和"炉香静逐游丝转"是同样的东西。"炉香静逐游丝转"是非常小的一个事件，但是它可以入诗，那我们今天的诗句要从哪里去寻找入诗的生活细节呢？我想这个部分其实是我们在读晏殊词的时候要思考的。因为尽管晏殊做到了很大的官，而且影响了一代的文人，可是在他的词句当中，你会感觉到他没有像范仲淹的《渔家傲》那样很大气魄的东西，反而回到了平凡的生活本身。

超越感伤和喜悦

我为大家选出来的四首晏殊的词，可能都非常平淡，完全是一般人会有的生活细节，比如下面这首《撼庭秋》。

> 别来音信千里，恨此情难寄。碧纱秋月，梧桐夜雨，几回无寐！ 楼高目断，天遥云黯，只堪憔悴。念兰堂红烛，心长焰短，向人垂泪。

"别来音信千里，恨此情难寄。碧纱秋月，梧桐夜雨，几回无寐。"大概不过是讲一个失眠的经验吧，一个朋友离开以后，连让对方知道自己情感的机会都不多。"碧纱"也就是淡绿色的纱，垂下来，它和珠帘非常相似，都是宋代生活里为了不让鸟虫随便跑进来而设的。台北故宫的宋代文物展中，有一张画是描绘宋代文人生活的，可以看到他们怎样用屏风、帘、纱来处理生活空间。现代生活中分隔我们的空间的大概只有墙，可墙分隔出的其实是一个蛮僵硬的空间，而帘、屏、纱的"隔"则在生活空间里形成了一个很有趣的关系。现在日本的居住空间里还常常用到屏、帘这些东西，可是在我们的生活空间里，大概除了墙就不知道还有什么其他的隔断可能了。

纱和帘绝对是可以入诗的东西，因为它既是隔断，可是又通透。隔着帘和纱的光线是非常特殊的，"碧纱秋月"是说人在室内，可是透过绿色的纱帐，他可以看到外面秋夜的月亮，月光是通过纱和他发生关系的。"碧纱"和上一首词提到的"珠帘"其实都造成一种视觉上很特殊的迷离效果。"梧桐夜雨"是在讲夜晚的雨水打在梧桐叶上产生的声音效果。"碧纱秋月"是一种光线，"梧桐夜雨"是一种听觉，作者视觉的经验和听觉的经验组合成为词的美学记忆，然后落到"几回无寐"。一个夜晚常常失眠的孤独的人，才会看到"碧纱秋月"，听到"梧桐夜雨"。

我不知道大家会不会问：他这个时候感伤吗？可是恐怕也有另外一种情况，那就是喜悦：在失眠的夜晚，你看到了户外的月光。生命里面的喜悦和感伤都在一起的时候，可能它会形成另外一个超越感伤和喜悦的心境，我觉得这种心境比较接近宋词真正想要追求的东西。

"楼高目断，天遥云黯，只堪憔悴。念兰堂红烛，心长焰短，向人垂泪。"我们在读"心长焰短"四个字的时候，也许很容易就错过了。它好像只是在描写一个人看蜡烛的情景，而这个蜡烛不过是唐代曾被李商隐描述过的"蜡炬成灰泪始干"的蜡烛。可是晏殊对蜡烛的感受是不同的。大家知道蜡烛当中有一条烛芯，烛芯还很长的时候，火焰已经越来越短，因为蜡烛快要烧完了。张爱玲说她最喜欢这四个字，她觉得"心长焰短"是一种生命状态，它不是在讲蜡烛，而是在讲一种极大的热情已经燃烧得要到最后了，你内在的激情还那么多，可物质能够提供给你燃烧的可能性已经那么少了。我想这也是宋词有趣的地方，好的创作者大概才能真正体会到"心长焰短"是这首词当中最重要的四个字，讲出了人生中某一种热情将要成为灰烬、将要结束的状况。"向人垂泪"当然是在延续唐诗中蜡炬流泪的意象。

在我们前面介绍的晏殊的两首作品中，很明显，都没有大事件，没有大野心，都是在安静地描述生活周边的事物——无论红烛也好，燕子也好，秋月也好，夜雨也好，都是身边景象。在宗教方面，唐代的佛教追求菩萨的庄严与华丽，可是宋代的罗汉就变成了非常平民化的形象。比如济公，修行原本就是生活里的一部分，他不会刻意地把自己提高到佛或菩萨的伟大。你不会觉得罗汉伟大，而是觉得他亲切、可爱，仿佛有一种夜市中人的样子。由此我们可以看到，宋代的宗教、文学艺术都在往世俗生活走，当一切向外征服的野心都挥洒完毕，回来安分做人成为他们真正的追求。

昨夜西风凋碧树，独上高楼，望尽天涯路

下面我们看晏殊的一首《蝶恋花》。

> 槛菊愁烟兰泣露，罗幕轻寒，燕子双飞去。明月不谙离恨苦，斜光到晓穿朱户。　　昨夜西风凋碧树，独上高楼，望尽天涯路。欲寄彩笺无尺素，山长水阔知何处！

这首词的作者一直有争议，很多人认为是冯延巳写的，到现在都没有定论。尤其是下阕的"昨夜西风凋碧树"，很多人认为是冯正中的句子。

"槛菊愁烟兰泣露，罗幕轻寒"，注意前面讲的珠帘、碧纱，现在讲到的罗幕，你能够从宋词中感受到宋代的生活空间非常有趣，不是一堵墙，而是一种转换空间。

下阕是特别重要的。王国维在《人间词话》中选了三句宋词，来说明人生三个不同的境界，第一个境界就是"昨夜西风凋碧树，独上高楼，望尽天涯路"。从现实上来说，"昨夜西风凋碧树"就是昨天晚上因为一阵西风吹起，绿色的树叶纷纷掉落，繁密的遮掩不见了，所以"独上高楼"后可以"望尽天涯路"（当然也有"望断天涯路"的说法），可以看到很遥远的路。对于创作者来讲，这个句子只是一个画面，可是王国维将它引申为人生的第一个境界。活在繁华当中时，其实很难对生命有所领悟，对生命的领悟常常开始于繁华下落的那个时刻，就是我们曾经讲过的"颓废"。这个"颓废"不是世俗所讲的颓废，而是有很高的反省和自我沉淀的意义在里面。如果你一直在春天和夏天的话，你就没有机会去留恋春天和夏天，你留恋春天和夏天是因为春天和夏天要过去了。"昨夜西风凋碧树"，叶子落下了你才开始有感悟，才对生命有眷恋和珍惜。

王国维认为人生的第二个境界是"衣带渐宽终不悔，为伊消得人憔悴"。你必须痴情，必须像柳永讲的身体越来越瘦（"衣带渐宽"），却一点都不后悔。"为伊"是为一个人，为一个对象；"消得人憔悴"，这是痴情。第二个境界是一个痴迷、执迷的过程，这个过程大概是最长久的，也是最痛苦的。第一个境界是"看山是山，看水是水"，第二个境界是"看山不是山，看水不是水"，这时候非常难堪，非常尴尬，也非常分裂。有人过不了这一关，达不到第三个境界。

王国维认为人生的第三个境界是"众里寻他千百度，蓦然回首，那人却在灯火阑珊处"。你几乎要放弃了，因为你"众里寻他千百度"，却怎么

找都找不到，已经绝望到不找了，可是"蓦然回首"，他其实就在那里。要找的人或物一直在那儿却看不到，是因为我们太执着了，所以又回到"看山还是山，看水还是水"，它并没有变。

王国维的《人间词话》一直是我向许多朋友推荐的一部书，因为我觉得他虽然是在谈词，可是也借助词谈了生命中非常复杂的内容和非常丰富的过程。我希望大家在读像晏殊这一类词的时候，能够了解到它不仅是对客观景象的描述，更是对心境的处理。王国维的"三境说"还有一个意思：晏殊是北宋词最早的领悟，接下来必须要经过柳永的"衣带渐宽终不悔，为伊消得人憔悴"，再到辛弃疾的"众里寻他千百度，蓦然回首，那人却在灯火阑珊处"。

这三个境界之间并不存在谁比谁高明的问题，而是说第一个境界、第二个境界、第三个境界都必须是自我完成的，它只是对个人来讲，所以并没有比较。但是要想自我完成或达到第三个境界，感悟的开始是非常重要的，这就是我选讲晏殊词的原因：他是北宋词感悟的起点。特别是他尽管荣华富贵一生，却可以用一种很平淡的方式写自己生命中现实的东西。

"欲寄彩笺无尺素，山长水阔知何处！"收尾收得很通俗，是我们很熟悉的东西。我要写信给一个人，可是没有一尺的素——"素"就是没有染色的丝帛，要写信连信纸都没有。进一步的，这么远的路，这封信到底要怎么传达。晏殊的词里常常表达一种想要传达的情感，而这个情感却无从传达。无从传达和山长水阔并不见得有直接的关系，而是表现了一种落寞感，对于在人生里寻找知己感觉到茫然。光有荣华富贵而没有落寞之感其实是庸俗的，最精彩的贵族常常带有一种奇怪不可解的感伤和落寞。

感伤与温暖并存

下面这首《浣溪沙》是晏殊最具代表性的作品,我想也是大家最熟悉的。

一曲新词酒一杯,去年天气旧亭台。夕阳西下几时回?无可奈何花落去,似曾相识燕归来。小园香径独徘徊。

"一曲新词酒一杯",作者一面填词,一面喝酒。"去年天气旧亭台",想到去年同样的天气,也是在这个地方。大家有没有发现,前面一句和后面一句可以相连,也可以不相连,其实是各自独立的,我们一直在讲词句有独立性。"夕阳西下几时回",看到太阳越来越往下沉落,已经到了黄昏时分,什么时候夕阳会再回来呢?三句之间没有绝对的关系,只有歌词会有这种非常奇特的意象的连接,通过声音的方式把它们连接在一起。

下面出现的是北宋词开创时期最重要的句子:"无可奈何花落去,似曾相识燕归来。"感觉花凋落了——加入了个人的主观意念,花要掉落是你无法挽回的事情,是生命里哀愁和感伤的基础,可是,好像又为自己找回一个生命的希望,那就是"似曾相识燕归来"。那只回来的燕子,大概是去年春天认识过的。一方面是消失的感伤,一方面变成找回的喜悦,二者同时存在,感伤与温暖并存。

我觉得这是北宋词里面最美的句子,而这样的句子当然不止是在讲花的凋零和燕子的归来,其实是在讲生命里两个不同的状态,缺少其中任何一个都不完全。你在生命里也常常处于"无可奈何"和"似曾相识"之间,有许多的生命和你发生"无可奈何"的关系,大概是要结束了,缘分已尽;

然而又有很多生命和你开始新的"似曾相识"的喜悦和快乐，所以它是生命的两个状态。

大家可以把"花落去"、"燕归来"同上面抽象性的"无可奈何"、"似曾相识"一起来看，完全是生命的升华的讨论。这就是文学的力量，从一个很平淡的对生活事件的描述慢慢扩大，变成真正触碰生命的东西。一直到今天，过了一千多年，每次读到这两句的时候我还是会被震撼，这种震撼会唤起我自己生命里很多的经验和状态。你会觉得自己永远活在"无可奈何"和"似曾相识"之间：有很多无奈，比如亲人的去世，朋友的告别，以及青春的消逝；同时又有"似曾相识"的新事物在涌现，因为它还是在循环。生命并没有因为前面的"无可奈何"而掉落到沮丧和绝望当中，"似曾相识"挽回了对生命里面的冀望的熟悉的感觉，我称它为一种"体温"。"似曾相识燕归来"是一种体温，使你感觉到你所接触的"新事物"和"新生命"不是第一次认识的。"无可奈何"是非循环性的，但"似曾相识"是循环性的，这个时候生命的意义、生命的循环性凸显出来。

我们从这里可以看到，晏殊积累了花间词以来的这种经验，把它提高到了最精彩的状态。这样的抽象好像在很多场景中都很合用，或者说可以用在很多不同的生命状态里，比如一个人在情感上受伤，或者遇到事业上的挫折，大概都可以说"无可奈何花落去，似曾相识燕归来"。它变成了抽象性的解释，它的内涵就是要看到生命的起落和循环。潮来潮去、月圆月缺、花开花谢，全部是事物的两面性，这种两面性使作者在"小园香径独徘徊"的时候，产生了对生命的领悟。

记得我跟大家讲过，我最大的野心是盖一座庙，然后把庙里所有的签都变成诗句。你因为担心会和女朋友分手而进到庙里，抽了一支签，结果是"无可奈何花落去，似曾相识燕归来"，你会领悟到什么呢？我们会发现领悟到最后,只是你一个人在独自徘徊,因为没有人可以给你解这个诗句。大概只有自己在那个时刻里,在一个落满了花的园子当中,一个人思考生命的意义是什么。

落花人独立,微雨燕双飞

下面我们讲晏几道。大家会看到他基本上延续了晏殊的风格,但是比晏殊更婉转,更深情。我们知道宋代有所谓的"歌妓文化",很多以唱曲为职业的歌女与文人士大夫的关系非常亲近。这种亲近使她们扮演了文学传达者的角色,文人的词要通过她们弹奏乐器、歌唱表达出来。另一方面,她们还扮演了给这些在朝为官的文人带来心理安慰的知己的角色,扮演了很特殊的、部分相当于情人的角色。这些歌妓年纪轻,容貌美,会歌舞,文化也比较高,可以和这些文人进行对话。

下面这几首晏几道的词,很明显是在和女孩子对话。在晏殊的作品里对此好像还回避一些,可是到晏几道的时候,比如在下面这首《临江仙》里,你会感受到作者的直接。

> 梦后楼台高锁,酒醒帘幕低垂。去年春恨却来时。落花人独立,微雨燕双飞。　　记得小蘋初见,两重心字罗衣。琵琶弦上说相思。当时明月在,曾照彩云归。

"落花人独立,微雨燕双飞。"多漂亮的两个句子,各位注意,这完全是典型的意象,没有任何对心情的描述,就是花在落,人站在花下,天上飘着微微的雨,一对燕子飞过去。运用意象的高手能够通过画面去传达心

情，这里面到底在讲什么？可能是感伤，可能是落寞，可能是对生命的领悟，它变成了一个可以有无数种解读的句子。

如果你把"落花人独立，微雨燕双飞"变成一支签放到庙里去，抽出这支签的人大概会想好久，然后庙里的住持也不会解答了。签一定要写到连住持都不会解答才精彩，这样它本身对生命的指引性其实是更高的。我们都在通过各种解释的方法试图了解生命的神秘性，不管是星座，还是手相，可是我们又始终对这种神秘性无法完全掌握。诗本身也在可解与不可解之间，可解的时候是因为你把生命投射进去了，不可解可能是因为冥顽不灵，因为你始终不愿意去解读生命的本质现象。有人问，"落花人独立，微雨燕双飞"到底在讲什么？碰到这种情况，你要怎样去跟他解这两句词呢？文字很简单，不可能看不懂，那你不懂的是什么？不懂的是字句背后你自己生命的状况——不一定是不懂，而是有时候你拒绝懂。

举个例子，假设你去对一个人说，我帮你用《易经》卜一个卦，然后你对他讲卦的内容，你会发现，他永远要听他想听的东西，他不想要的部分他是不听的。其实诗词也是这样的东西，所以在不同的生命状况里会对诗词有不同的领悟。所谓"诗无达诂"，每个人解读"落花人独立"和"微雨燕双飞"的时候，都会有不同的诠释，所有的固定答案都是对诗的扼杀和伤害。应该给诗最大的释放空间，意象被丢出来以后，我们的生命经验会和它发生永远不停止的、不定型的互动关系，或者说对话关系。

"记得小蘋初见"，"小蘋"是一个歌妓的名字，晏几道直接把自己所爱恋的女子的名字放进去了，有没有发现口语化和生活化？"初见"的感觉，是一个创作者对自己生命中情感萌芽的永远不停的回忆，有点儿像前面讲过的"记得绿罗裙"。生命中的记忆看你自己愿不愿意记得，可以永远记得的事其实也不是很多，所以"记得小蘋初见"反映出创作者对她是多么的珍惜、多么的眷恋。

我说北宋词比五代词好一点点,是因为五代词就像我们讲过的,一直在镜子里看自己;可是到了北宋词的时候,有了一个眷恋的对象,会把自己的某一种眷恋和另外一个对象扩大出来,颓废感比五代要少一点点。"两重心字罗衣"又是一个意象,作者记得小蘋身上穿的衣服是有心的图案的,很像"记得绿罗裙"。从唐诗的角度来看,这些细节是微不足道的,可它们在宋词里都变得非常重要。

一个人的记忆对别人可能是没有价值的,你听到一个人讲自己某天穿了什么样的衣服,却怎么也想不起来,因为它只对那个人有意义。"小蘋"这个名字用得极好,我们不知道"小蘋"是谁,可是对晏几道来讲,这个名字太重要了。如果没有这个名字出来,这首词不会这么动人,这个名字只对他有意义,所以他记得"两重心字罗衣"。"罗"是一种透明度高、经纬疏落的丝织品,有一点像纱,夏天穿起来非常凉快。唐代周昉的《簪花仕女图》上,仕女们穿的就是罗衣。"两重心字罗衣",一方面是讲衣服,同时又在讲两个人之间的情感关系,双关语在这里出现了。

"琵琶弦上说相思",小蘋是一个歌妓,可是歌声里全部在讲彼此之间的思念。"当时明月在,曾照彩云归。"记得那天晚上月亮那么亮,照着小蘋的身形,如彩云般归去。我不知道大家有没有感觉,在北宋前期,晏殊和晏几道的词作的确将五代的无力感拿掉了一点,比较喜悦,对不对?我们读宋祁的《玉楼春》,再读晏殊和晏几道的东西,会感觉到后者有对生命中喜悦的描述。不管晏几道以后多么"去年春恨却来时",当他记起那个晚上的小蘋,他的生命就曾经是喜悦的,他也把那饱满的喜悦作为自己一生重要的记忆,当然这是非常私人化的。

如果你觉得应该"文以载道",文学要有一个更大的题目,那你可能不会喜欢这一类词，觉得它太个人化了，可是个人的东西并不见得好写。我们往往不能在自己的生命里去发展一些真性情的东西，有时候我们会很害怕，所以总是写一些很伟大的题目，而伟大的题目有时候会伤害私情，让你越来越不知道自己内在的世界究竟是什么样。我曾经和很多朋友讲过，在我们成长的年代，非常明显，写作文永远要谈大题目，什么"写给大陆同胞的一封信"之类的，永远没有机会讲自己感受最深的那些小事件。在那个年代，宋词其实蛮被忽略的，讲宋词至少要讲辛弃疾那种比较慷慨激昂的作品，不太能够阅读晏几道这类句子。

中国文学中的夜晚经验

大家可能已经发现，"蝶恋花"是五代到北宋词人经常用到的一个词牌，它是当时最美的流行歌曲曲调。"蝶恋花"本身是讲深情的，甚至有欲望在里面，晏几道、欧阳修、苏东坡等人都写过，大家可以把它当成一个美学形式来看。

> 醉别西楼醒不记，春梦秋云，聚散真容易。斜月半窗还少睡，画屏闲展吴山翠。　衣上酒痕诗里字，点点行行，总是凄凉意。红烛自怜无好计，夜寒空替人垂泪。

一个文人在回忆自己曾经喝醉酒，于西楼和朋友告别，或者是和爱人告别，他宁愿一直睡下去而不愿醒来，因为醒过来就会回忆起这件事。经过了季节的转换，人们时聚时散，却根本没有办法把握聚散。"斜月半窗还少睡"，一个半夜失眠的人，在透过窗户看月亮。"画屏闲展吴山翠"，大家如果去台北故宫，可以看到文物展里有一个文人的客厅，它后面的床上就放了一个画着山水的屏风。这个画屏本身是空间里的一个状态，人躺在床上看书、睡觉的时候，旁边就是一个屏风。我特别希望大家能够了解宋代文人日常生活中的这种空间设计，以及家具的使用状况。

"衣上酒痕诗里字"是非常有名的句子。作者和朋友告别时，吃饭、喝酒，酒滴到了衣服上，但不容易被发现，干了以后往往也看不出来。可滴上的酒会渗透，"酒痕"其实是一种记忆，也寄托了一种深情。"诗里字"是一种形式，可是作者觉得真正感动人的是"衣上酒痕"，因为那里面融入了情感。我们再一次发现，唐诗里很少讲到"衣上酒痕"这类东西，但宋词里面有"衣上酒痕诗里字"，把诗、泪、酒等意象结合在一起。

"点点行行，总是凄凉意。""点点行行"可能是在讲酒痕，也可能是在讲诗里的字，这里又变成双关了。但不管是衣上的酒痕，还是诗里面的字，不过是在讲生命中一种凄凉的状态。

"红烛自怜无好计，夜寒空替人垂泪。"又回到红烛的意象，回到了夜晚的经验。我一直觉得，其实可以就中国文学里的夜晚经验写一篇很有趣的论文。尤其对男性来讲，白天他扮演了一个社会角色，只有夜晚会找回自己。我们通过"碧云天，黄叶地"，才知道范仲淹作为一个边关司令也会有那么柔软的部分。如果没有这个文学的世界，我们也看不到中国男性创作者的两面，即他作为一个社会人的角色同他回来做自己的双重性。

夜晚经验其实是中国文学里非常重要的经验。白天的时候，文人们大概都在上朝吵架，可是到了夜晚时分，他会有红烛，会有碧纱秋月，会听到梧桐叶上的雨声。这个夜晚经验是他非常重要的内省经验，也是北宋文人的词的经验，可以解释为什么我不喜欢后代人的词。宋代的这些人其实都不是专业的词人——欧阳修不是，晏殊不是，范仲淹也不是，可就是因为这样，他们的词作恰恰是比较饱满的。

　　将创作作为一个职业，其实蛮麻烦的。因为创作一般来讲是生命里有感而发的，如果每天都要职业性的有感而发，就有一点辛苦。你想想看，我们平常打卡上班，可是一个诗人你给他八个小时，说你八个小时都要有感而发，大概就真的很痛苦了，因为衣上酒痕的经验不是随时可以找来，也不是随时可以故意做出来的，真的是在衣上酒痕被发现的时候，在诗里才会有体现。我们为什么会觉得宋代的文学很好？其实这些人都不是专业文人，严格讲起来他们都是在朝为官的人，只是他们从政治、社会退回到自我的世界里，完成对于自我的寻找，这个时候它会很感人。

庭院深深深几许

　　我们这次选的欧阳修的作品比较多，主要因为欧阳修是"唐宋八大家"之一，历代也一直认为他开创了宋代的一代文风，苏轼等人都是他选拔出来的。他当时非常强调文学的平实性，要摆脱南朝华丽堆砌典故以及造作的风气，恢复文学的自然。

　　当然，这样的风气韩愈和柳宗元在唐朝时已经提倡过了，可是在"唐宋八大家"当中，韩、柳还是有很大的"文以载道"的使命感的。而欧阳修之所以能够开有宋一代的文风，是因为他觉得"文以载道"的意义可以扩大到平实，不见得一定要谈"师说"、谈"解惑"才是"文以载道"。读柳宗元的《捕蛇者说》、《种树郭橐驼传》，你会发现他都不是在讲山水或者树木，他是在讲政治，政治的导向还是太强了；而欧阳修把文学从政治的使命感转换到了生活的使命感。所以，我不赞成笼统地谈"唐宋八大家"，唐代的韩、柳跟宋代的欧阳修其实是不一样的。

各位可以读一下欧阳修的《醉翁亭记》，写得真是漂亮得不得了，漂亮到使你不觉得他是一个太守。他就在那里喝醉了，然后讲自己醉的经验。我们到今天还这么爱读《醉翁亭记》，是因为他没有讲政治上的东西。我们设想，如果"醉翁亭"盖好，韩愈在现场的话，他大概会写怎么了解民间疾苦，如何如何；柳宗元在场，他可能会以隐喻的方式去传达关于生命的阶级性的内容。可欧阳修没有，他就是一清如水：我是一个爱喝酒的老翁，因为大家说这个亭子还没有名字，而我在这边喝醉了，那就叫"醉翁亭"吧。

《醉翁亭记》一派天真，这"天真"当然有它的时代背景。我想各位一定记得宋代在"澶渊之盟"以后有一百多年的和平，所以文人们会比较从容，没有那么大的压迫感，不觉得拿起笔来一定要讲"先天下之忧而忧"（范仲淹还在讲）。欧阳修觉得老百姓都过得蛮好了，也就写出了相对轻松的《醉翁亭记》。

大家从下面几首欧阳修的作品里可以感觉到一种平实，没有官僚气，下笔非常轻松自然，这是非常难得的。下面这首《蝶恋花》，有人认为是冯延巳的作品。关于这一点，我们在前面提过，其实五代词和宋词混淆得非常厉害。

庭院深深深几许？杨柳堆烟，帘幕无重数。玉勒雕鞍游冶处，楼高不见章台路。　雨横风狂三月暮，门掩黄昏，无计留春住。泪眼问花花不语，乱红飞过秋千去。

"庭院深深深几许"——大家由此可以知道，琼瑶有多少东西是从宋词里面出来的。三个"深"字连用，这绝对是歌曲里面才会有，唐诗不太

这样子。作者用叠字的方法，把空间感推出来，就是我们前面讲的宋朝人的空间感，一个在庭院当中深入进去的空间。你如果描述西方的空间感，很难这样连用三个"深"字，凡尔赛宫一眼就看到头了；如果用"深深深"，绝对是中国的建筑——一进、二进、三进……它是相互隔开的，而且中间一定有花厅、屏风遮挡，才叫作"深深深"，因为你感觉到后面还有，没有办法一下子看完。你如果到苏州园林走一下，就会了解到这些词是在怎样的建筑文化里出来的，它有很多柳暗花明又一村的感觉，和西方的空间感非常不同。

"杨柳堆烟，帘幕无重数。"注意"帘幕"，它就是我们刚才讲的在空间感中造成"深"的意境的东西。其实空间不见得"大"，可是用帘、用幕之后，在感觉上它就会变大，因为后面似乎无尽，这是一种手法。

"玉勒雕鞍游冶处，楼高不见章台路。""章台路"本是汉代妓院所在的地方，欧阳修作为太守就这样直接写出来了，一点都不避讳他经常去的就是这样的地方。我们可以看到宋代这些为官的知识分子对自己私下休闲生活的描述非常直接，没有任何遮掩。可是他们游冶于这些所谓的风月场所，我们看到的却并不完全是耽溺于感官的，甚至是堕落的或者鄙俗的描述，相反，会看到他生命经验的提高。

下面这一段是我觉得非常美的句子。"雨横风狂三月暮"，三月的春天，正是天气变化的时候。"门掩黄昏，无计留春住。"黄昏的时候把门关起来，可是无论怎么关着门，怎么不忍心去看外面的百草千花，还是留不住春天。春天你是留不住的，岁月也是关不住的，这是对时间的感伤。"泪眼问花花不语"，这里面又产生了一个和"无可奈何花落去"相似的感情延续，可是"无可奈何花落去"比较平淡，而"泪眼问花花不语"很深情。含着眼泪去问花，可是花也没有回答，最后的结论是"乱红飞过秋千去"。

那些随风飘散的落花翻过高高的秋千架飞走了。

从这样的句子里，我们可以大体看到北宋这一代知识分子内心保留着的幻灭情绪。我不觉得这幻灭有什么不好，我上面也提到过，有权力和财富的人少掉这个部分会是粗鄙不堪的。正是在权力和财富当中，他感觉到生命本质的无常，他才会有宽容。我非常不赞成很多人说读这样的东西会使人消极、悲观，我从中看到了生命的本相：花是会凋零的，春天是会过完的。在了解这个本相以后，生命仍有执着，以泪眼问花，它会变成一种深情，而这大概也是宋代知识分子最迷人的部分。我们今天大概很难去要求拥有像欧阳修这样身份的人写出"泪眼问花花不语"那样深情的句子来。

白发戴花君莫笑

我们再看欧阳修流传很广的一首《浣溪沙》。他曾经在扬州为官，这首词中写到了大家春天去瘦西湖游玩的情景。

> 堤上游人逐画船，拍堤春水四垂天。绿杨楼外出秋千。　白发戴花君莫笑，六幺催拍盏频传。人生何处似尊前！

上阕都是景象描述，注意，作者对三个景象的描述中没有个人主观意见，可是里面有一种喜气。

"白发戴花君莫笑"（有的版本是"白发簪花君莫笑"），我不能想象，今天的一个领导会在花白的头发上戴花。可是欧阳修就写到"白发戴花"，说我到这个年纪了，在春天摘了花，戴在自己的白头发上，你不要笑我老和癫。你会感觉到这是一幅画面，而这个画面透露出宋代文人的潇洒，他可以自在到仿佛不是一个太守,而只是一个对生命充满兴趣的人。

"六幺催拍盏频传","六幺"是歌曲,也是舞曲,《韩熙载夜宴图》中的王屋山正在跳的舞就是"六幺"。六幺自西域传来,有另外一个译名叫作"绿腰"。宴会当中常常唱这样的歌,酒杯一直传一直传,在谁的手上停下来就要罚酒,他们是在玩酒令。这个在休闲状态的太守,没有摆出一副官架子,相反他变成一个非常可爱的老诗人,然后表达出"人生何处似尊前!"——人生什么时候会比在喝酒时快乐呢?

这首词里也同样表现了北宋开国的那种升平时代的喜气。我刚才一直讲五代词是比较感伤的,比如南唐,因为政治上的无力感,所以它的东西比较哀伤。而到了北宋,喜气就出来了,有很多适应节庆宴会的很快乐的歌曲,这首《浣溪沙》就是其中非常重要的一首。

把酒祝东风,且共从容

下面这首《浪淘沙》也是欧阳修非常重要的一首作品,我非常喜欢。尤其是它的音节、音调非常美,大家读的时候,可以感受一下用"中东韵"做韵脚的"风"、"容"、"东"、"丛"这几个字。中东韵本身有一种共鸣感,可是又不像江阳韵那么铿锵,常常让人觉得里面有一种饱满,有一种比较喜气的生命感觉。

把酒祝东风,且共从容,垂杨紫陌洛城东。总是当时携手处,游遍芳丛。 聚散苦匆匆,此恨无穷。今年花胜去年红。可惜明年花更好,知与谁同?

"把酒祝东风，且共从容"，我前面讲的他的"从容"是从这里来的，大家一起拿着酒，在春天吹起的东风里。其实"从容"很难解释，就是在散步，走来走去在花间玩赏。"从容"是宋代最渴望、追求的东西。"从容"是一种自信，有了真正的自信以后，连激情都可以慢慢地细水长流了。"且共从容"一方面是在讲他和他这些写词的朋友一起去玩，另一方面是讲生命的状态，即一个宋代文人生命中的从容经验和雍容大度的感觉。

"……垂杨紫陌洛城东。总是当时携手处，游遍芳丛。"牵着手去游玩，去看花，他们珍惜的是看起来这么平凡的事情。欧阳修把"唐宋八大家"的韩柳传统转变了，变得比较人性化。我想，要做韩愈、柳宗元毕竟是比较辛苦的，他们都背负了很大的文学使命，有救国甚至救世的意义在里面。可是到宋代的时候，大概觉得文学老是在写这样的东西，也够让人厌烦了，特别是如果没有真正内在的深情还要写的时候。他宁可回来做很平凡的生活描述，所以喝酒这样的事情就变成他词句中很珍惜的画面。

"聚散苦匆匆，此恨无穷。"生命的聚散令人无奈，其实就是"无可奈何花落去"。"此恨"不是说生命被什么事情激发的恨意，而是生命的无常。你必须知道生命本质的无常，才会去珍惜生命里无常来临前每个片断的美好时刻。我们注意一下，这种感伤立刻就可以转成喜气——"今年花胜去年红"，今年的花比去年还要好，"可惜明年花更好"。他怎么知道？他当然是觉得生命应该会越来越好。"知与谁同？"那个时候会和谁一起去看花呢？

各位有没有觉得他的结尾非常开阔？"知与谁同"，好像有一点惋惜的意味。大概不是今年一起看花的"你"，因为"聚散苦匆匆"，所以可能是和另外一个人。但和另外一个人也没什么不好，因为不同的只是生命体验；你可以和不同的人去感受生命的美好，不见得非要执着于原来的经验。

我觉得欧阳修最有趣的地方就是他的豁达。他对苏东坡产生了极大的影响,将唐宋的文学经验转换到一个比较豁达的方向。佛学与老庄的东西也进来了,以往的激情慢慢缓和下来。

扬州有一个"平山堂",为欧阳修任太守时所建。你坐在那里,眼前一片江南美景。这个"平"字也是欧阳修要追求的,他不要发那么高的音,而是要发一种很平和的声音,不那么费力,有一种从容或者自在的感觉。

人生的豁达,人生的从容,大概都来自于不必非去坚持非此即彼,来自能够悠游于生命的变化里,耐心地看待某一段时间中我们还没有发现的意义。聚和散是变化,花开花谢是变化,月圆月缺是变化,可是在我们不知道变化的真正意义的时候,会沮丧、感伤,甚至绝望。如果知道它是一个自然过程,为什么还要去感伤呢?这个时候,人就会用一种很豁达的心境去看待这些事物。

富有而不轻浮

《南歌子》是一个比较调皮的曲调,更接近民间,有点俚俗。欧阳修的这首词作中用了很多类似于民谣当中调情的对话。

> 凤髻金泥带,龙纹玉掌梳。走来窗下笑相扶,爱道画眉深浅入时无。 弄笔偎人久,描花试手初。等闲妨了绣功夫,笑问鸳鸯两字怎生书。

"凤髻金泥带",一开始就在描述女子头发的样式。"金泥带"和"龙纹玉掌梳"都是发髻上的装饰。"走来窗下笑相扶",它的画面性是可以拍成电影的,你能感觉到这个女子对夫君的那种亲切和她的神态。"爱道"两个字用得极好,和下阕的"笑问"都带着一种俏皮。"爱道画眉深浅入时无。"作者用了一个典故,这个女子在问她的夫君:"眉毛画得怎么样,要不要改一改?"作者此时仿佛恢复成为一个普通男子的角色,忽然有了一种自在,他觉得这是生活里面非常令人喜悦的东西。我认为这一点是北宋词最迷人的地方。

"弄笔偎人久",好像要描个花样,可是又好像不愿意做,一直靠在人身上撒娇,很亲密。"描花试手初",她在试着描画要刺绣的花样。"等闲妨了绣工夫"——岳飞的《满江红》里写道"莫等闲,白了少年头",很悲壮,可是绣花这件事情没有那么严重,今天绣或者明天绣都无所谓。

不知道大家能不能理解,能够写出这样的词的人非常幸福,因为绝对是在升平时代——没有战争,经济非常繁荣,才能写出这样的词来。时间这样慢慢地过去,生活中有这么多小小的事件,有可爱的东西,可是又不轻浮,富有而不轻浮是非常难的事情,北宋让我最佩服的就在这里,它的生活有自己的品味。

我还想说的是,这些文人内心其实有一种无常感,所以在生活里面会有一种深沉。"等闲妨了绣工夫,笑问鸳鸯两字怎生书。"问夫君"鸳鸯"两个字到底怎么写,这当然是一语双关:一方面大概真的不好写,她可能刚刚在读书,这时要夫君教她;可是另外一方面,"鸳鸯"两个字又有调情的成分。

我不知道大家有没有从中感觉到宋代的戏曲发展起来了,这里面有很高的戏曲性。我说的戏曲性是指其中一些词句非常像戏剧里面的动作、表情,作者在写词,可是他把很多语调和对动作的模仿写出来了。像《大宋宣和遗事》这类作品,还有口语化的《传灯录》,在宋代都出现了。大

家记不记得《白蛇传》？它就是在宋代出来的东西。这个时期有了很多民间戏曲、小说的描绘，这首词也不止是一个诗句的形式，人物角色都开始出现了。我特别选了这首《南歌子》，大家可以感觉到文学的形式在欧阳修笔下有了很大变化。

人生自是有情痴，此恨不关风与月

我们再看下一首《玉楼春》。

> 尊前拟把归期说，未语春容先惨咽。人生自是有情痴，此恨不关风与月。　离歌且莫翻新阕，一曲能教肠寸结。直须看尽洛城花，始共春风容易别。

"尊前拟把归期说"，喝着酒和朋友告别，很想告诉他回来是什么时候，可是"未语春容先惨咽"——大概要分别蛮久的，所以还没有讲就已经有点儿泣不成声。

"人生自是有情痴，此恨不关风与月。"我们现在都在传唱这两个句子，可是很多人不知道是欧阳修的词。我碰到一些流行歌手以为这是现代创作，我说你们也太小看古人了。这种句子会在一千年当中传唱，是因为它抓到了一个非常通俗的真理——既通俗，同时又是真理。和一个歌妓、一个少女告别，这是多么微不足道的事情，而你是一个政治人物，却还要难过，还要哭，讲不出归期，自己都觉得不好意思。可是接下来他要给自己解嘲，说"人生自是有情痴"，说人生中对于情感的执着没有什么道理好讲。在男性夫权文化里，男性并不敢表现这个部分，可是宋代很奇特，竟然觉得它是可以被解嘲的。"此恨不关风与月",人的情感,本与风花雪月无关。

"离歌且莫翻新阕,一曲能教肠寸结。"词的段落叫"阕","翻新阕"就是把旧的歌填上新的词。他用了非常俚俗的民间语言去讲情感的纠缠,讲情感的不能释怀。这种非常民俗性的文字,是词可爱的部分,像"肠寸结"绝对是原来民间的口语,就是你想得肠都打结了,现在听起来怪怪的,可是就直接被文人用在词当中。

"直须看尽洛城花,始共春风容易别。"把个人的情感在告别的时候扩大,在"肠寸结"的绝望下走出去,看看整个洛阳城的花。所有的花都会开,可是也都会凋落,"始共春风容易别"其实是说要看到生命的真相,不止要看到花开,也要看到花落。

欧阳修对整个宋代文风有非常大的影响,后面我们看到苏轼的时候,会发现苏轼的作品也都有一种自然与直接,不会陷在绝对的哀愁当中。

天赋与轻狂

我们再看《望江南》。

江南蝶,斜日一双双。身似何郎全傅粉,心如韩寿爱偷香。天赋与轻狂。　微雨后,薄翅腻烟光。才伴游蜂来小院,又随飞絮过东墙。长是为花忙。

对于"轻狂"两个字,我不晓得一般人会怎么看,大概不会是很正面的看法。当我们讲一个人很轻狂的时候,大概都不会认为是在称赞他。可

是这里，欧阳修将"轻狂"视作生命里面一种放松的、暂时离开规矩的状态，做了一个歌颂。

"江南蝶，斜日一双双。身似何郎全傅粉……"，这里用了一个典故。三国的何晏长得很漂亮，皮肤白得不得了，上朝的时候皇帝怀疑他擦了粉，就在大夏天赐他吃热汤面。他吃了以后满身大汗，就用袖子擦脸，擦了脸以后仍然面如冠玉，皇帝才相信这人真是个美男子。欧阳修用这个典故来讲美。我刚才提到过，这在我们的正统文化中恐怕至今还被认为是颓废或轻狂的——连女子的美都不太敢讲，何况男子的美。韩寿也是一个大帅哥，史书上说他"美姿貌，善容止"。"何郎傅粉"、"韩寿偷香"这两个典故，都是在讲男子的美与情。欧阳修在这里没有任何责备的意思，反而觉得这是天生的轻狂，不仅是形容蝴蝶的美，也是在讲何晏和韩寿。

"微雨后，薄翅腻烟光。"在微微的细雨之后，蝴蝶的翅膀上有一层淡淡的光。在宋词里，连这样的细节都是可以看到的，我们从来不记得唐诗里会写到蝴蝶翅膀上的光，可是宋词会把这样一个视觉经验写出来。"才伴游蜂来小院"，刚刚蝴蝶跟着蜜蜂来到小院，"又随飞絮过东墙"，又随着柳絮飞过了东墙，"长是为花忙"。整首词都在讲一只蝴蝶的美，有点儿像我们的一首老歌《紫丁香》，里面就是这样的调子，宋词真的很有当时流行歌曲的感觉。

行人更在春山外

我们再看下面一首《踏莎行》。

> 候馆梅残，溪桥柳细，草薰风暖摇征辔。离愁渐远渐无穷，迢迢

不断如春水。　　寸寸柔肠，盈盈粉泪，楼高莫近危阑倚。平芜尽处是春山，行人更在春山外。

这也是一首关于告别的词，从风景讲起。梅花残了，溪桥旁边的柳树细细的。"草薰风暖"，已是初春，"征辔"是在讲马身上的配件，这是一匹要离别的马。"离愁渐远渐无穷，迢迢不断如春水。"分开得越远，离愁越无法穷尽，就如长流不绝的春水一般。

"寸寸柔肠，盈盈粉泪，楼高莫近危阑倚。"宋代文人经常被外放，到不同的地方做官，认识不同的人，所以常常在告别。他们常常把人生的这种流浪以一种深情的方式进行描写。比如一个人外放做官，可能在一个地方就待两三年，真的是知己，曾经有过"携手游芳丛"那样的经验，告别的时候才会"寸寸柔肠，盈盈粉泪"。"平芜尽处是春山，行人更在春山外。"一个女子在楼上，一直在看她想看的人，可是因为渐行渐远，最后看不见了。

宋代的绘画推出了山水画的一种辽阔形式，也就是一种新的空间感，这种空间感让我们发现思念的情绪是有极限的，你的听觉有极限，你的视觉有极限，可宇宙是远比你的听觉、视觉所及要大得多的。所以你无论如何努力，都不可能追求到最远的地方。在《春江花月夜》里，思念到最后变成"愿逐月华流照君"，他希望变成月亮，因为他想让月亮照着他，也照着千里万里之外的另一个人。可是在宋词里，欧阳修认为那个人已经看不见了，而看不见才是真相。因为你再怎么看，也只能看到春天的山，你要看的人却在春天的山以外。我觉得这是心灵上的一种空间感，这种心灵上的空间感也告诉我们，执着与激情要回归到更大的空间上去平缓下来。

率性令生命优美

我们最后来看一首欧阳修的《朝中措》。

> 平山阑槛倚晴空,山色有无中。手种堂前垂柳,别来几度春风。　文章太守,挥毫万字,一饮千钟。行乐直须年少,尊前看取衰翁。

"平山阑槛倚晴空,山色有无中。""平山"就是扬州平山堂,欧阳修在堂中看到远远的山色在有与无之间,"有"与"无"都是山的真实状况,这里直接用了王维的句子。"手种堂前垂柳",平山堂是他经营出来的一块地,前面的柳树也是他自己种的。"别来几度春风",他已经离开平山堂到别的地方做官,此时又忆起在扬州的生活。

下面这一段非常有趣。"文章太守,挥毫万字,一饮千钟。"这完全是自叙:一个喜欢写文章的太守,下笔挥毫万字,喝酒一饮千盅。"行乐直须年少,尊前看取衰翁。"他跟旁边的人说:你们现在这么年轻,要珍惜,要及时行乐;如果不珍惜,就看看我已经老成什么样子了。这其实是一种自嘲。从中我们可以看到,宋代的文化里面,对于青春和衰老是都看到的,不会刻意地去隐瞒衰老。

欧阳修这种率性的东西,在他整个生命形式里显得非常优美,也影响了苏轼。我们后面会介绍苏轼和柳永,以这两位大家来做北宋词的总结。

第四讲　柳永

才子词人，自是白衣卿相

北宋这些词人，包括苏轼、柳永，他们的可爱在于他们觉得人是不同的，没有人规定你一定要和别人一样，所以你回来做自己这件事情是非常重要的。在柳永的作品里，我选了通常不会被选讲的一首《鹤冲天》；在我自己的集子《今宵酒醒何处》里，我引用过这首词。我一直很希望台湾所有准备考大学的年轻人都读一读它。在中国古代那么长久的科举制度当中，很少有人敢于抗拒考试，人们永远在用这个东西去断定自己在社会里的价值和优劣。不止是考生个人，整个社会也觉得考试会决定你的一生。这首《鹤冲天》写的其实是一个落榜的小子，换了别人大概就偷偷摸摸走掉了，不会去跟人家讲，可是他讲了出来，而且是写成一首词。

> 黄金榜上，偶失龙头望。明代暂遗贤，如何向？未遂风云便，争不恣狂荡？何须论得丧。才子词人，自是白衣卿相。　烟花巷陌，依约丹青屏障。幸有意中人，堪寻访。且恁偎红倚翠，风流事，平生畅。青春都一饷。忍把浮名，换了浅斟低唱！

"黄金榜上，偶失龙头望。"柳永去考进士，放榜后发现自己竟然没有

考取。不仅如此，"偶失龙头望"是说自己偶然没有考到榜首。

接下来他就说："明代暂遗贤……"即使是很开明的时代，科举考试也会对贤才有所遗漏。我希望所有落榜的学生都敢讲这句"明代暂遗贤"，因为这其实是对自信的找回。生命价值没有简单到由一个考试就定论了，每一个生命应该拥有他自己可以决定的东西。他进一步说："如何向？"这该怎么办呢？竟然连我这样的人都遗漏了。柳永在一步一步地对没有考取这件事进行调侃。

考取即是直上青云，"未遂风云便"是说机遇不佳。注意这里面的了不起，他没有说自己不好，只是觉得没有那么顺利，表现了一种自信。"争不恣狂荡"，那好吧，我考不取，我不做官不就完了嘛，我可以到处去玩一玩，比较自由，无拘无束。很多字眼在今天的意思可能是负面的，比如说"轻狂"，比如说"狂荡"，但在宋代的歌曲当中竟然是正面的生命描述。

"何须论得丧。"生命为什么要讲得失这种问题，你有所得的时候，一定有所失。他这也是对自己的安慰。"才子词人，自是白衣卿相。"多么了不起的结论。柳永自认是一个才子，词写得极好，穿的虽然是普通老百姓的衣服，可是身份大概和一品官差不多。这一句既让我们看到柳永对自己生命的自信，也让我们感到他是一个在民间拥有广大听众的歌手。我一直用"歌手"这个称呼形容他，为什么？因为在词的历史当中，"凡有井水处，皆能歌柳词"——只要有井水的地方，都在唱柳永的词，你看他多红。我不把他当成一个狭义的文学创作者或者诗人看待，他的歌在民间流传，被大家喜爱，而且他对此是很得意的。

这就是我们前面说的，在我们的封建时代当中，宋代大概是第一次不以社会阶层出身和是否考试做官去判断人的价值。这个人虽然落榜了，可是他有另外的生命价值，所以他才会说："何须论得丧。才子词人，自是白衣卿相。"更重要的是他的作品会大大流传，说明宋朝人很喜欢这样的人，因为他表现出了自己不同的价值观和生命的意义。

柳永喜欢和歌妓在一起，喜欢和乐工在一起。他最好的朋友好像都不是读书人，也不是知识分子。他和酒楼上的歌女一起填词，也让这些人演唱自己的作品。"烟花巷陌，依约丹青屏障"，风月场中摆放着丹青画屏，这是歌妓居住的地方。"幸有意中人，堪寻访。"一个落榜的人，如果尚有一个所爱的人，我想他大概不会沮丧。在这个"明代暂遗贤"的时候，至少知道有人爱你，你也爱这个人。

"且恁偎红倚翠"，多么直接，完全是白话，他要和自己的"意中人"整天靠在一起。很多人说柳词鄙俗，许多士大夫阶层的人不准自己的孩子读柳永的东西，就像今天大概有很多人觉得流行歌曲很鄙俗一样。可是很好玩，苏轼并没有看不起柳永。由于柳永很晚才中了进士，一度只是个"大众歌手"，他的作品的文学价值被贬低了。当时人喜欢欧阳修、范仲淹、王安石，大概也不是懂诗词，只是因为他们做了高官。这其实是有问题的。在文人的世界当中，有时候会拍马屁，会吹捧，可是柳永没有这个条件，喜欢他的全部是普通大众。做诗人做到这样真的很过瘾。我一直觉得"凡有井水处，皆能歌柳词"是文学评论上最了不起的一句话，比什么人夸他都好。

"风流事，平生畅。"可以和这些女孩子在一起很浪漫地过一生，这是平生最快乐的事情。柳永后来被士大夫阶层排斥，也没有做过大官，只做过小小的屯田员外郎，所以大概整个士大夫阶层都引他为借鉴，认为这不是一个典范人物。

接下来这句非常美："青春都一晌。"我们讲过李后主的"梦里不知身是客，一晌贪欢"，"一晌"是很短的时间。既然青春这么短，干吗把它耗费在考试上，去背那些对生命没有意义的东西呢？"忍把浮名，换了浅斟低唱。"为什么非要考取这个浮名？它不过是个虚无的东西。他宁可把准备考试的时间拿来跟女孩子一起填词，一起"浅斟低唱"。如果是在今天的卡拉OK里，大家最爱唱的歌曲中一定有这首歌。后来，连仁宗皇帝都知道了，虽然柳永再次参加科举并考取，但在胪唱时把他的名字涂掉了，并且说："此人好去'浅斟低唱'，何要'浮名'？且填词去。"你也觉得那个皇帝有点小家子气吧？

宋朝统治者比较好的一点是，他虽然讨厌柳永，但不会杀他，只是不录取你罢了，所以柳永就自称"奉旨填词柳三变"。后来他又去考试，结果考取了。我觉得这是科举历史上了不起的一件事——有一个人敢于挑战科举，他没有被科举压死，也没有觉得我要通过科举来决定生命的全部意义。这一点在今天也是有意义的，一个生命的可能性这么大，为什么非要被限定在一个狭窄的范围里呢？所以我特别希望大家可以从现在讲的柳永、后面要讲的苏轼身上看到，他们的可爱都在于他们回来做了一个真正的人，从容，没有被压迫之感；他们敢于做与世俗不同的、另类的，或者说有一点颠覆性的人。

柳永后来穷困潦倒，那些仰慕他的妓女和乐工集资埋葬了他。后来还形成了一个民间习俗叫作"吊柳七"，就是清明节那一天到他的坟上祭扫。由此可见这个人在民间被喜爱的程度是惊人的。

我一直很喜欢讲柳永，因为我觉得他是一个对正统而言非常不敢碰的人物。可是，我们今天非常需要这样的另类，他可以从自己的生命出走，走出自己的一条路。我觉得这也是宋朝值得注意的地方，它给予了创作者一个自由的空间。像柳永这样的人如果生活在明清以后，恐怕就要活不下去，因为当时的政治不太容得下这种人，可是在宋朝还好，至少不能杀士大夫嘛。皇帝再讨厌他也不能杀他，最后只好把他下放，那他还有从民间学习到很不同的经验的机会。

"慢词"自柳永开始

我们下面要介绍柳永的《八声甘州》、《蝶恋花》和《雨霖铃》,其中的《八声甘州》和《雨霖铃》都是所谓的"慢词"。文学史上常常说慢词是自柳永开始,什么叫慢词?五代词多是小令,早期的北宋词也是小令,到了柳永,开始发展出可以铺叙开来的比较长的词,我们把它叫作慢词,"慢"既包括音律上的缓慢,也包括反复的结构的壮大。慢词的出现在整个词的历史当中是一个非常大的改变,影响到后来戏曲的发展,因为它可以叙事、铺排了。由于字数的限制,五代和北宋早期的词都有非常精致的句子,但不太能够成大的篇章。可是大家读一下《八声甘州》,就会发现里面有一种大气的铺排感。

> 对潇潇暮雨洒江天,一番洗清秋。渐霜风凄紧,关河冷落,残照当楼。是处红衰翠减,苒苒物华休。惟有长江水,无语东流。 不忍登高临远,望故乡渺邈,归思难收。叹年来踪迹,何事苦淹留?想佳人妆楼颙望,误几回天际识归舟。争知我,倚阑干处,正恁凝愁!

这首《八声甘州》是苏轼很喜欢的作品。他曾经说,都说柳永的词鄙俗,但如"渐霜风凄紧,关河冷落,残照当楼"这句,却是"不减唐人高处",这是苏轼对柳永很高的评价。从这里可以看到一个好的创作者会赏识另外一个好的创作者,虽然苏轼其实和柳永很不同,无论个性还是主要的创作风格,可是苏轼却非常欣赏柳永。这首《八声甘州》在柳永的词当

中最受赞赏，与苏东坡的评价有很大关系。

"对潇潇暮雨洒江天，一番洗清秋"，秋天的黄昏，一片潇潇的雨从天空中洒落到江面上。"渐霜风凄紧，关河冷落，残照当楼。"非常精彩的地方在于用一个"渐"字带出三个连句，好像是电影里的蒙太奇画面，把告别时那种肃杀的感觉整个表现出来了。

"是处红衰翠减，苒苒物华休。"注意他用的"红衰翠减"，我们很少用"衰"去形容"红"对不对？红色衰败了，绿色减少了，其实是在讲秋天花凋落了，叶子也掉了，可是他的用字非常特殊，用的是民间流行歌曲中那些活泼的字。所以我们完全可以从流行歌曲的角度去看柳永这个人，看他用字的特殊，以及他对于后面我们将要讲到的跨越北宋、南宋的女词人李清照的影响。比如我们今天常用的"炫"这种字，其实非常俚俗。上层的士大夫阶级不太会用"红衰翠减"，它很直接，完全是口语化的。

"不忍登高临远，望故乡渺邈，归思难收。"离家很远，也回不去，可是又想家，没有办法抑制自己对家的思念，所以不敢登高临远。"叹年来踪迹，何事苦淹留？"他自己也有些感叹：自己这么多年来到处流浪漂泊，这样子折磨自己，到底是为了什么？后来的元曲当中用到很多"淹留"，有"羁留"、"羁绊"的意思。

我们从这首《八声甘州》中可以看到柳永的词里有非常惊人的"流浪意识"。我们前面讲过，流浪是五代词到北宋词的一个传统内容，可是柳永的流浪变成了一个更大的生命形式的流浪。他真的是常年漂泊，在不同的地方帮人家填词、写曲赚一点钱，真的变成了"大众歌手"或者是填词者的角色。下面我们会看到流浪的概念在他的词里反复表现出来。

"想佳人妆楼颙望"，还是想念那个女子——这个人大概到处都会有女子爱他，会在楼上眺望，思念他，希望他回来。"误几回天际识归舟"，好几次都误以为他回来了，到船接近的时候才发现不是柳永的。大家会发现，柳永的情感状态和苏轼的"多情却被无情恼"其实不太一样，他有一点耽溺在多情里，觉得多情是自己生命的美好形式，同时也是对方生命的美好形式。当然，由于他来往的对象大概多是酒楼上的女子，所以情感和苏轼写给妻子的《江城子》其实还是很不同的。

"争知我，倚阑干处，正恁凝愁！"这位佳人每次都误以为柳永要回来，却总是失望，大概也有一点恼怒，有一点抱怨；可柳永说她一定不知道，自己不管在天涯海角，也是倚靠着栏杆正在发愁。所以这里面写的是双重的思念，作者也有思念，可是他也不知道怎么办。他的思念太多，是由于他到处流浪，思念和流浪变成矛盾。我们继续看他下面的词时，会越来越清楚他的流浪和思念、眷恋形成的拉扯的力量。

衣带渐宽终不悔，为伊消得人憔悴

我们来看这首《蝶恋花》。

> 伫倚危楼风细细，望极春愁，黯黯生天际。草色烟光残照里，无言谁会凭阑意。　　拟把疏狂图一醉，对酒当歌，强乐还无味。衣带渐宽终不悔，为伊消得人憔悴。

上阕比较像欧阳修的东西，描述一个人倚靠在楼边，感觉到风，还特别讲到草色，草上面烟和光的变化是非常细腻的。"倚阑"、"凭阑"都是宋词里面经常出现的，体现了人与建筑空间的关系——栏杆给了身体语言一种空间感。

"拟把疏狂图一醉，对酒当歌，强乐还无味。"感觉到自己的生命其实有一点颓废，有一点疏懒，还有一点狂放，用现在的语言讲就是"不务正业"吧，不愿意像一般人那样去上班、打卡。他想好好去喝喝酒，可是对着酒想要唱歌的时候，又好像打不起精神来。柳永词当中有一种奇怪的慵懒，那种慵懒让你感觉到又把五代词的颓废拉出来了。他所谓的"慢词"的书写，其实来自于这心境上的一点慵懒。

"衣带渐宽终不悔，为伊消得人憔悴"，这是王国维说的人生的第二个境界。柳永在前面讲了半天，我们不知道他的意图是什么，到最后发现他慵懒、疏狂、无味，是因为他爱了一个人。为了爱那个人，他越来越瘦，但并不后悔，这变成了他自己生命形式的执着。

今宵酒醒何处

我们最后看他这首《雨霖铃》，这大概是柳永被传诵最久，也是最好的作品之一。

> 寒蝉凄切，对长亭晚，骤雨初歇。都门帐饮无绪，留恋处，兰舟催发。执手相看泪眼，竟无语凝噎。念去去，千里烟波，暮霭沉沉楚天阔。　多情自古伤离别，更那堪，冷落清秋节！今宵酒醒何处？杨柳岸，晓风残月。此去经年，应是良辰好景虚设。便纵有千种风情，更与何人说？

"寒蝉凄切，对长亭晚，骤雨初歇。"初秋的蝉叫作寒蝉，鸣音非常凄凉，疏疏落落的。作者要和朋友在长亭告别，刚刚雨过天晴。"都门帐饮无绪",古代有个习惯,在郊外送别朋友时,常常会搭一个帐篷在里面喝酒,叫作"帐饮"。"留恋处,兰舟催发。"两个人依依不舍,可是船夫一直在催促,说赶紧上船,船要走了。"执手相看泪眼,竟无语凝噎。"两个人手握着手,看着对方含着泪的眼睛,讲不出话,也哭不出来。"念去去,千里烟波,暮霭沉沉楚天阔。"注意"去去",两个仄声字。心里想这一走,这船一出发以后,就是千里浩渺的烟波,在黄昏的光线当中大概要一直往南方去了。几句话让人感觉到的是生命的茫然、生命的空阔,而那些眷恋的情绪完全消失了。

"多情自古伤离别,更那堪,冷落清秋节!"自古以来那些敏感的人,大概在离别的时刻都已经觉得很难堪了,可更难堪的是在秋天这么荒凉的季节告别。

下面是他的名句:"今宵酒醒何处?"刚才告别的时候喝了很多酒,今天会在哪里醒过来?这是一个问句,有大量的流浪意识在里面——他不知道生命将要漂流到哪里,会在哪里醒来。我的意思是说,他可能是在讲自己这一次醉酒在哪里醒来,也可能在讲生命究竟此后要到哪里去,其实这是宗教式的问答。"醒"在哲学上常常代表一种生命的领悟,代表一个生命从迷蒙走向清醒的状态。

"杨柳岸,晓风残月",意象又变了:长满杨柳的岸边,早上的风轻轻吹来,天上还有未下去的月亮。有没有发现这是一个画面?我们会发现"今宵酒醒何处"的答案,竟然是"杨柳岸,晓风残月"。名句常常是主观与客观的交融,产生出这么美的一个意象。我们自己好像也有这样的感受:有一天,把很多执着放松了,不在意自己在哪里醒来,能够随时随地欣赏"杨柳岸,晓风残月",生命大概才找回了失去的东西。"杨柳岸、晓风残月"是随时都有的,它只是一个代号,可以是任何东西。

"此去经年,应是良辰好景虚设。"与心爱的人告别之后,还有这么长的岁月,即使天气很好,即使有美好的风景,大概也都没有用了。"便纵有千种风情,更与何人说?"即使心里有这么深的情感,大概也没有什么人可以说了,这是他和自己那么眷恋的人告别时的心事。

可是我相信,柳永在第二天又会发现另外一个人,又会向那个人倾吐心事。他一直在流浪当中,一直在寻找生命中的知己。大家可以通过这些视角,看到北宋词与唐诗不同的、很特殊的生命情调。北宋词与我们后面要讲的南宋词也不同,南宋词既有更精细的东西,也有像辛弃疾那样的慷慨和悲壮。

第五讲　苏轼

可豪迈，可深情，可喜气，可忧伤

苏轼是大家非常非常熟悉的文学创作者，从所谓广义或者笼统的中国文化的角度来看，如果少掉苏轼的几首词，不晓得会少掉多少东西。这里我选出来的词作，并没有刻意去选苏轼那些比较典型的作品。对一般大众来讲，它们几乎已经进入了日常生活当中，比如"大江东去，浪淘尽，千古风流人物"，或者"明月几时有，把酒问青天"，朗朗上口。前面我们讲过，北宋开国以后，努力使文学创作与人们日常的口语以及世俗生活贴近，而经过欧阳修的革命或者说提倡之后，更明显地带动了一代词风。

在今天的台湾，你如果要提倡一个文学的风气，其实很难，因为有大学联考在。可是我们不要忘记欧阳修本身是主考官，在科举制度当中可以带动新的东西出来，所以他能够带动文学的风气。即使从很功利的角度来讲，新的知识分子和所谓的士大夫阶层为了能够在朝政当中与这些大臣合作，也会倾向于走平实的词风。

苏轼所创造的文学风格几乎是一扫唐代贵游文学的风气。"贵游文学"的意思是说，从六朝以下一直到李白，基本上都在追求比较贵族气的豪迈、华丽，追求大气、挥霍的美学感觉。可是到苏轼的时候，我们看到他真正建立了宋代词风中的平实。读到"明月几时有",你会觉得苏轼最大的特征是他总可以把世俗的语言非常直接地放入作品中,比如"人生如梦",比如"多情应笑我"。

我们这一次选了他五首词作,大部分还是大家所熟悉的,但它们的风格非常不一样。另外,我们还会讲到他著名的《寒食帖》。如果要讲复杂和丰富,在中国的文学创作上,很少有人比得上苏东坡。比如在《江城子》里面他悼念亡妻的那种哀伤和深沉,在中国众多的悼亡之作中是很少有的。而通过后面的《蝶恋花》,你会发现他的俏皮、他的某一种喜悦,几乎是我们前面讲到的词人都没有的。他可以豪迈,可以深情,可以喜气,可以忧伤。如果完全从美学角度来讲,苏轼的成就大概是最高的。

不思量,自难忘

> 十年生死两茫茫。不思量,自难忘。千里孤坟,无处话凄凉。纵使相逢应不识,尘满面,鬓如霜。　夜来幽梦忽还乡。小轩窗,正梳妆。相顾无言,惟有泪千行。料得年年肠断处,明月夜,短松冈。

《江城子》是我们选的五首中写得比较早的。十六岁嫁到他家里的王弗,是他生活中最重要的一个段落。在她去世十年以后的回忆里,苏轼开始描述自己在梦中的经验。大家要特别注意这首词口语化的倾向,比如:"十年生死两茫茫,不思量,自难忘。千里孤坟,无处话凄凉。"在阅读苏轼作品的时候,我们会发现中间没有感觉到任何阻碍和费力,如他自己所说,他在写文章的时候如行云流水,"行于所当行,止于所当止"。这其实是在讲要自然，当然这种自然并不容易。

　　中国文学中的悼亡诗其实非常多，不过这种悼亡诗往往只对个人有意义，对他人没有太大的意义，或者说在形式上变得很概念化和八股气。其实悼亡的东西极不好写，原因在于悼亡是在书写特定的人与人之间的经验，而同时又必须把它扩大到生命的某种苍凉，因为它的主题毕竟是死亡。我们在读到"十年生死两茫茫，不思量，自难忘"的时候，会发现苏轼完全是从真实的情境出发，没有任何做作。

　　今天我们如果对父亲的死亡、母亲的死亡、祖父母的死亡，或者妻子的死亡做描述，我觉得是最难的，因为在社会的伦理架构当中，我们会受到这类文章的意义的限制。凡是受到限制、被认为应该怎样写的文章，常常都是最不容易写好的。小时候写作文，老师常常会给一个题目叫"母爱"，大概小朋友都写不好。要写好"母爱"，大概要写到像"尘满面，鬓如霜"的程度。在某一个年龄段，在母爱可能还令你厌烦的时候，你怎么去写母爱呢？苏轼生命经验当中的自然性是他最惊人的东西，可是对这一点我们常常不会发现，因为你读的时候，觉得简直是容易得不得了，可是这个容易刚好是他的难得。

　　"尘满面，鬓如霜"，这是一个非常意象化的描述，即"我已经老了，这些年憔悴漂泊，这样一副面容即使见到了，你也不会认出我了"。这种描述表现的是一种非常深又非常特殊的情感。我们在前面讲过，宋词当中有不少表现男女情感的内容，但大多是与歌妓之间的情感，它们或是感伤的，或是有一点浪漫的，可是与妻子的情感常常不见得是浪漫，它有着共同生活过的内容，因此里面有非常深沉的东西。

　　很少有人在文学创作中写妻子写得那么好，对妻子的情感难写，因为它太平实了，不像情人间的情感那么花哨的。我们再从这个角度去看《江城子》，会有非常深的感触。

苏轼只是在写偶然梦到亡妻的记忆："夜来幽梦忽还乡，小轩窗，正梳妆。"其中"小轩窗，正梳妆"是对妻子初嫁的回忆，这里面有一种少女的美。王弗十六岁嫁到他家，一个新郎大概会在妻子化妆时偷看她的美。前面的"尘满面，鬓如霜"讲的是一个中年男子的苍凉与憔悴，可是到"小轩窗，正梳妆"的时候，忽然变成了一个少女的美和俏皮，这其实是一种对比：自己已然衰老，可是亡者在他的记忆里是一个永远的新娘，一个初嫁的新娘。

大概从小学开始，家里就不停地叫我背《江城子》，那个时候哪里懂这种东西，觉得就像歌一样背吧。可是很奇怪，直到现在它的句子还常常会跑出来，大概因为你在生命经验当中，越来越觉得这一类作品是最难写的，它的情感深到你不太容易发现，全部化到平实的生活当中了。

"相顾无言，惟有泪千行。料得年年肠断处，明月夜，短松冈。"我想大家会发现，苏轼最大的特色是他的作品根本不需要注解，这样的东西你要怎么去注解？它都是生命经验，如果要注解它，恐怕是要用生命经验来做注解。从这里也可以看到苏轼作为一个这么重要的文学创作者，文学真的不是他的职业，他没有刻意地为文学而文学，而是在生命当中碰到那个事件的时候，他的真情会完全流露出来，他的文学也就出来了。

我想大家因为对这首词太熟，也许会觉得它很简单，但它的难度就在于我们常常不敢写这么简单的东西。一开始就是"十年生死两茫茫"，苏轼所有的句子都是直截了当地开始，从来不做铺陈，这样的一个作品就把文学创作当中最难的部分完全展现了出来。

大家可以体会一下这首词里面的声音，它用到了"江阳韵"。江阳韵本身是一个比较大气的韵,有比较大的空间感,可是苏轼把大的空间感和凄凉混合在一起,产生了一种比较独特的美学。苏轼的美学在凄凉当中不小气,常常有一种空茫的感觉,带着一种生命的无常感。我们前面讲欧阳修一直在提倡平实的诗风与文风,可是欧阳修好像很个人,而苏轼会在生活里爱很多人,他对妻子的爱,对他词作中那个根本没有见到面的打秋千的女子的爱,都非常有趣。他的深情是多情的深情,又刚好不是一般所说的"滥情",其实这个界限很难把握。

在我们已经讲到和将要讲到的词人当中,苏轼或许是最容易被接受的一个,可是他的格调又很高。格调高不见得不被大众接受,他的作品同样可以非常大众化,我希望各位能够通过朗读的方式去感受,当年这样的东西被唱出来,真是会让很多人感动,尤其是这种不太容易成为文学主题的对夫妻情感的描述。

我们看到宋代文人描述的男女之情,几乎都是与歌妓之间的情感,夫妻的情感很少成为文学主题,因为会受到伦理层面的约束。在中国古代的男性社会中,女子被男子娶回来,生子、管家,而丈夫则常常在外面有他自己另外的空间,男人的情感空间和他的婚姻空间常常会分离开来。可是在这首《江城子》中,你会感觉到苏轼试图把情感空间和婚姻空间做某种程度的结合,他是从真情上去描述的。

文学里的极品,其实情感多是一清如水,超越喜悦,也超越忧伤。"明月夜,短松冈",每一年她去世的时刻,在那样一个有明月的夜晚,在那个矮矮的长满了松树的山冈上,他们都会"相见",而且大概是生生世世的见面。收尾部分常常会决定一部作品最后的意境,有点像电影的尾声。"明月夜,短松冈"是一个扩大出去的意境。我们说苏轼是一个天才,是指他在生命经验中所体现的某一种豁达,这种豁达使他不会拘泥于小事件，不会耽溺其中，而是能够把它放大。

偷窥——中国文学少有的美学经验

下面要讲的是苏轼的《蝶恋花·春景》。我很希望大家能够和《江城子》做对比，它们是完全不同的调子，苏轼既可以写《江城子》，也可以写《蝶恋花》。

> 花褪残红青杏小。燕子飞时，绿水人家绕。枝上柳绵吹又少，天涯何处无芳草！　墙里秋千墙外道。墙外行人，墙里佳人笑。笑渐不闻声渐悄，多情却被无情恼。

"花褪残红青杏小"，由春入夏的季节，花已经凋落了，杏花落了以后，青色的杏子慢慢长出来。"燕子飞时，绿水人家绕。"各位注意一下苏轼对这个画面的描绘，几乎是没有主观性的白描，就是春天的燕子飞起来，那绿水绕着几户人家流过去。我们几乎可以把它翻译成宋代一个非常美的小品或山水画。"枝上柳绵吹又少"，枝条上的柳絮越吹越少。我们前面提到词的句子有很高的独立性，"天涯何处无芳草"其实就提供了这样的经验。在我们很小的时候，不一定知道它是苏轼的句子，可是很多时候、很多地方都会用到。好的文学作品中的某些句子会变成成语或习语，"天涯何处无芳草"不止是在讲一个自然现象，同时它也扩大成为一个心理经验，好像对生命有很大的鼓励。我前面提到我最大的愿望是盖一座庙，凡是这种句子我都会把它做成签，放在庙里，一个失恋的人如果抽出"天涯何处无芳草"，大概会很高兴的，它变成了一种扩大的人生体验。

下面一段非常有趣。一个男子几乎是以偷窥的方式去看一个女子荡秋千，这段描绘大概是中国文学里少有的一种活泼俏皮的美学经验，而这个经验在一个严肃的、父权的男性文化里，是非常难出来的，它甚至比欧阳修的"白发戴花君莫笑"还要精彩。

"墙里秋千墙外道"，苏轼有些诗让你觉得"他怎么会这样写？"。墙里面有秋千，墙外面有一条路，讲没讲不是一样吗？实际上像苏轼这种高手，当没有大事件的时候，任何东西他都可以信手拈来。"墙外行人，墙里佳人笑。""墙外行人"就是路上有行人在走，就是苏轼自己；"墙里佳人笑"，墙里有一个美丽的少女在荡秋千，一面荡一面笑。如果是拍摄一个影片的话，大概是苏轼踮起脚尖，一直想看那个笑声那么美好的女孩子有多漂亮的感觉。可是女孩子大概发现了他在偷看，所以"笑渐不闻声渐悄"，女孩子跑掉了，笑声越来越远，然后就听不到了。"多情却被无情恼"，"行人"觉得自己是一个蛮多情的人，很想认识一个美丽的少女，与她讲讲话，结果人家很"无情"地离去。

在北宋词当中，这种真性情，这种自我调侃和自我解嘲，大概只有苏轼有。如果在今天他跑到一个咖啡厅，跟一个女孩子搭讪，而那个女孩子不理他，他也会摸摸鼻子自我解嘲。我觉得这是一种格调，是很难做到的，既不侮辱自己，也不侮辱对方。在情感的"多情"和"无情"当中，人们通常会站在自己的立场上，而不会替对方设想。可是苏轼没有，他会觉得没办法啊，"墙里秋千墙外道"是一个现状。我甚至觉得他的东西常常像禅宗，反映了一种生命状态，所以我特别喜欢这首诗。

"多情却被无情恼"绝不是抱怨，而是自己摸摸鼻子就走了，而且还有对自己的调侃。这是个很难把握的分寸，你现在每天看社会新闻，很少看到有人抱着"多情却被无情恼"的心态拍拍屁股走了，大概都变成对于对方的侮辱或对于自己的侮辱,最终或许成了悲剧。我非常喜欢苏轼的情感,我觉得他的情感一清如水,他有眷恋,有深情(在《江城子》里有那样的深情),同时又有豁达,他的深情与豁达刚好是一体两面。

融合儒、释、道

我们前面讲过,苏轼身上完美体现了儒家、道家(老庄)、佛教的融合。我在很多场合提过,苏轼在宗教上的领悟,并不是说达到多么高的境界,而是他发现自己没有达到多么高的境界。苏轼曾写信给佛印和尚,说最近修炼到"八风吹不动",也不贪婪了,也不嫉妒了,也不生气了,什么都没有了。佛印和尚在信上批了"放屁"二字退回,苏轼气得半死,跑到金山寺去大骂佛印,佛印就哈哈大笑说:"八风吹不动,一屁打过江。"苏轼马上就懂了,自己也哈哈大笑,后来还把玉带赠给金山寺作为镇寺之宝。你以为自己修炼得很好,已经"八风吹不动",可人家骂你"放屁"你却会生气。苏轼了不起的地方,就是他回来做"人"了。修炼其实是为了回来做人,而不是为了告诉别人我多了不起;能告诉别人自己没有那么了不起,才是修行。

苏轼很有趣,你越读他的传记就会越喜欢这个人,因为他处处流露出"我其实做不到"。对人的眷恋、对人世的牵挂,他都放不下,可是他每天写文章又说"我要放下",从中可以看到他人性中最真实的部分。吃饱饭他就摸自己的肚子,肚子很大,然后问别人:"你知道这肚子里都是什么吗?"有人吹捧他,讲是"一肚子文章",他就摇头说不是;后来问朝云,朝云说是一肚子"不合时宜",他说"对了"——其实他很了解自己。了解自己其实是一种大智慧,因为在生命里我们会作假,甚至会塑造出一个

第五讲 苏轼　123

假的自我，并且越来越觉得这个假的自我是真的自我。尤其是在修行的过程当中，你越读哲学、宗教的东西，越觉得自己领悟了，越容易自大，越容易发言不逊。可是苏轼的每一次悟道过程都会被破功，他就哈哈一笑，觉得真好，破功后反而轻松了，不必背负悟道者的那种尊严——我想这是苏轼最了不起的地方。

在《蝶恋花》的下阕中，可以看到苏轼最充分的悟道过程的就是"墙里秋千墙外道"。墙里与墙外有什么关系？本来是毫无关系的。我一直觉得这道墙变成一个好有趣的象征，当你听到"墙里佳人笑"的时候，其实你动心了，所以你就想要越过这道墙；可是你想越过这道墙的时候，"笑渐不闻声渐悄"，所有眷恋的东西又消失了，你只好自己抱怨，说"我不应该逾越这个分寸"。你的烦恼是你自己找的，是因为你想逾越那道"墙"。这时你忽然发现"墙里秋千墙外道"是个精彩的开始，一道墙分隔开两个不相干的人或事物，而当我们硬要它们相干的时候，就会有烦恼。一个庙里的签再好，要解签恐怕也需要一点领悟。我常常觉得在生命的经验里面，能够自嘲是一件很开心的事情，其实大部分烦恼都是由于没有办法自嘲和调侃自己而僵在那个地方。能够哈哈一笑的时候，就会发现生命中的问题其实没有那么严重。

可以和历史对话的人，已经不在乎活在当下

苏轼二十岁离开家乡，和父亲、弟弟一起去考试，文章写得那么好，主考官欧阳修认为他是所有考生当中最优秀的，可是不敢给他第一名，给了他第二名。殿试过后，仁宗皇帝说这是稀世奇才，将来的太平宰相。在得意忘形的状况下，我们看到这个才子其实一直在"伤害"别人，只不过

他自己不知道。很多人为苏轼后来的遭遇打抱不平，认为是小人在陷害他，我倒觉得苏轼自己应该领悟——你不知道人会在哪里被伤害了。我们一直以为伤害是一种刻意的行为，可是我们从来没有想过，你写文章这么容易，而别人写文章却那么难，你大概已经"伤害"到别人了。苏轼后来也不太了解，为什么他每一次做官都派一个最不好的地方给他，于是他就有很多的牢骚，这些牢骚有一段时间变成他写文章的基础。

当然我们看得出来，造成他四十三岁时因"乌台诗案"入狱的那些人的确是小人，可是我们不要忘记这与苏轼经常的抱怨是有关的，他的作品当中有很多句子是抒发不满的。一个生命如果有一天能够了解"墙里秋千墙外道"的分寸，能够了解有才与无才在这个世间并存的意义，他也许会有更大的豁达与包容。可是苏轼在落难之前，从来不知道这件事情。

四十三岁以前的苏轼和四十三岁以后的苏轼是两个苏轼。四十三岁以前的苏轼，一直受到宠爱而自己不知道。当他四十三岁被传唤进京的时候，真是吓死了，因为他从来没有想到自己会落难到这种程度。被关在监狱里的时候，他的生命有一个大的跳跃，因为常常被审问和侮辱。这时候，苏轼认识了一个重要的朋友叫梁成。他是一名狱卒，苏轼过去的生活里没有这种人，他结交的都是欧阳修这种上层的知识分子。梁成觉得苏轼真是被陷害的，常常偷偷带一点菜给他吃，冬天给他烧热水洗脚。这个时候苏轼变了，看见的不再只有知识分子。人其实有很多很多种，我相信在他的生命里面有了更大的领悟。我记得有人曾把陷害苏东坡的小人名字一一列出来，后来我对这位朋友说："其实真的不必，因为我相信苏东坡应该忘掉这些人了。"如果苏轼有所谓的修行，这是他修行的机会；如果这个时候他继续抱怨，继续烦躁，他的生命是不会有跳跃的。

在监牢里面这段时间，我相信是苏轼脱胎换骨的时期。他写给弟弟的诗感人至深："是处青山可埋骨，他年夜雨独伤神。与君世世为兄弟，再结来生未了因。"对生命当中所谓的权力、财富和正直，他没有任何要求；和自己眷恋的人在一起过平淡天真的日子才是重要的。"与君世世为兄弟，再结来生未了因"，希望下一辈子还能够和相处很好的弟弟再做兄弟，我想这一点是苏轼不得了的跳跃。他出狱后被下放黄州，整个生命都改变了。大家可以看看《寒食帖》，这是在台北故宫博物院展览的苏东坡唯一的手稿真迹。当时的人大多不敢理他，因为他是政治犯，我觉得这对苏轼是一个巨大的考验，一个伟大的创作者要承受这样被侮辱的过程，能够坦然面对你往日的好友完全不理你的局面。

当人家都喜欢你的时候，你爱别人是容易的；如果人家都恨你，你还要说你爱别人，其实不是那么容易。这个时候几乎没有人敢碰他了，老友马正卿就找了东边的一块坡地给他耕种，所以苏轼取号"东坡居士"。这个时候，苏轼死掉了，苏东坡活过来了。那首"大江东去，浪淘尽，千古风流人物"就是这个时候写的。大家读到《念奴娇·赤壁怀古》的时候，会感觉到不是苏轼走在宋朝，而是苏东坡走在三国的历史当中。

    大江东去，浪淘尽，千古风流人物。故垒西边，人道是，三国周郎赤壁。乱石崩云，惊涛拍岸，卷起千堆雪。江山如画，一时多少豪杰！ 遥想公瑾当年，小乔初嫁了，雄姿英发。羽扇纶巾，谈笑间，樯橹灰飞烟灭。故国神游，多情应笑我，早生华发。人间如梦，一樽还酹江月。

当一个人可以与历史里的人对话的时候，他已经不是活在当下。所

以当苏轼走在黄州的赤壁,他心目中当年三国打仗的地方,才会生出"大江东去,浪淘尽,千古风流人物"的感慨。所有的人都会随时间逝去,高贵的,卑贱的,正直的,卑劣的,总有一天都会被扫尽。时间与今天相比,是分量更重的东西。当他领悟到这一点的时候,好像曾经在三国活过,现在又活了一次一样。

我们在这首宋词中几乎排名第一的作品里,看到的是他平实道来自己对历史的感受:"故垒西边,人道是,三国周郎赤壁。""人道是"表明他自己并不确定,他可以把文学作品以这样的口语写出来。"乱石崩云,惊涛拍岸,卷起千堆雪。江山如画,一时多少豪杰!"历史的开阔,历史的沉重,历史的丰富,全部在这里展现出来。五代到北宋的词都在写生活中的小事件、小经验,可是这首词忽然写大事件、大经验了,而这个大经验是因为经过了劫难才看到的。不过要注意的是,苏轼的大经验与唐代还是不同,他接下来仍旧回到非常优美的部分。我最喜欢"遥想公瑾当年,小乔初嫁了",有没有发现,这就是宋代精彩的部分,有一点像前面讲过的从"尘满面、鬓如霜"忽然转成"小轩窗,正梳妆",其实是一个阳刚的、沧桑的中年男子和一个妩媚的少女之间的对比,苏轼表现了两面。

我常常跟朋友说,在传统戏曲的舞台上,体现这种对比的就是《苏三起解》:一个美丽的女子和白发苍苍的崇公道的搭配,就是青春华美与年老沧桑的对比。这首词也是这样,前面写"江山如画,一时多少豪杰"这样充满男性阳刚的东西,而后面写到"遥想公瑾当年,小乔初嫁了",突然一转,那种唯美的、表现青春年华的美的内容出现了。

"遥想公瑾当年,小乔初嫁了,雄姿英发",描绘周瑜青春俊美的面貌。"羽扇纶巾,谈笑间,樯橹灰飞烟灭",历史不过就是像戏一样,从容自在的谈笑之间,敌方的战船便灰飞烟灭。用这样的方式去看历史,忽然有了一种轻松，这样就会发现自己始终不能释怀的那种痛苦何足挂齿。"故国神游，多情应笑我，早生华发。"这其实是在调侃衰老，一个可以"多情应笑我"的生命本身就是可以笑、可以被笑的，可以被嘲弄、被调侃的。生命应该有这个内容，没有这个内容就太紧张了。结尾他写道："人间如梦，一樽还酹江月。"最后用酒来祭奠江水、祭奠月亮，他感觉到有一天要把生命还给山水。

这段时间是苏轼最难过、最辛苦、最悲惨的时候，同时也是他生命最领悟、最超越、最升华的时候。过去讲中国美术史时我跟大家说过，这段时间他有时候还是很抑郁的，你不要认为他一下就豁达了。有一次他跑到夜市喝酒，被一个流氓一样的人撞倒在地，他很生气，本想跟那个人吵架，可随后他忽然笑了。后来他给朋友马正卿写信，说这件事情的发生令他"自喜渐不为人识"。

有一段时间，我把这句话贴在了墙上。其实"自喜渐不为人识"是一种非常重要的心态，不是别人认不认识你，而是你自己相信你其实不需要被别人认识，我想那种回来做自己的状态非常难，尤其对苏轼这样曾经名满天下的翰林学士来讲。结识狱卒梁成这样的人对他来说是非常重要的经验，他真的下到民间了，知识分子的骄娇二气随之消除。民间的东西帮助苏轼开阔了文学的意境，他这个时候写出来的作品，大概是他最好的作品。再来看这首《临江仙》。

夜饮东坡醒复醉，归来仿佛三更。家童鼻息已雷鸣。敲门都不应，倚杖听江声。　　长恨此身非我有，何时忘却营营？夜阑风静縠纹平。小舟从此逝，江海寄余生。

"夜饮东坡醒复醉",夜晚到东坡喝酒,醒了又醉,醉了又醒,当然是有一点郁闷,不然不会这样喝酒的。"归来仿佛三更",回到家里大概已经十二点多了,"家童鼻息已雷鸣",家童的鼾声像打雷一样。我们很少人这样写诗对不对?这好像是很不入诗的句子。

"敲门都不应,倚杖听江声。"苏轼敲门,没有人来开门,要是过去,他大概会一脚踹进去,然后大骂一顿。可是现在不能进门,他就靠着手杖听江水的声音。"倚仗听江声"是一种生命的豁达,他这个时候的词句都变成了对自己的提醒。提醒自己是因为他多半做不到,他还是会生气的,你不要以为他已经修行得很好,他还是很容易发脾气的人。

"夜阑风静縠纹平",夜深了,风停止了,水面上几乎完全平静,好像没有波浪的生命的形式。"小舟从此逝",他愿意坐着一叶小舟就从这里消逝,"江海寄余生",到江海当中去隐居。当时传闻他拿毛笔在墙壁上写了这首词后,人就不见了。当地的太守吓死了,急忙到他家里去找,没想到他正在里面呼呼大睡。

在苏轼的传记里,你常常会看到他的有趣,他从来不认为文学作品是对生命的结论,而只是生命的片段领悟而已。它可以修正,可以修改,也可以再反证、再修行,它是一个过程。

绵中裹铁

我们下面要讲的是苏轼在黄州时所写的诗——《黄州寒食二首》。这两首词的手稿被称为《寒食帖》,现在收藏在台北故宫,大家可以去看一下。

自我来黄州，已过三寒食。年年欲惜春，春去不容惜。今年又苦雨，两月秋萧瑟。卧闻海棠花，泥污燕支雪。暗中偷负去，夜半真有力。何殊病少年，病起须已白。

　　春江欲入户，雨势来不已。小屋如渔舟，蒙蒙水云里。空庖煮寒菜，破灶烧湿苇。那知是寒食，但见乌衔纸。君门深九重，坟墓在万里。也拟哭途穷，死灰吹不起。

　　黄庭坚认为苏轼的字美得不得了，因为它是率性而为，是最难的。美学当中最难的是自然、不做作，苏轼的书法不是难在技巧，而是难在心境上不再卖弄。写诗不卖弄，写字也不卖弄，写得丑丑的，让人家觉得不太会写字，有什么关系呢？就像前面说他被一个流氓打倒在地以后，忽然完成了一念之间的转换，如果你是一个平凡的人，不是很好吗？他被抓到监牢里当然是"不平凡"，可这个时候他多么渴望做一个完全平凡的人，一个不被人家招惹，也不招惹别人的人。

　　"自我来黄州，已过三寒食。"这是第一首的起句。从苏轼来到黄州，已经是第三个寒食节了。介之推被烧死在绵山以后，晋文公哀悼他，要求全天下在这一天不要吃热的菜，"寒食节"因此得名，它是为纪念历史上一个有风骨的文人。当然苏东坡这里写到的寒食，对他而言意义非常特殊，是一个不趋附潮流的人在表达自己对生命的领悟过程。

　　他以最平白的口吻开头。我一直跟很多年轻的朋友建议，其实文学可以从这么简单的东西写起，不要怕后面没有伟大的东西，问题在于你怎么布局、安排。

　　《寒食帖》被称为苏东坡传世书法的第一名，也是中国行书里面最受赞赏的。可能有些写书法的朋友会觉得"这我也写得出来呀",因为它非常随意。可是一个作品为什么非要让别人觉得那么伟大,谁都写不出来呢?苏东坡的伟大,在于他让你觉得艺术创作就是真性情,只要你有真性情,就可以写这样的字,也可以写这样的诗。

"年年欲惜春",每一年到寒食节都想惋惜春天要过完了,可是"春去不容惜"。注意,他重复了"春"字。"今年又苦雨",今年雨下得特别多;"两月秋萧瑟",阴历三四月份(寒食节)像秋天一样萧瑟,因为一直在下雨,有一点阴森森的感觉。"卧闻海棠花,泥污燕支雪"。"燕支"是美丽的红色颜料,女人也用它来化妆。他躺在床上,听说海棠花已成"燕支雪",掉在泥土里,被泥土弄脏了。我们会觉得花是高贵的、完美的,而泥土是肮脏的、卑微的,可是花瓣掉落了会和泥土在一起。

那么在苏轼的世界里,怎样把自己从四十三岁以前花一般的瑰丽,变成四十三岁以后东坡泥土般的卑微呢?他要用花和泥来表达心情上的领悟。

"花"和"泥土",刚好是四十三岁以前和四十三岁以后苏轼的两面。花变成泥土,再变成养分,去供养下一朵花。我们平常会区分高贵与卑微、美丽与丑陋,可是在另外一个领域当中,美丽与丑陋是可以和解的,高贵与卑微也是可以和解的。所以花和泥在这里变成另外的形态。

"暗中偷负去,夜半真有力。"这里是用庄子的典故,庄子说:"夫藏舟于壑,藏山于泽,谓之固矣!然而夜半有力者负之而走,昧者不知也!"意思是有人把船藏在山谷当中,可是夜半船忽然不见了,因为有个大力士把船给背走了。庄子的意思是说,把东西带走的是时间,没有什么比时间更厉害,它会把所有东西偷走。这也是苏轼用庄子典故的意义所在。

"何殊病少年,病起须已白。"本来觉得自己还很年轻,还是少年,可是怎么生了一场大病，头发都白了。这个病当然指的不是生理上的病，是讲他坐了一次牢，对他而言是一场大病，出了牢以后头发都白了。在"病"之前他写错了一个字，就点了四个点，表示"写错了"。这种自在跟唐代书法的严格非常不一样，他非常随意，高兴怎么写就怎么写，写错了就涂改，让你看到也没关系。他让所有的线条非常自由地游走。

《黄州寒食二首》第二首的开头是"春江欲入户，雨势来不已"。语言还是很贴近白话。因为一直下雨，春天的江水好像要涨进房间里了（他就住在江边）。"小屋如渔舟，蒙蒙水云里。"他的小屋子好像一条渔船，被一片水雾包围。"空庖煮寒菜"，他大概有点饿了吧，就跑到厨房去找一点冷菜煮来吃。这里的"寒"也是心情，"空"也是心情，空的厨房里面只有冷的菜，好像他所有的热情在这个时候都冷却了。

"破灶烧湿苇"，炉灶破破烂烂的，芦苇也是湿的，因为雨下了太久。空庖、寒菜、破灶、湿苇，好像都是发霉的感觉。"那知是寒食"，他根本不知道今天是哪一天。因为他已经被下放，反正也不上朝了，是哪一天又有什么关系？"但见乌衔纸"，乌鸦嘴巴里咬着一张烧剩的纸钱飞过去。各位请特别注意，这个画面很惊人，因为寒食节在清明前后，所以乌鸦会咬着清明节扫墓以后烧剩下的纸灰。读到"乌衔纸"，尤其是"纸"的时候，有没有感觉到他的笔锋变了？像刀子一样很锐利。他这个时候其实非常痛苦，我们仿佛能够从字迹中感受到他悲哀的心情。写到"破灶"的时候，他有一种落寞、敦厚；可是写到"乌衔纸"的时候，他是非常锐利的。这也是为什么这个卷帙在书法上非常受到推崇，因为很少有书法家将毛笔的笔尖到笔根全部用到。

"君门深九重"，这里有点儿像回到孩子的天真去写字了。"衔纸"那尖锐的笔画直接拉下来，后面跟了一个"君"字。这个"君"字，大概是和他最有关系的。他一直觉得自己对朝廷忠心耿耿，在王安石变法的时候，一直论辩新法得失。苏轼其实不是不同意王安石的主张，他是觉得王安石太急，这样的话新政会让老百姓更辛苦，因为要交那么多的税，老百姓会受不了。你虽然要国家富强，可有一个原则是老百姓日子要过得去；如果老百姓都活不下去，变法还是很难推行，他争辩的重点其实在这里。

然而，当时宋神宗急于变法，希望国家能够富强，苏轼书陈变法弊病，受到排挤，自请到外地任职。这个时候他内心对"忠心耿耿"其实有很大的矛盾：作为儒家的一分子，尽忠是重要的事情，可是"君门深九重"，皇帝这个时候不见他，所以他无法尽忠。

接下来他想尽孝，可是"坟墓在万里"。他祖先的坟墓在四川，所以清明节他连回去扫墓都不行，也无法尽孝道。因此他看到"乌衔纸"的时候，笔画变了，有一种凄凉的感觉。

"也拟哭途穷"，"途穷"就是道路到了尽头，生命到了这样的状态，他很想学竹林七贤中的阮籍，走到没有路可走的地方便大哭一场。可是"死灰吹不起"，自己的心境已经一片死灰，连哭的激情都没有了。

我还是很希望大家有机会看一下《寒食帖》中他的毛笔是怎么运动的。那种不再一味表现刚锐或是工整的、柔的美学，里面含着很大的力量，我们叫"绵中裹铁"，外面看起来软绵绵，可是里面有刚硬的东西。

大概在整个中国的美学里，不管是舞蹈、身段，还是书法、绘画，都在讲这个东西，即内里刚硬、外部柔和。苏轼在这一时期的书法发生了一个非常大的变化，不再写以前那种很卖弄的线条。《寒食帖》写得几乎像一个人脸上的表情。

"右黄州寒食二首"，苏东坡写到这里，连名字都没有签就结束了。这幅诗稿可以和苏轼这段时间的其他作品对比来看。

在看完《寒食帖》以后，大家再来读苏轼在黄州所写的其他一些重要的东西，我不晓得是不是会有不同的感觉。我想它是一个创作者中年非常重要的心境转变，从这之后我们会发现苏轼有更大的包容与豁达，尽管他此后的命运并没有比从前更好。对皇帝来说，每一次贬官是对苏东坡的惩罚，可对苏东坡来讲是人生难得的"赏赐"，因为不贬官还不会到这些地方。

苏轼每到一地都在发现新的东西。到了岭南，人家觉得这是活不下去的地方，他却说荔枝很好吃，"日啖荔枝三百颗，不辞长作岭南人"——我到现在都不太晓得一天吃三百个荔枝是什么感觉，这个人大概够贪吃的。他一直在生活里发现活着这么好，把惩罚变成了祝福。对于外在的、客观的惩罚，如果你自己有一念之间的转变，可能会发现没有事情是完全悲苦的。后来，苏东坡又到了海南岛，认识了一些当地的原住民，他的生命一直在开阔。

文学重要的是活出自己

文学史上的苏轼是以一种开放的心态、一种开阔的个性，树立起自己的生命典范的，这个生命典范让你知道其实文学重要的是活出自己。回来做自己这件事情变成这么重要，它不是一种形式。

最后，我们看一下苏轼的《水调歌头》。这首词是他在中秋节写给弟弟的，十分有趣。

明月几时有，把酒问青天。不知天上宫阙，今夕是何年？我欲乘风归去，又恐琼楼玉宇，高处不胜寒。起舞弄清影，何似在人间。　　转朱阁，低绮户，照无眠。不应有恨，何事长向别时圆？人有悲欢离合，月有阴晴圆缺，此事古难全。但愿人长久，千里共婵娟。

其中出现的大都是完全自在的东西。"明月几时有，把酒问青天，不知天上宫阙，今夕是何年。"李白的诗里也经常出现这些元素，可是苏轼没有李白那么孤傲。他很温暖，非常温暖。"我欲乘风归去，又恐琼楼玉宇，高处不胜寒。起舞弄清影，何似在人间。"他或许觉得自己是天上的仙，要回到天上去。人世与天上可以这样转换，给人以自由、随意的感觉。

接下来，他从月光的角度去描写："转朱阁，低绮户，照无眠。"月光穿过了红色的楼阁，照进了有描画的窗户，照在失眠的苏轼身上。"不应有恨，何事长向别时圆？"他在调侃明月吧？说你不应对人有所憎恨哪，为什么会在人们分别时圆满呢？

对于生命的无常，你根本无从了解，这个时候他带出了最直接的句子："人有悲欢离合，月有阴晴圆缺，此事古难全。"前面我们讲过，宋代直接触碰了生命的无常性，他们不避讳这个话题，可是也不因此而悲哀。对于生命"空"的状态、无常的状态，苏轼直接去写，完全不做任何的修饰。我们今天也常说"人有悲欢离合，月有阴晴圆缺"，可是到结尾，他写出了"但愿人长久，千里共婵娟"。他还是有愿望，他不会因为无常而变得沮丧、绝望，这和五代词是非常不同的。所以我们说，苏轼建立了北宋另外一种开阔，另外一种豁达。

第六讲　从北宋词到南宋词

具备美学品质的朝代

在讲南宋词之前,我们先谈谈三位生活在南宋和北宋之间的词家,他们是秦观、周邦彦和李清照,之后我们再慢慢讲到南宋。

我们讲北宋词的时候已经向各位提过,宋代不仅在中国的文化史当中是一个特别具备美学品质的朝代,而且世界文化史的研究也一直对它有着很大兴趣,最主要的原因在于宋代是人类历史中比较少有的一个朝代,它不那么强调战争和武力,而是积极地去建立文化。当我们以过去比较传统、保守的历史观来看待宋代的时候,常常会把它定在所谓的"积弱不振"这个位置上。可是,我想今天全世界对历史观都进行了重新调整,认为人类能够避免战争,其实是一个伟大的文明。在整个的历史发展当中能够避免战争,能够使人类处在和平的状态,使得文化可以进步,这是一件非常重要的事。正因为这样,宋代的文化观在现代也具备非常特殊的意义。

当我们谈到北宋词或者南宋词的时候,大概都能很清楚地看到,它有一种很奇特的对于生活的享受或者是欣赏的品味。在历史发展中,我们可以看到,当人类不把自己的心血、精力、钱财用在战争上,而是转到文化上的时候,可以发展出非常惊人的力量,一种正面的力量。很多人说如果把一场战争花费的财力、人力投入在医疗上，人类不知道可以解决多少病痛上的问题。当然，不同的历史观会导致不同的看法。

雾失楼台，月迷津渡

很多文学作品赏析中会提到秦观的八个字："雾失楼台，月迷津渡。"那么他到底要讲什么呢？我们都见过雾，可是他用了一个"失"字，有点"迷失"的意思，好像感觉到雾在楼台里飘荡，仿佛在找什么东西，可是没有找到之前，它有一点失落。他把雾作为主语，好像雾失落在这样一个楼台，在等待什么，寻找什么，渴望什么。其实是他自己在渴望，可是他把主语由"我"换成了"雾"。如果不是一个承平的年代，如果不是一个文化对于人性有更高启发的年代，大概不太容易出现"雾失楼台"这样的句子。

"月迷津渡"，我想大家也很熟，古代把河流的渡口叫作"津"。我们也常常坐渡船，可是秦观坐渡船的时候，忽然感觉到月光好像迷失在渡口，迷失在河面上。和雾的现象一样，他觉得月光好像在找什么东西，在眷恋什么，所以用"月迷津渡"。

"雾失楼台，月迷津渡"的关键在于两个动词，一个是"失"，一个是"迷"。月和雾我们都懂，楼台和津渡我们也懂，可是问题在于秦观把生活里好像很纷乱的现象变成了诗意的感觉，他把自我介入了。今天我们身处的环境中也许可以感觉到"雾失楼台"、"月迷津渡"，可是我们感受它们的心境没有了。如果一个人处在生命的紧张或者恐慌中，处在对功利的焦虑或者期待中，他会看不见雾，看不见月，看不见雾在楼台上的弥漫，也看不见月在津渡上徘徊。

我想诗其实没有那么不得了。我在讲《诗经》的时候常常和大家提起，

第六讲　从北宋词到南宋词

诗应该产生在生活的某一个情境中，这个情境可能在二十四小时里会有一分钟、两分钟，会在刹那之间出现——如果二十四小时都出现，那大概也很麻烦，你就会觉得从诗回不到现实了。诗绝对不是二十四小时的，它常常在刹那之间会有灵光一闪，也许你在街头，也许你在公交车上，这个感觉出来以后，你再回到现实，会有一个宽裕的东西。我之所以用"雾失楼台，月迷津渡"来举例，是因为这个句子大家太熟了，我记得在初中时写作文就常常用到它。可是那时对秦观不是很熟，对他的背景，对他的文学特征都不熟，不过这并不影响他的那些作品已经化成我们生活的一部分。

无论是诗词还是其他文学创作，最好的作品其实常常让你忘掉它是谁的句子。比如我们今天讲"人生如梦"，它是苏东坡的句子，可我们已经意识不到它是苏东坡的句子，在这一点上苏东坡是比今天我们谈的这些词家还要高的，因为他的文学已经变成了后人生活的一部分。我们讲"大江东去"，也不觉得是苏东坡的；我们讲"多情应笑我"、"十年生死两茫茫"也不觉得是苏东坡的。我们有时候一刹那之间会感到惊讶：苏东坡丰富了我们这么多的口语，丰富了我们日常生活的语言。

音乐性与文学性

北宋词和南宋词之间最大的不同，关键在于秦观、周邦彦和李清照。李清照对苏东坡有很重的批评，她说苏东坡这个家伙填词连音韵都不管，常常不协律。词本身有音乐性，你要填词，就要把某个字放进某个音当中，如果要求平声就应该是平声字，要求入声就应该是入声字，可是苏东坡有时候不管这些。这就牵涉到一个矛盾的问题。周邦彦和李清照都是精通音律的人，尤其是周邦彦，他本身是一个音乐家，可以"自度新腔"，比较之后，他会认为之前的苏轼，甚至更早的欧阳修或者晏几道在音乐性方面都不够准确。

我们知道词由两部分组成：文学和音乐。从音乐来看一首词，还是从文学来看一首词，会产生不同的评价。今天我们基本上已经没有能力从音乐上去看词了。我们下面会讲到姜夔的《长亭怨慢》，大概在广东的语言当中还可以唱，还保留了一点音乐性，其他的大概都没有保留了。而阅读的感觉和听歌曲的感觉是截然不同的。

我们今天看周邦彦的作品时会想：这个人为什么有这么高的地位？后人甚至把周邦彦比为杜甫，认为周邦彦是北宋词的一个集大成者，称他是"两宋之间，一人而已"，即北宋和南宋最好的词家就是周邦彦。理由何在？我们在阅读他的作品的时候，会感觉到他好像不会那么重要，让人不那么服气，我们觉得最好的当然应该是苏轼，怎么可能是周邦彦？这是因为我们不了解音乐性，也就是说"两宋之间，一人而已"是从音乐的角度来讲，是指周邦彦词在音乐性上的准确。

我们现在是在讲文学史，是在讲文字的美学，其实有一点避开了音乐的美学，可是我们不要忘记诗和词的音乐性是非常重要的。我们以后会讲元曲，元曲的剧本不是为了阅读的，它是演出的脚本。元曲的音乐性和文学性结合得很紧密，在舞台上有动作来配合唱腔。希望大家能够了解，对于两宋词的评价，存在着关于文学性和音乐性的争议。

如果从文学性上来讲，赢的一定是苏轼。李清照批评苏轼"不协音律"，可是所谓的不协音律，是因为苏东坡根本没有想到以音乐传世，他想到的是以文学传世，所以他创作的东西是阅读性的。或者我们反过来讲，苏轼使得词的文学部分脱离了音乐的束缚。其实这是两个不同的角度，看你怎么去看待词这个事物。

周邦彦和李清照在北宋末期非常执着于词必须回到词的本身，李清照甚至认为如果词写得像诗是不对的，因为词本身有词的规格，词就是要和音乐有一个复杂的配置关系。李清照大概是最早对有关词的理论提出很多观点的，我觉得以古代社会的情况，一个女性可以洋洋洒洒地把前面几位重要的男性词家全部批判过，这很不容易。

李清照是个性非常独立的女性，她有自己独立的观点和判断力。可我要说的是，我对她在音乐性上的观点有一部分赞成，可是在文学性上我并不赞成，因为我很欣赏苏轼能够把词从音乐性里面释放出来，能够摆脱掉音乐性的牵扯。

大家可以通过"五四"前后所谓的现代诗或者新诗来做比较，它也有类似的问题。今天所谓的新诗、现代诗，绝对是阅读性的，它和音乐性的关系几乎完全脱离了；在这样的状况里，听觉性的部分被拿掉以后，它会产生另外一个效果。

如果我今天要把我的诗念给你听，不要你看，我就必须在念的过程中传达一定的情感、情绪。但是如果这个念的过程有很大的阻碍，你听不懂，它就失去了被念的意义，不过这不妨碍它具备阅读性。

我们看到有一些诗人是很讲究视觉性的，台湾早辈的一些诗人像林亨泰、白萩等人做过很多视觉诗的实验，比如白萩这首《流浪者》的节选：

望着远方的云的一株丝杉
望着云的一株丝杉
一株丝杉在地平线上
一株丝杉在地平线上

我们今天念"丝杉在地平线上"其实没有什么意义，可它从竖排到横排，会产生视觉性。因为汉字可以排列，所以有人提出所谓"图像诗"的概念。我们看到诗词创作的可能性其实非常大。

可是我刚才提到，如果我今天要朗诵，我就要确定我的"念"在听觉上能产生一定意义，它在广义上还是有音乐性，这个广义的音乐性不一定是平仄或者说入声、上声的问题，而是我自己在咬字的过程当中会让这个音韵产生一定的跌宕，或者产生一定的传达性。如果不能够传达，它大概就发生了问题。关于诗的视觉性和听觉性的问题，我们可以在北宋词和南宋词之间做一个考量。

文学的形式有时代性

总之，经过周邦彦和李清照等人的努力，词被定位成为文学上的一个特定范畴。这个特定的范畴，是说它和诗是不同的，不能混淆。我们今天说苏东坡的词极好，可是苏东坡的诗好不好，可能是另外一件事，因为诗是另外一种体裁。苏东坡最好的句子常常是词，而不一定是他的诗，可是苏东坡其实写了很多诗。说到这里，可能有的朋友会提问：北宋、南宋有没有人在写诗？当然有，而且写诗的人不比写词的人少。可有趣的是，我们会发现，在北宋和南宋，词变成主流，诗不再是主流。有点像元代曲变成了主流，可是元代也有很多人写词。

文学有它自己的时代性，也就是在某个时代里面它特别擅长以某种形式来表达。我想这可能是我们特别需要注意的，我们今天之所以把李清照和周邦彦特别提出来，是因为他们两个人的重要，是因为他们对于整个北宋词的整理，并把北宋词提炼成为一种形式。这里希望大家注意一个问题：文学刚刚萌芽的时候，形式是不稳定的。从五代到北宋初年，词在它的摸索阶段，可是常常这种时候一种文学体裁的创造力是最大的。它常常是有感而发，但是由于还没有找到一个适当的形式，作者试图要把他的情感放进这个形式的时候，就会产生矛盾和尴尬，而这个矛盾和尴尬也就是李清照同周邦彦所讲的"不协音律"。

我想还是用苏轼的作品举例。"十年生死两茫茫，不思量，自难忘。千里孤坟，无处话凄凉"，它是口语化的，我们念起来朗朗上口，你会觉得它没有经过特别雕琢。可是到周邦彦和李清照的时候，他们太讲究字和音之间的关系，形式已经完美化了。而形式一旦完美化以后，我们假设所有写词的人在十几岁刚刚开始要练习写词时就读到了李清照批评苏轼的文字，他就会很在意：我不可以像苏轼那样"不协音律"。他就会先入为主，让形式超过了内容。

我今天早上起来磨墨，准备写一首诗，可是心里面没有什么感觉，但是又强迫自己一定要写诗，因为笔墨都已经准备好了——因为形式准备好了，所以我要把文字放进去，这个时候它的意义在于雕琢形式。我并没有认为雕琢形式不好，在文学史上有些时代是为了雕琢形式而存在的。北宋一百多年的承平期，其实没有太大的事件发生，所以你会发现秦观在写"雾失楼台，月迷津渡"一类的句子。我不知道大家有没有感觉，比起北宋初年的词，这时的词作中已经没有"大事件"发生了。什么叫作"大事件"？苏轼的下放、坐牢、被贬官、政治上的失意，或者更明显的像李后主的亡国，我们叫作"大事件"，大事件常常是创作中最重要的动力。当然这里面的矛盾在于，我不能为了写几首词去亡一次国，没有人会这样创作。可是这在文学史上是一种"天意"——你没有办法写出像李后主的《虞美人》那么动人的作品。

形式上的完美主义者

我想这也说明在北宋后期，大概在徽宗朝前后，的确是承平太久，因而在文化的创造力上激发不出原创的、巨大的力量，它常常会变成在形式上讲究完美。因此，拿周邦彦或者李清照去比较苏轼等人，其实是不公平的。当然李清照有她的特质，这是我们必须提到的。第一，她是女性，在封建历史当中，能够这么自信地以女性的美学建立起自己的文学观的，毕竟仅此一人而已，这一点前无古人，后无来者。很多人把她和前面的蔡文姬比较，我觉得基本上不同。蔡文姬是因为发生了事件才有了《胡笳十八拍》，她的作品是事件性的；可是李清照是在整个文学的锤炼上根基太好了。以词的专业来讲，她是一个大家。可是我们也不要忘记李清照是跨了北宋和南宋的，她的作品还是表现了时代的动荡，还是有事件性的。

我特别给大家推荐一篇很重要的文字，不是词，是李清照的《金石录后序》。这是一篇非常动人的文章，叙述她嫁到赵明诚家前后的经历。她是中国古代女性当中非常幸运的一位，因为她的丈夫就是她的爱人——丈夫常常不见得是爱人，可是她的丈夫是爱人，他们有共同的兴趣，在文学上他们可以讨论问题。当然，从文章里面我们能看出李清照的家里给了她很好的教育，过去的多数女性大概没有这么好的条件。这篇文章是她在宋室南渡之后对她与赵明诚共同生活的回忆。他们慢慢收藏了很多重要的古书、文物，后来，赵明诚死了，她自己带着这些东西往南逃。通过这篇文章我们看到李清照也碰到了"事件性"。

在词家当中，周邦彦的确是一个形式完美者。我不知道大家同意不同意，艺术形式上的完美者，往往不会在大众当中有很重的分量，他通常只会在专业范围内被讨论。对于大众来讲，看一张画，读一首诗，是不希望知道那么多理论的，我要知道了理论才会觉得这首词很好，或这张画很好，毕竟有一点累。苏轼的文学是从来不需要理论解释的，不需要读完一篇论文你才知道《念奴娇》这么好，你一读到"大江东去，浪淘尽，千古风流人物"，就会被他的文字感动，所以形式主义者永远"比不上"内容主义者。可是我前面也提过，内容主义者的"内容"不是自己刻意而求的——刻意去求亡国，刻意去求坐牢，没有这种事情，那是生命在发生这个事件的时刻知道自己应该以文学或者艺术的方式来面对生命的状态。

　　介绍了三位跨在北宋和南宋之间的词人之后，现在我们要进入对南宋词的介绍了。首先要提到的是南宋词的一个代表人物——姜夔，你会感觉到他在形式上极度完美，他可以把文字雕琢到有点儿像是在雕一个精致的玉器，给人以晶莹剔透的美感。可是对于大众来讲，要进入姜夔的世界非常难。什么叫作"冷香飞上诗句"？你到台湾的六合夜市去讲给人家听，大概没有几个人能听得懂，因为那个东西太精致了。他在追求一种感觉上极度细腻的经验，把文字雕琢到像珠玉一样细腻，这是他的优点，同时也是他的缺点，我们必须看到两面。以我个人来讲，过去喜欢的文学大部分是以内容为主的，大学的时候，我和同学一起办诗社，我绝对是"苏辛派"的支持者。所谓的"苏辛"是指苏轼、辛弃疾，我感觉到他们文字的豪迈，有一种直接的生命力量；而对于姜白石（姜夔），感觉他真是令人讨厌，因为那个时候觉得他的字句好雕琢。可是今天当我介绍中国文学历史的时候，我不敢再轻视姜夔这样的人了，因为他们在锤炼字、声音、句子之中是有自己的贡献的。

阳刚与阴柔没有高低之分

在偏安江南的朝代，像姜夔这样生活在江南的人，有两条路可走。一是像辛弃疾那样努力要北伐中原，唱出那种巨大的声音。可是姜白石没有走这条路，或者他没有这个能力和抱负，那么他就只能退下来去经营自己小小的生命空间。这个空间我们前面提到过，也许是"雾失楼台"，也许是"月迷津渡"，它没有什么了不起的大事件。

大家知道秦观是"苏门四学士"之一，非常受苏轼的赏识。后来苏轼被下放到南方，他们有一段时间没有见面。苏轼常常会得罪当朝，一得罪当朝他的门生或者朋友往往一起被贬，秦观也总是被牵连。苏轼的贬官下放常常变成他挑战自己豁达的一个方式，越贬越看到他的豪迈，越看到他生命的宽阔。可毕竟不是所有的生命都如此，秦观有时就会让人感到他很哀怨，没做什么，却老被贬官，只是因为和苏东坡较为亲近。所以他的作品里面有一种幽怨，那种幽怨你很难解释清楚，为什么它是"雾失楼台"，为什么是"月迷津渡"。在他词句的意境当中，你会觉得大自然中的一切都是在迷失的状态，可对于迷失他又不像苏东坡那样有大的愤怒或者大的激情，他常常只是低低的哀叹。这低低的哀叹被苏轼看到了，就批评秦观，说怎么几个月不见，你就学起柳永来了，意思是说他有一点忸怩作态了。

我们前面讲过，苏东坡曾经问人家：我的词唱出来和柳永的有什么不同？对方说他的词是关西大汉执铁绰板唱"大江东去"，而柳永的词大概是十七八岁的小女孩执红牙板唱"杨柳岸，晓风残月"。这个比喻实际上是在比较他们二人美学风格的不同，苏轼的美学是一种关西大汉的豪迈之气，是阳刚的、男性的，柳永则是属于十七八岁少女的那种美学。虽然苏轼对秦观说"不意别后，公却学柳七作词"，可是我不知道大家是否同意，在美学上，所谓关西大汉执铁绰板唱"大江东去"，与十七八岁的女孩执红牙板唱"杨柳岸，晓风残月"，其实是没有办法比较的。

也许在我们年轻的时候——就像我，个性上是倾向苏辛的，倾向于诗词豪迈和阳刚的部分。可是如果我们今天很公正地从美学本身来讲，阳刚的美和阴柔的美究竟哪一个超过哪一个，是无法判定的。我们的生命有时会有一种大时代的辽阔，要去发出大的声音，可有的时候生活里面只是小小的事件，只能令人发出一种低微的眷恋和徘徊。在美学上，大与小只是两个中性的名称，并没有好坏的意思。通常在世俗的意义上，我们都喜欢大，而不太喜欢小，但如同我已经谈过的，如果你喜欢大，不喜欢小，你就不会喜欢宋朝，而会喜欢唐朝，因为唐朝更大。

我总提到自己年轻时喜欢的那一类文学，像李白式的，像苏轼、辛弃疾式的，你会看到它们有一个系统，这个系统常常是走出书斋的，把生命置放在大山大河当中，去历练出生命的情操。他们和我们现在讲到的秦观、李清照、周邦彦是不一样的，后者是在书房、书斋当中。像李清照，虽然是一个这么叛逆的女子，可她毕竟是一个女性，在那个时代中女性能够到的地方其实非常有限，她可能连柳永等人能够到的歌楼、酒楼都不能去，所以她的文学当然会受到很大限制，她对生命内容的理解其实也是有限的。像辛弃疾作品里面关于沙场的经验，或者流浪的经验，李清照不可能有，如果用这个来要求李清照其实就不公平了。

一旦讲求形式，也就是没落的开始

谈到这里，希望大家可以了解，北宋词转到南宋以后，它一定要发展成形式主义的状态。而且从词的历史来看，一旦开创性的年代过了以后，

就要开始去锤炼它内在的形式美，而一个文学在锤炼形式美的时候，其实就是它没落的年代。大家要特别注意这件事情，词这种形式如果到了强弩之末，一定会有一个新的东西代替它，这个新东西就是戏曲。

其实在南宋的时候戏曲已经开始萌芽了，只是到元代的时候才真正成为主流。关汉卿、马致远这些人代替南宋的词家，成为了新的文学创造者。元曲与表演艺术、与音乐性产生了更大的结合，也就是说，我今天写出来的一首词，或者一个曲，已经不止是个人写完就完成了，它必须交到其他人手上，经过伶工唱腔和动作表演的诠释才算完成。所以，如果你只是看关汉卿的《窦娥冤》剧本，大概不会有那么大的感动。

我看过不同的演员演《窦娥冤》，台湾的、大陆的都有，感觉全不一样，这时诠释者变成了演员本身。比如说顾正秋演的《汉明妃》，这个戏从元代就出来了，昭君临别的时候说："满朝文武，怎么要我红粉去和番？"那个时候她的悲凉、悲壮，不同的人的诠释可以是天壤之别。顾正秋一直到六七十岁时，表演还是惊人得不得了，可是二十几岁的戏校的学生，在舞台上是没有味道的，因为她没有办法体会那个心情——也就是当初写《汉明妃》的时候，作者是用什么样的心情去把这样一个人物塑造出来，以及唱腔在哪一个部分高亢到什么程度，用什么动作去配合，这些都是非常复杂的问题。

所以元曲势必要走另外一条路，中国的诗词在元代开始与表演结合，文学过渡到了戏剧。作为个人创作的部分，即使能够写出很好的句子，可是如果不能够采用表演的方式与大众交流，它就不能成为主流了。所以我们看到，甚至像明代的汤显祖，他亲自指导戏班演《牡丹亭》的时候，每一个句子写完立刻就叫演员唱给他听，做动作表演给他看。他本身已经是一个导演了，不止是一个诗人。他的句子的重点要放在杜丽娘的身上，杜丽娘怎么唱，怎么做动作，整个身体靠到地板上，声音要怎么发出来，全部是有一套方法的，这样才能把这个艺术形态完成。

这样我们就会明白，为什么在元朝和明朝写诗的人都不能成为主流，因为虽然你的文字写得很好，可是它跟大众没有发生关系。所以我想，对于艺术和整个社会结构之间的关联，恐怕需要我们特别注意。唐朝的诗人在酒楼上唱《将进酒》，只要自己拿着筷子敲着酒杯就可以唱起来；可是到词出来的时候，你必须把你写的句子交给乐工和歌女，弹着琵琶唱出来；到了元代、明代的时候，不只是歌手，还要有受过严格戏剧训练的演员，由他们帮你表达出来，所以越来越复杂。过去很少有人从这个角度去看中国的诗词史，因为我们只是用视觉在阅读它，所以有时候不太容易了解，作者为什么这样写。

我想大家也可以从这个角度来了解今天的文学。文学在今天有可能正在和更新的一些东西结合，譬如说有时候我在想，王家卫的电影在表现谁的文学？有时候他很像村上春树。侯孝贤的电影又在表现谁的文学？其实他们是在用更新的形态去传达文学，将来如果提到侯孝贤等人的电影，就会注意到他们与这一代的文学形式之间的关联。

所以，我们今天看北宋词向南宋词过渡时的转变，一定要回到那个时代的立场去理解它，才能给它定位，不然的话会觉得怎么今天所有的词家都不如欧阳修、苏轼等人，好像是由于词的没落——当然在某一方面，我也觉得是词的没落，因为它已经过了自己的高峰。什么叫作高峰？文学的形式和内容达到最平衡的状态是它的高峰。它有一个草创时期，然后到高峰，高峰之后一定要下坡了。下坡时期的重要表现就是它开始雕琢形式，如果没有更新的内容冲进来的话，它势必往这个方向发展。姜白石等于是南宋词的一个收尾，气力微弱了。所谓气力微弱是说他写的句子越来越

"小"——格局上是小的。可是你想想看,他就在杭州西湖岸边,他怎么去写我们所说的大的东西?像天山是什么,塞外是什么,他也没有体验过。所以,我在这里希望能够为南宋的词家做一点辩解。

你看到周邦彦去观察一片荷叶上的露水,那些露水在阳光出来以后怎样慢慢干掉,一片一片的荷叶又是怎样刚刚从水面升起来:"水面清圆,一一风荷举。"他写很小的空间,可是有它的意义,也有它的价值。即使在今天,有时候我们去感受一下"雾失楼台",感受一下"月迷津渡",你会发现它大概也是你所处的这个时代里一种美学上的品格。

向两极发展的美学品格

美学的品格会往两极发展。其实我每次讲到南宋,就会想到台湾,大概是二十世纪五十年代,台湾有一类文学是"金戈铁马,气吞万里如虎"的风格,要走辛弃疾的形式。可是慢慢你会发现怎样去发展辛弃疾都发展不出来,它就变成了姜白石的,它一定是两面的。

我们小时候老是被要求看田单复国一类的戏,唱歌就唱《满江红》,都是悲壮的东西;可是另外一方面,民间流行琼瑶,它是另外一个调子,所以在美学上就形成两个部分。一个部分是要在一个好像受压抑的时代里面努力去发大的声音、高亢的声音,可是另外一部分觉得"我认了,我就是一个小小的格局,我干吗要去做什么?",它就发展出另外一个东西。这是两种美学,将来就看这两种美学究竟哪一个会领先。比如在南宋,你很明显看到辛弃疾的声音后来被姜白石的声音替代,今天田单复国没有人要看了,《满江红》也慢慢没有人唱了,它一定会发展出另外一种美学。可是这种美学是什么,我想是值得考虑的。我的意思是说,文学、美学其实和它的时代之间有非常必然的关联。我们大概不能够要求一个艺术创作者勉强发出他自己内心没有感觉到的那个部分。

我曾经在自己一本书的序言里面提到，我在大学的时候非常喜欢辛弃疾，可是后来有了另外的感觉——辛弃疾的声音虽然很豪迈、很辽阔，可是如果拿辛弃疾和李白来比较，你会觉得最大的不同在于李白背后有一个大唐。打个比方，帕瓦罗蒂要发高音很容易，因为他的底气很厚；而你会感觉到辛弃疾底下是薄的，所以发出的声音很凄厉。当你要发高音发不出来，底气不够的时候，它就会变得很凄厉。其实辛弃疾的东西，你仔细去听，他写到送荆轲，"满座衣冠似雪"，里面都是凄厉。你会觉得有"壮"的部分，可它是悲壮的，好像隐约感觉到那个声音要发到那么高会好费力。

这也许就是最后姜白石去唱那种小小的歌声的原因。我记得有一阵子大家批判琼瑶的小说：为什么你老是在写"冷冷的小手"之类的？这时我就想到了姜白石。当然不是说琼瑶写得好不好，而是大家会觉得你干吗老去注意那些东西，不去写一个"明月出天山"呢？可是"明月出天山"和她真的关系比较远。后面大家读到秦观词的时候，会发现好多好多的句子，都是琼瑶的老祖宗，像"月满西楼"，像"自在飞花轻似梦，无边丝雨细如愁"——大概在琼瑶作品中不断出现的，都是北宋词转南宋词的经验。南宋词有一定的影响力，它是一种比较细微、比较封闭、有一点无力感的内在世界的美学，这一点会让后来的人一直学习。如果跳开偏见，也许我们对这样的东西会有一个理解。

有机会你可以看看宋代一些帝王的像——你只要看看宋太祖，再看看宋徽宗，就知道什么叫北宋，什么叫南宋了，连帝王的样子都是不同的。可是我觉得今天我们可以有一个比较持平的心情，就是这些"不同"不见得是好或不好的问题。我自己花了很长的时间去调整这样的偏见，认识到历史、文化上所谓的"北朝"与"南朝",其实各自有不同的贡献。

我们在美术史中讲过,王羲之的字是在南朝东晋写出来的,可是他征服了整个"北朝"的美学,唐太宗最喜欢的字竟然是王羲之的字。这说明创造力与所谓的格局、大小无关——文化可以避开现实的一些限制和束缚,可以有极大的突破性,在心灵上产生很大的自由。所以我们看到,在历史上,东晋的文化、南宋的文化(也就是所谓的偏安朝代的文化),都超过北朝。

南宋时期,北方是金和西夏,打仗都来不及,可是南宋文人在西湖边写出了最美的文学,创作了最好的绘画。东晋王羲之写出了最好的书法,顾恺之画出了最美的绘画,从中你会发现文化的创造力其实在于它是不是有对于心灵空间的尊重。"北朝"常常忙于战争或者现实政治,它在文化上没有办法赢过"南朝"。从建安七子到竹林七贤,又到王羲之,直到今天我们讲的南宋,我们再一次看到偏安江南的这些朝代当时在文化上重要的创造力。其实当时北方的金在文学上是仰慕南宋的,像元好问就在学习南宋那一套文学。

# 第七讲　秦观、周邦彦

优雅文化的发达

赵匡胤以"殿前都点检"这样一个武官的身份,经由"陈桥兵变"黄袍加身,做了皇帝,并且是开国之君。你如果把画像上宋太祖的帽子、衣服拿掉,会发现他完全是一个武将的样子,很适合去做国防部长的那种人物。可是很有趣,宋代后来的帝王开始追求一种文人的优雅,在服装上就和唐的帝王非常不一样。宋太祖本身是武将出身,可是他非常防范军人(前面我们曾经提到"杯酒释兵权"),反而对文人有一种特别的尊重。中国所有朝代中对文人最尊重的大概就是宋代。因为皇帝尊重文人,所以他自己所有的服饰、品貌都追求一种淡雅和素朴,这明显带动了整个社会风气。

我想如果大家在台北故宫看到宋代文物大展,会对中国古代所谓肖像画有另外一种评价。我的意思是说,它其实非常写实,甚至完全懂得怎样去处理光影,以及如何描画一个人物整体形貌的感觉。宋太祖看起来很像郝柏村,对不对?当我们发现一张一千年前的画与当代某一个人的身份和感觉都很相似,说明它有高度的肖像意义。它不是我们过去想象的帝王像,只画出一个很概念化的人物,而是对整个身体有很多细节描绘,比如眉毛这里一点点凸出的肌肉,以及对于眼袋的描绘,还有宽出来的脸颊很厚的感觉。开国时一个武人的权谋之心和不是等闲之辈的气概,都被画家很精准地传达了出来。

可是接下来我们要看的,是宋代怎么从开国时的一种军人文化慢慢转变出它优雅的部分来。台北故宫曾很难得的展出了真宗皇后的像,大家会有一个很有趣的感觉:帝王很素朴、很优雅,而皇后的像都非常繁复。她的帽子上镶了很多珍珠,那种镶饰是很华丽的;椅子是贴金箔的,旁边垂挂流苏,非常讲究。在宋代,女性的文化与男性的文化有一点不同,文化中华丽的部分常常放在女性的文化里去发展。这一类作品大概是台北故宫最不常展出的,因为它的破损最厉害,上面又贴了真正的纯金箔,是当时宫廷里面最贵重的东西。

宋真宗朝是一个关键的时代。太祖、太宗朝都有开疆拓土的内容,太宗完成了统一,把吴越和北汉灭掉了。真宗的时候有"澶渊之盟",这个和约使得北宋延续了一百多年的安定,没有出现大规模的战争,促成了北宋的相对稳定。真宗之后,到仁宗、神宗朝,才有真正的最繁荣的文化创造出来,开创一个和平的百年是非常不容易的事情。

仁宗朝大概是宋朝最繁荣的时代,也是欧阳修、苏东坡、范仲淹等人生活的时代,是文化水平非常高的时代。在一种和平、稳定的政治状况当中,它可以去经营文化了。在真宗以前你还感觉不到这个力量,可是到真宗以后,整个文化的品格很明显开始改变了。

宋代文化的最高潮就是徽宗朝,不仅是书法,器物制作在徽宗朝也达到了巅峰状态。北京故宫博物院有一幅《听琴图》,也是描画的徽宗的形象,你完全不觉得他是一个皇帝,他自己好像也以做文人而不是做皇帝为荣,所以常常要特别去展现自己的文化部分,比如书法、绘画、弹琴。他的琴弹得极好,《听琴图》是送给他当时的一个宠臣的,上面有一些题字。

他穿着这么素雅的衣服,在皇宫的园林中,在松树底下弹琴,哪里感觉得到他是帝王。

这里面其实看到了宋代的文化,所以宋代会有欧阳修、晏几道、苏轼等人的词。宋代很有趣,帝王把弹琴、词这些东西作为自己很重要的文化功课,满朝大臣也就以这些东西为文化功课。当时有人写得不好也要去写——你说附庸风雅也可以,可是总比附庸别的东西好。从文化的角度来看,我常常认为宋代的帝王是文化功课里考第一名的,不少人的书法、文字都写得漂亮得不得了。

台北故宫的文物里面也有很特别的资料,比如宋与契丹的国书。宋朝是中国历史上少有的可以平等对待周边民族的朝代,彼此有使节来往。当然这是因为别人也很强,所以它不得不平等——唐朝就从来没有这种"平等"。台北故宫的宋代文物展出让我们看到,宋朝非常懂得谈判,懂得订和约,懂得怎样保持比较长久的和平状态。

当时的大理国(今云南、四川西南一带)是独立国家,有一个画佛像的画工叫张胜温,他的作品也曾在台北故宫展出过。张胜温可能是宋朝过去的画工,由于不打仗了,能够彼此来往。台北故宫宋朝文物大展里的很多东西,会让我们重新去定位这个朝代。它同周边很多政权之间的互动关系非常微妙。张胜温佛画的细节非常写实,对于我们了解云南这个地区过去独立的文化和政治是非常重要的资料,它是保留在宋代宫廷里的东西。唐朝总是把外族画得很丑,都是来进贡的。可是宋朝会保留一张画,来自和它平等的一个独立国家,表现它的文化状况,现在很多人在研究这张画。

宋代还出版了大量的书籍,开始使用活字印刷术。活字印刷术要到元朝以后才传到欧洲,德国人古登堡用它来印《圣经》,那大概要晚了三四百年。活字印刷引发了西方文艺复兴运动,而在宋朝时已经非常普遍。

宋代的文化和教育成就这么高，与书籍出版很有关系。

台北故宫的宋朝文物大展非常用心，不仅展出书法、绘画，还展出了很多宋朝的收藏品。比如，我们通过展览才知道孟子的书在宋朝已经那么普遍，已经是通行的出版品，民间都在读了。唐代的文人大部分还是贵族出身，如果家境不好就很难读书，可是宋代的教育已经普及到了一定程度。

欧阳修当时收藏了很多古代的碑，然后整理为《集古录》；赵明诚、李清照夫妇也写过《金石录》。宋代对于古代文化有历史感，觉得这些东西不可以随便让它荒废，要把它收藏起来，而且做研究，这是历史学、考古学的观念。此外还有私人修史。司马光用十九年时间写《资治通鉴》，基本上是以民间身份去撰述历史。这些都说明宋代的文化不可以等闲视之，它真的有很不同于其他朝代的特质。

我们过去对朱熹的印象是一个很刻板的学者，有一点儿保守的感觉，可是看他的书法，笔力之雄强，气度之大，让人感觉到他在文化上的自信是非常惊人的。

雕版佛经在当时的民间也非常流行。五代十国中的吴越国曾将佛经用木板刻出来，大量印刷。我们知道雕版印刷术是在隋朝发明的，现存最古老的雕版印刷品是唐咸通九年印制的《金刚经》，可是真正普及起来是在宋朝。因为当时不打仗了，可以把很多经费拿来做文化工作。印版先要一个字一个字雕出来，然后印刷，需要投入很多财力和人力。雕版印刷的文字、图绘书籍开始慢慢出来。在现今世界的拍卖市场上，宋版书的价格是非常高的。

宋朝整个民间对于历史出现了兴趣，所以他们会仿制商周的古铜器。一个时代的文化如果具有历史感，它会发现改朝换代只是政治的改换，可文化是延续的，文化不能够改，因为文化是累积的。你不能说我今天放弃前面的文化，重新开始一个文化，人类的文化从来没有这样。宋代非常清楚，当战争不再频繁发生的时候，文化就必须要延续，所以尽管商朝、周朝已经离它那么久远了，它还是觉得要继承商代和周代的文化。他们会重新学习金文，学习铜器的规格，其中有很重要的文化象征意义。

砚台是文人在书房桌案上摆放的一个简单工具，它其实就是一块石头，可是古人会优雅到去寻找很美的石头。譬如说端砚，它有名是因为不仅质地非常细，不伤毛笔的毫毛，而且发墨。所以端溪里的石头——端石，就变成了砚台的一个重要来源。我们看它就是一块石头，文人借着这个砚台却可以感受到石头与河流之间的关系。

宋代古琴保存到现在的已经非常少了。古琴的共鸣非常小，能够传达出去的声音很小，也就是说它的表现力很小。那么这个表现力很小的乐器存在的意义是什么呢？它只是文人拿来修身养性的东西，换句话说，琴最重要的不是弹给别人听，而是弹给自己听。在弹琴的过程中去修炼自己的呼吸，调匀自己整个气的流转，让自己能够定下心来。很多人讲到，高手弹琴的时候，如果有人偷听，弦会断掉。琴变成文人生活中必备的部分，它不是用来炫耀的，而是一种内敛的精神。

我想，从西方的音乐观点很难了解古琴。过去有一位大陆的老先生，八十几岁了，到我们大学的音乐系里面来弹古琴，就讲到他练古琴是为了练气功，而不是为了音乐。可是我们在现场被他震撼了，感觉到一个人在自我世界中所完成的听觉上沉静的力量，他使古琴与自己的呼吸或者心跳之间产生了很奇特的交流，这个时候我才感觉到古琴好像不应该只作为乐器来看，它其实是宋代文人生活里面一种重要的标尺。

"桥畔垂杨下碧溪，君家元在北桥西。来时不似人间世，日暖花香山鸟啼。"这是南宋诗人吴琚的诗，用非常漂亮的书法写出来，现在收藏于

台北故宫。大家看到的南宋词基本上是这样的调子。日暖、花香、山鸟啼，其实都不是大事。当然也有辛弃疾在写金戈铁马，可是对一般人而言，政治或者朝代不见得什么都能够管得到。太阳出来了，花在开，鸟在鸣叫，其实是把人放回自然里。我们从这个角度去看南宋的时候，会有比较不同的心境。

桃源望断无寻处

在介绍了宋代的时代背景之后，我们来看秦观、周邦彦的作品。先看一下秦观的《踏莎行·郴州旅舍》。

> 雾失楼台，月迷津渡，桃源望断无寻处。可堪孤馆闭春寒，杜鹃声里斜阳暮。　　驿寄梅花，鱼传尺素，砌成此恨无重数。郴江幸自绕郴山，为谁流下潇湘去？

秦观是"苏门四学士"之一，曾受苏轼牵连被贬官，遭遇蛮辛苦的。对于创作者的心境，我们必须要从他的基础去了解，因为有这样的经历，所以秦观的作品中有一种孤独，有一点点低沉，有一点点好像讲不出来的愁绪。如果可以讲出来，他的作品可能就变成像苏轼那种悲壮的东西了，可是他没有。但是这并不意味着有什么不好，秦观作品里淡淡的忧愁，其实刚好是他的特征。

我特别用"雾失楼台，月迷津渡"这八个字，来作为其作品的美学特征。他好像一直在找一个桃花源世界，一直在找一个他自己觉得最理想的领域，可是"桃源望断无寻处"，始终找不到，所以他其实是在一种迷失的状态。第二次世界大战期间,海明威等人被称为"迷失的一代",说他们有什么大悲痛,好像也没有。秦观也只是在寻找生命的定位时伴随着彷徨和徘徊,这使得他常常产生一种无奈。在他讲出"雾失楼台,月迷津渡"以后,接着就是"桃源望断无寻处"。"桃源"象征了中国文人的理想。陶渊明认为那是个理想境遇,可那个境遇是找不到的,因为找不到,所以"可堪孤馆闭春寒",变成自己孤独地封闭着。

每个诗人都有自己最爱用的那几个字

如果我们今天用电脑把一些文学家最常用到的字选择出来,这些字会构成一个有趣的美学现象。比如说秦观常常用到"迷"、"失"、"闭"、"孤"这一类字,这些字本身就形成了特定的美学意义。譬如李白很喜欢用"金"、"歌"、"酒"这一类字,它们也会产生不同的质感。我们在阅读文学时慢慢会发现,句子本身可能是了解诗人的一个方式,可更重要的是单字,我觉得单字本身是它真正的质感所在。

如果是另外一个诗人,他可能也会写"雾",写"楼台",写"月",写"津渡",可是不会用"迷",不会用"失"。各位记得我们讲过张若虚的《春江花月夜》,他就没有用"迷"字。秦观用"孤"去形容"馆"的时候,那种客栈流浪者的孤独感马上就出来了。这里其实在讲告别,可是告别了谁,他也没有明讲,诗人有时候是借助于一个事件(可能是真的与朋友告别而去写词),但是真正写到的东西是生命里面比较本质的流浪意义。所以我们常常说,文学里的流浪意识是一个生命的自我放逐性,它并不特指某一次与某一个人的告别和流浪。

"杜鹃声里斜阳暮",这是对一个情景的描画,感觉到春天的寒冷与落日的余晖，有一点哀伤。可是大家可能会感觉到秦观的哀伤都不重，全是淡淡的，好像他生命里面就是淡淡的哀愁。后面大家会越来越体会到他生命中的无力感和无奈感，他都没有讲造成自己悲痛的具体事件，只是描摹心情。

"驿寄梅花，鱼传尺素"，通过驿站去传送梅花；"鱼"——汉乐府《饮马长城窟行》里有"呼儿烹鲤鱼"，其中的"鲤鱼"是用木雕的鱼做的函，然后把写在尺素上的信藏在这个鱼函当中，所以"鱼传尺素"是在讲信。和朋友告别后，会投寄书信来进行联络。"砌成此恨无重数"，可是又发现自己一封一封的信只是堆砌成更大的遗憾，更多的恨，更多的哀愁，因为不能见面。

"郴江幸自绕郴山，为谁流下潇湘去？"我们看到，秦观一直来往于客观与主观之间。客观的是什么？郴江和郴山。可是"为谁流下"是主观的。一开始的"雾失楼台，月迷津渡"就有把客观转成主观的意义。就像我们刚才所说的，生命里面刹那之间出现诗的情感，常常是因为你发现所有看起来无生命的东西全部在此刻变成有机的、有生命的状态。一朵花的开放，一只鸟的鸣叫，一次潮水的上涨，一条河流的流去，都会变成与心情之间的对话关系。

秦观在这一方面是非常精彩的，他常常能够把客观与主观的东西融在一起，我们下面大概会主要以这样的角度来讲秦观。"流下潇湘去"是告别，可是"绕"本身是眷恋，所以当我们看到"郴江幸自绕郴山"的时候，那个"绕"本身已经有情感在里面了。"绕"这个字非常微妙，是诗人用字的一种讲究，我们从这个字的讲究可以了解应该怎么去判定文字是主观的还是客观的。我们可以说"绕"是客观的，可是诗人在这里讲"绕"时有缠绕的意思，如果是缠绕，它就不是客观的，而是变成主观的了，你会

第七讲　秦观、周邦彦

觉得那条河流正在无限深情地绕过那座山,去环抱那座山。从中我们可以看到在文学里面字和句的运用本身如何去跨越主观与客观。当然,有很多人认为诗人是天生的,他有这个情感,会把一般人看不到的,好像没有情感的东西转成深情的部分。

"潇湘"在古典诗词里是非常具有典故性的。上古时代舜的两个妃子,因为夫君之死而流泪,眼泪斑斑点点的留在潇湘两岸的竹子上。据说我们现在看到的湘妃竹上的斑点,就是她们的泪痕。郴江最终汇入湘江,好像汇聚成一种浩荡的女性泪水的哀愁。

"大典故"

我们在阅读诗歌的时候,常常会感觉到背后有很多典故。我们前面说过,历史是改朝换代,一朝一代可以是切断的,可文化永远是延续的。比如,你切不断"潇湘",因为只要碰到"潇湘"就会想到它的象征意义。两千多年来,《楚辞》里赋予"潇湘"的意义,延续到秦观写的"潇湘",延续到《红楼梦》里林黛玉住的"潇湘馆"——她的馆为什么叫"潇湘"?因为她这一世就是来还泪水的,而她写诗的时候也自称"潇湘妃子"。我称这些为文化传统。汉字的传统,包括我们自己的名字在内,构成了延续的力量和重叠的力量,这个部分如果不被看到,我们就不知道生命真正延续的是什么。

再比如"桃源"。它是文人在战乱中对于"理想国"的怀念,后来变成了传统,到了秦观还在讲桃源。

李清照对秦观是很不屑的,认为秦观不太会用典故。可是我觉得典故并不像李清照讲的那么绝对。比如在"庄生晓梦迷蝴蝶,望帝春心托杜鹃"

中,"庄生"、"望帝"是典故,但是你可能要查了工具书才会了解它们的含义;而"桃源"、"潇湘"也都是典故,却很容易体会。

在文学里,有的典故会变成"大典故",具有更广大的意义。比如"大江东去"就是一个大典故,在这里水变成了象征。就像孔子在水边说"逝者如斯夫,不舍昼夜",后来大家都用水做象征。"自是人生长恨水长东","问君能有几多愁,恰似一江春水向东流",也是在用水做象征。你不见得一定要查字典才知道水象征着什么。

李清照的《词论》是她在年轻时写的。我想她那时也许才华极高,而同时代读书的女孩子那么少,你可以想象她多么得意,所以她在写《词论》的时候很大胆。这个大胆有其好处——可以看到女性独立的个性,可她有时候也有一点过头,比如她批评苏东坡"不协音律",说苏东坡的词句"句读不葺"。其实苏东坡的东西要一气呵成,我觉得这是他的好处,可是李清照就认为是缺点。她还讲秦观作品中典故用得不多,这项批评我也是不赞成的。我认为在文学里用得最好的典故是化掉的典故,比如我们读到"潇湘"的时候,你并不见得清楚它的内涵,可是面对这两个字会有一种深情与哀怨的感觉,这两个字本身会形成一个意义。

在"白话文运动"中,胡适所主张的"八不主义"里有一条就是拿掉典故。可是我觉得文学不可能完全拿掉典故,像"自是人生长恨水长东",它似乎不是典故,但又是典故,因为它把水的文化放进去了。这样的典故我称之为"大典故",它不是狭义的。写诗一定要写到人家翻字典,其实是没有太大意义的。

《踏莎行》里面的"津渡"有没有典故的性质?我们常常讲渡口,讲生命的渡口,这里的"渡口"本身就有象征意味,不见得一定要去查字典才能理解。"桃源"很明显也是典故,"桃源望断"就是一直等待着、眺望着桃花源世界，却找不到。可是各位想一想，如果你今天把"桃源"翻成英文，要怎么翻？你大概就不能直接翻成"桃"和"源"各自对应的英文，因为在西方文化里它传达不了，可能要用"乌托邦"一类的表达，而《乌托邦》是英国人托马斯·莫尔描写最美好、最理想的虚构世界的一本书。典故有的时候有地理上的限制，有的时候却可以扩大，像"津渡"、"水"，我觉得它们绝对可以变成世界性的典故了。但是"桃源"可能还是一个属于东方文化的典故，日本对它也非常熟悉。

耽溺之美

下面这首《浣溪沙》是秦观流传最广的一首词。

> 漠漠轻寒上小楼，晓阴无赖似穷秋。淡烟流水画屏幽。　自在飞花轻似梦，无边丝雨细如愁。宝帘闲挂小银钩。

从李清照的角度来看就会觉得这首词太不工整，而且没有用到"典故"。可我们会觉得这是秦观最好的东西，他其实就是在讲自己非常微不足道的一个感觉。注意，我特别用"微不足道"这个词，因为我觉得他只是在讲一种闲愁，一种无事的状态。"漠漠轻寒上小楼"，上楼算一个事件吗？天气有一点淡淡的寒冷，秦观用"漠漠"形容"轻寒"，他的词都在传达生命经验中一种淡淡的迷失的状态。"漠漠"和"迷"、"失"意义是相类的，"漠"本身的发音、形态和内涵，都是一种不清楚的状态，就像秦观的愁绪一般。你可能会因为失业、失恋，或者股票跌了而不开心，它是有原因的；可是秦观的不开心没有原因，就是在"漠漠轻寒"中走上楼去。

"晓阴无赖似穷秋"，注意"无赖"两个字，我们今天讲的"无赖"是坏的意思，可是在宋代的文学里，"无赖"是常常被用到的一个词，我对它的比较口语化的翻译是"好像什么都提不起劲来"。后来的南宋文学里"无赖"用得很多，因为你如果不去"金戈铁马"，就只好有点"无赖"，就是有点慵懒的意思。其实我们生命里面是有这样的状态的，比如周末休息两天，你不知道要做什么，什么都提不起劲。"晓阴"，早上起来天气阴沉沉的，不是晴也不是雨的那种。刚才讲"无赖"可以形容人，可是这里"无赖"又像形容天气。"似穷秋"，好像秋末的感觉，淡淡的。

你要把一个不像感觉的东西写出感觉，其实非常难。我们常常会觉得"十年生死两茫茫"感人，可是它背后有一位已经去世十年的妻子，心情在那里，事件在那边，它是有所依附的。我不知道大家有没有体会，你常常觉得某一种心情很怪，却不晓得怎样去确定它，怎样用文字把它表达出来。我一直觉得秦观这种淡淡的忧伤是有代表性的。

"淡烟流水画屏幽"，淡淡的烟，有一点像"雾失楼台"。可是注意，这里"淡烟"和"流水"都不是自然界的淡烟、流水，而是他床边画屏上的。宋朝人常常用屏来分隔房间，上面通常有山水画。所以秦观看到的"淡烟流水"是屏风上的画，非常幽雅、非常素淡的一幅画。你会发现这个人始终就在自己的房间当中，有一点烦闷无聊，生命不能扩展出去，或者说是一种沉湎、耽溺的状态。

我用到"耽溺"这个词，有一种美正是耽溺的，属于颓废美学的范畴。李白的美不耽溺，而李后主的美有一点儿耽溺，李商隐的美有一点儿耽溺，秦观的美有一点儿耽溺。秦观最耽溺的句子是"自在飞花轻似梦，无边丝雨细如愁"，这是他的名句，把一个蛮庸常的情境定位得这么清楚。我们可以设想一下：你看到春天来了，你走在路上或者公园里，看到花开了，就这样一直飘着，你看得发呆，很想去形容它，可是其实很不好形容，因为很容易变得俗气。"飞花"是一个现象，但是"自在飞花"产生的感觉就不一样了。可是如果只有"自在飞花轻"这几个字，恐怕还不够，还不能表达飞花产生的迷离——这种迷离好像是诗人对自己前世的回忆，于是"梦"这个字出来了。梦好像可以琢磨，又好像不能琢磨，读到这里我们大概会想到唐朝诗人白居易的"花非花，雾非雾，夜半来，天明去"，这又是一个典故。白居易已经在讲这种感觉了——"来如春梦不多时，去似朝云无觅处"，秦观写"自在飞花轻似梦"的时候不一定会想到白居易的诗，可是这个意境已经进到他的血液里，自然就出来了。你可以把他的句子拆散，"自在"变成一个词，"飞花"变成一个词，"轻梦"变成一个词。

《红楼梦》里面也有类似的情况。比如写春天到了，花在飘落，黛玉心生感伤，一边葬花一边唱出了《葬花词》："花谢花飞飞满天……"两次重复"花"，两次重复"飞"，"花谢花飞"，两个"花"字中间隔了一个"谢"字，可是"飞"和"飞"连在一起，节奏是加快的，"花"和"花"、"飞"和"飞"形成了这七个字主要的节奏和力量。你可以看到，从白居易到秦观，再到曹雪芹，他们用的元素是一样的，白居易用"花"、"梦"这些字眼，秦观也用，曹雪芹也用。三个相隔这么久的人的作品——一个是唐诗，一个是宋词，一个是清代的小说，这些元素的变化只是一点点。把这点搞清，对我们的创作会有很大的帮助。如果你用得和古人一样，那不是创作；如果你用得和古人完全不一样，那也不是创作。创作在于和古人的像与不像之间，它有所继承，可是又必须是变化的，这才叫作文化传统。

"无边丝雨细如愁"，春天江南的细雨，好像有，又好像没有，<u>丝丝飘落</u>。可是<u>丝</u>雨怎么发展成无边的<u>丝</u>雨，再从丝雨发展出细，然后从细发展出愁？其实雨和愁本来是无关的，可是雨和细有关，和<u>丝</u>或像丝一样的东西有关。

唐朝李商隐写"春蚕到死丝方尽",其中的丝变成了一个象征,变成了愁绪,变成了牵连不断。李后主讲"剪不断,理还乱"也是在以丝为喻。秦观再一次把丝拿来作为象征去讲愁绪,从图像连接到心情。他必须在确定了是丝雨以后,再用细去形容雨,再把细连接到愁,其中有词的逻辑。

大家可以用达达的方法去排列诗词中的文字,可以玩出很多游戏。我甚至觉得这种游戏应该跟孩子一起玩,因为孩子的逻辑没有我们那么严格。一个人在成长的过程里面,大概最不幸的就是他的思维方式会越来越有逻辑性,越来越"合理"。可是你会发现孩子的语言其实非常像诗,东一句西一句,东一个字西一个字。小时候家里教我们认字,就是把唐诗剪成很多方块再排列起来。我记得我们曾经把李白的《静夜思》剪开,变成好多好多复杂的关系。

再造美学空间

以往有两个东西,大家一直觉得孩子最不容易接近,一个是诗,一个是书法。我却觉得这两个东西是孩子最容易接近的。因为如果你不坚持书法是字,那它就是用毛笔去玩的线条和空间。诗也是如此,它就是字本身最基本的单一的可能,对孩子来说,自己的同学、朋友的名字都可以玩出诗来,可以排出很多有趣的东西,因为汉字本身有很有趣的结构和质感。

我希望大家可以了解,像"自在飞花轻似梦,无边丝雨细如愁"这样的句子,大概一千年来进入了很多的民间文学里面,影响了很多人。因为它讲出了一种很奇特的心情,而且这个心情我相信在座很多朋友大概都有过。你一读到它,就会回想起自己在春天来的时候,在蒙蒙细雨中有过的落寞——不是快乐,也不是不快乐,是介于两者之间的一种很难形容的感受。它被"自在飞花"和"无边丝雨"形容出来了，它和苏轼写的"大江东去，浪淘尽，千古风流人物"是不同的感觉。其实苏轼的那种辽阔、壮大的感觉我们反而不那么容易碰到，而"自在飞花"、"无边丝雨"却是我们身边常常有的，容易被感觉到。

"宝帘闲挂小银钩"，这个结尾非常有趣。古代的床是用帘子围起来的，不用时便拿银钩随便挂起。他始终没有离开自己的床，没有离开自己的房间。所有外面的东西，包括"无边丝雨"和"自在飞花"，都是他隔着帘子、隔着窗户看到的。

上阕结束时，他在屏风旁边；下阕结束时，他在床上。我们看到这时候的词与北宋开国时不太一样了，文人好像很满足于自己小小的书房空间，桌案上有一个砚台，一些书卷，或者一些画等等，这个书房空间也变成文人自己再造的一个美学空间。

我希望大家能够喜欢秦观，虽然我自己以前不喜欢他。不喜欢的理由，我现在回忆起来其实会害怕——喜欢秦观有一种危险，搞不好就非常俗气。你想想看，"自在飞花轻似梦"，你慢慢受影响，到最后写出的东西很容易变成八点档的连续剧，你会发现八点档的连续剧里面好多句子就是从秦观那儿来的。可是这不能怪秦观，而应该怪大家乱用他的东西。我们那个时候在诗社里面，大家都不敢碰秦观，因为他的句子大量被通俗小说拿来用了。

可是我们现在可以分清楚这两种不同的状况。能够大众化的、比较平淡的情感定位，它必定在文学上是有意义的。它与庸俗化的方式，尤其是商业化的方式，还是应该隔离一下。至少我们应该承认，"自在飞花轻似梦，无边丝雨细如愁"绝对是好句子，可是好到一定程度以后，一直被用，就用滥了，这时我们也许会觉得它很不好。可是事实上，有一年我到日本，在饭店旁边有一条种满樱花树的小路,我走在那边,当花瓣掉落一身的时候,想到的还是这个句子。没有办法,它其实是美学经验当中一个共通的东西。就像我们常常嘲笑一个人太风花雪月了,可是想想看,"风花雪月"其实是生命里面最容易引发诗意的东西,如果我们说风、花、雪、月是四个我们不要的东西,那大概要删掉好多诗——"月迷津渡"就要删掉,《春江花月夜》也要删掉。我的意思是说,我们今天一般意义上讲的"风花雪月"是滥用了这四个元素。可是引发我们的美学情感,引发我们去写诗、画画的,恐怕还是这四个东西。对于风花雪月的美学理解,我想有助于我们对秦观的定位。

秦观作为苏轼的学生,其实有一点儿笼罩在大师的阴影底下。可如果不是大师,文学还要不要继续发展?这大概是我们接下来要问的问题。苏轼有苏轼的年代,当过了这个大师年代的时候,文学有其他的小空间,还要继续发展,那么这个时候秦观的重要性,甚至像我们下面要讲到的周邦彦、李清照的重要性就出来了。

小楫轻舟,梦入芙蓉浦

讲到周邦彦,我曾经有过顾虑:我要不要略过他?因为讲周邦彦似乎有一点自找苦吃。前面介绍的秦观的"自在飞花轻似梦,无边丝雨细如愁",我相信很多朋友会喜欢,也会觉得秦观是个可以喜欢的词人。可是对周邦彦,你很难有这样的感觉,因为前面讲过,他的东西一旦把音乐性拿掉以后,你会觉得里面很空,好像没有很诚挚的情感。可是后来我考虑了一下,还是把他放了进来,因为我们知道词在当时是听的,所以他在音乐方面的美绝对构成了他一定的意义。你可以看一看我们现在唱的很多流行歌，如果把音乐拿掉，只读文字，也怪无聊的。周邦彦的词在文学性方面不见得很好，但我们考虑到词在音乐性上的意义，于是选出他的作品，对他做一个了解。

第一首是《苏幕遮》。

> 燎沉香，消溽暑。鸟雀呼晴，侵晓窥檐语。叶上初阳干宿雨、水面清圆，一一风荷举。　　故乡遥，何日去？家住吴门，久作长安旅。五月渔郎相忆否？小楫轻舟，梦入芙蓉浦。

大家可能对《苏幕遮》很熟，我记得我们中学时候的教科书里选了这首。"燎沉香"的"燎"如果单拿出来说，是人类一个很有趣的祭奠仪式，在台湾原住民的祭奠当中常常看到燎，印第安人也有燎，我们叫作"燎祭"。三星堆其实就是燎祭的遗址，出土的那些铜像是烧完以后埋起来的。可是这里的"燎"是动词，意为细细焚烧。沉香可能是沉香末，"燎沉香"是文人生活中的一种点缀。这个点缀有两种功能，一是可以驱赶蚊虫，同时又会让你的身体产生很舒服的感觉，是一种嗅觉的欣赏。现在台湾在慢慢恢复这个习惯，但不一定是沉香，也许是檀香、麝香或是各种不同的掺杂的香料。

"燎沉香"——我们从第一个字就看到文人的世界。苏轼很少讲"燎沉香"之类，他很少形容这种很家庭的、室内的小事件。可是到了北宋跨南宋的时候，你会感觉到词作中传达的经验都是比较小的，即我刚才讲的比较小的格局。一个文人把香末放到香炉里，用火去点着，让它燎起来，这种"燎沉香"的习惯，变成这一时期诗词中重要的经验。

"消溽暑"，夏天天气很热，有一点沉香可以让自己神清气爽一点。

"鸟雀呼晴",下过雨,刚刚晴了,你在室内首先听到的是鸟的叫声。如果大家比较有自然的经验,很容易就能体会到他的感受。这里他用动词的"呼"去叫出"晴",本来晴了以后才有鸟雀的叫声,可是他在这里颠倒了一下顺序,我觉得这算是周邦彦比较活泼的句子。他平常因为太重视音律,每个字放进去的时候,有一点像在"刺绣",你会觉得他的字句太刻意、太雕琢。可是"鸟雀呼晴"里面还是有一些自在的。

"侵晓窥檐语",他用屋檐底下的鸟的叫声编织出音乐性。这里用了一个很有趣的动词——"窥"。我一直很想建议一些玩电脑的朋友,把所有诗词里大家喜欢用的字输进去。你看这个"窥"字,李白很少用,苏轼也很少用。窥本身是一种小的动作,比如我们常常用到的"偷窥",其实作者的意思是从一个比较偏的角度去看东西,不是辽阔的视野,而是从缝儿里面,或者隔着帘子,或者在屋檐底下,当中包含着我们讲的文学里的质感。文学家用哪些字,是由他的心境、状态决定的。你如果要分析一个诗人,其实不见得要读他整首作品,把他特定的某些字抽出来,大概就可以看到他的某些个性。

我在有些场合讲过这个意思后,我的学生就开始玩这种游戏,他们把我的诗全部输到电脑里面去,他们说最多的字是"还"(huán),其实我自己都不太知道。我觉得创作者是不太知道自己用字的习惯的,知道以后,他可能就会回避。如果你今天告诉周邦彦他常常用"窥",下一次他大概就不太会用了,因为他可能会尴尬。我最近就很糟糕,我一写到"还"的时候就想:我怎么又用到"还"?就不太敢用了。文学的"知道"和"不知道"其实是很奇特的状态。我们常说要有潜意识的创作,其实在很自在的状态里那个字才会出来,作者自己也不一定能够了解。

"叶上初阳干宿雨,水面清圆,一一风荷举。"这是周邦彦的名句。荷

第七讲 秦观、周邦彦   173

叶上面是被最早的阳光晒干的"宿雨",即前一夜的雨,这是非常细的经验,如果粗心的话是看不见的。我们看到,整个词的感觉越来越倾向于这种小小的细腻的东西。

宋朝的瓷器和宋朝的词作有很接近的地方。宋瓷不再讲究色彩上的华丽,而是讲究质感的变化。

比如说哥窑。哥窑的瓷器很有趣,如果火温太高,瓷器上的釉片会裂开。第一次釉片裂开的时候,制作者会说,这是一个不好的瓷器,就不要了。后来有的人觉得丢掉可惜——这样的人常常是艺术家,他觉得那个裂纹蛮好看的,就开始欣赏裂纹,还对别人说其实裂纹很好看。他不但拣起来,还放在案头上欣赏它,也可能写一首诗来歌颂这个瓷的裂纹。然后他想,我下一次就特意烧裂纹。于是他开始研究怎样烧出裂纹,不同的火温裂的宽度会是多少,开片大概多大,是冰裂纹,还是开片最小的鱼子纹。裂纹本来是败笔,但这时它变成了一种美学。

这有点像我们欣赏叶子上面的阳光。早上第一线阳光把隔夜的雨照干了,留下痕迹。发现泪水是容易的,发现泪痕是不容易的,因为泪痕常常不容易看到,可是诗的意境常常是最后看到了泪痕。泪痕是什么?可能是由心境中沉淀出的关心,一种更细腻的关心。

我们在研究宋代瓷器的时候,会发现很多名称和宋朝诗词当中所欣赏的意境非常像。"叶上初阳干宿雨"其实是一个沉淀过的记忆,好像遗忘了,因为那个东西已经不存在了。注意,词句中的"雨"是隔夜的雨,太阳出来以后,它已经不在了,可是我们还记得叶子上曾经有过雨水。它表达了对生命中所有情感,对某一天、某些记忆的眷恋,表达了一种深情。通过这个部分我们明显看到,在秦观、周邦彦以及李清照的时代,这种情感开始慢慢在文学中沉淀出来,与苏轼那些较为直接的作品比较起来,他们更多的是委婉的东西。

"水面清圆，一一风荷举。"这是在描写风中的荷叶，大家知道荷叶本来是贴着水面的，当它成长茁壮了以后，在阳光强的地方，就会离开水面举起来。其实词人很有趣，他会观察很多东西，比如阳光盛烈时荷叶的感觉；比如荷叶举起来以后，风的感觉才会出来，因为它贴着水面的时候风不见得能够摇动它。台北故宫展出过一幅画，描绘风过时皇宫里一个水池中荷叶的美，其实和这个句子非常像。宋代的瓷器也好，诗词也好，绘画也好，它们之间有很多互通的东西。

"故乡遥，何日去？家住吴门，久作长安旅。"这里又回到了诗词中常常出现的诗人的流浪感。我们一再强调，诗人的流浪感，有一部分是告别，是旅途。"故乡遥，何日去"是说自己离开故乡了，他的家在江苏吴门，可是他常常住在北方。他这里讲的"长安"其实不是长安，而是指汴梁，就是《清明上河图》画的那个城市。诗人常常借助地理上的迁动去描述心灵上的流浪感。

"五月渔郎相忆否？"有点像《春江花月夜》讲的"谁家今夜扁舟子"，那个在面前忽然过去的划船的渔家。"小楫轻舟，梦入芙蓉浦。"我不知道大家有没有感觉，从真正的文学性来讲，周邦彦的东西会给我们某一种不满足感。不满足感是说他从起句到末句，中间没有连接的关系，常常会让你觉得为什么忽然跑出了"小楫轻舟"，为什么忽然跑出了"梦入芙蓉浦"。这些部分我想除非从音乐性去解释，不然没有办法理解周邦彦在当时为什么会这么重要。今天把音乐性拿掉以后，包括他最好的《苏幕遮》，我都觉得有一点拼凑。

前面我们讲秦观的时候，你会发现他的词中间是连接的，他在《浣溪沙》中写自己无赖的感觉，三句对三句平均分配，感觉都没有高潮部分。

第七讲　秦观、周邦彦

"楼"、"秋"、"幽",其实是平的。我的意思是说,《浣溪沙》这样一个调子,其实有一点单调。可是用这个单调去写他那种似有似无的感觉,刚好就对了。所以我会觉得秦观的东西非常有结构,可是以这个角度来看《苏幕遮》的时候,我会觉得周邦彦文学的结构性是逊色于这些人的。

大家如果参考对宋代词家的讨论,可能会很怀疑,为什么说"两宋以来,一人而已",对周邦彦评价这么高,比辛弃疾、苏轼都要高。过去我也一直在想为什么,大概必须要从音乐性去解释,在文学性上,到现在为止,我还是觉得周邦彦是不够的,他在整个结构的完整与呼应方面,恐怕受到太多音乐的牵制,为了"协音律"而给文学性造成了很大的损失。

南朝盛事谁记?

我们再看一首周邦彦的《西河·金陵怀古》。

> 佳丽地,南朝盛事谁记?山围故国绕清江,髻鬟对起。怒涛寂寞打孤城,风樯遥度天际。　断崖树,犹倒倚,莫愁艇子曾系。空余旧迹郁苍苍,雾沉半垒。夜深月过女墙来,伤心东望淮水。　酒旗戏鼓甚处市?想依稀,王谢邻里,燕子不知何世。向寻常巷陌人家,相对如说兴亡,斜阳里。

我选这首也不是因为它的文学性特别好,有一部分原因是我想用它过渡到南宋词。金陵就是南京。我曾经特别提出一个"南朝"的概念。"六朝"指的是三国的东吴,后来的东晋,以及南朝的宋、齐、梁、陈,都定都在金陵这个地方，所以金陵变成所谓"六朝"的一个符号。有个词叫作"六朝金粉"，用来形容它的华丽繁荣。六朝金粉过去在美学上并不是一个好的评价，因为我们以往以政治为本位，古代历史的政治本位总是以北方为主，而不是以南方为主，我一直想扳回来。我觉得文化不应该用政治本位来讨论，那样很不公平，在古代所有文化创造最高的都是"南朝"。在北宋后期，文人已经陆续南迁了，战乱令大家产生了不安全感。六朝的文化被重新提到，因为他们从北方到了南京以后，会想到所谓的"南朝盛事"。当年这里有过王羲之的兰亭雅集，有过谢安、王导家族子弟的故事，这些令他们怀旧，这种怀旧感也变成后来南宋词非常重要的美学调子。

"佳丽地"，大家读的时候要特别注意，作者用美丽的女子去形容南京。北方不管是长安还是汴梁，似乎都是男性的，而六朝定都的金陵是非常女性化的，有一种比较温柔的文化。

"南朝盛事谁记？"这里讲到了南朝。我跟很多朋友提过，"南朝"本身其实是一个客观的名称，可是后来因为政治本位的关系，常常有了贬义。如果说某个人的东西太"南朝"，其实是带有一点儿批评的。我在很多地方提过，我非常不赞成这样的说法，因为我觉得在古代文化上，"南朝"常常反而是正统，因为它的创造性特别强，避开了战争与很多政治上的斗争，有更多经营文化的可能性。

"山围故国绕清江，髻鬟对起。"南京城三面环江，江南的山和北方的不一样，不是很陡峻，而是小小的丘陵，有点像女人头发上的鬟或髻，所以用女性的头发来形容。如果苏轼写这里绝对不是这样的，他不会用女孩子的发髻去形容山这样的东西。当然一方面是音律在改革，另一方面是心境真的越来越窄，从比较细小的方面去入手。

第七讲　秦观、周邦彦

"怒涛寂寞打孤城,风樯遥度天际。"孤城即石头城,你在城头上,可以看到船的桅杆,因为这是长江很宽阔的地方。《单刀会》中的关羽在船上经过的就是南京城,那个地方在视野上非常漂亮。我常常跟很多朋友推荐,应该去看一下南京城,很多文学作品,在现场会更有那个感觉。

"断崖树,犹倒倚,莫愁艇子曾系。""莫愁"也是用到一个古代的典故,莫愁女的船曾停留在这个地方。"空余旧迹郁苍苍","空余旧迹"是讲六朝都留下了很多古迹,很多人事沧桑的痕迹在这个地方,可是已经全都过去了,有一种败落的感觉,所以用"郁苍苍"来形容。

"雾沉半垒",从文学的角度来讲我觉得这不是很好的句子。我们讲秦观"雾失楼台"的时候,你可以感觉到雾在楼台上徘徊,可是"雾沉半垒"没有办法转成形象。其实他在讲南京城被雾遮掉了一半。我们在读周邦彦的时候,会感觉到是有难度的。周邦彦虽然被誉为"两宋以来,一人而已",可他的作品就是没有办法推广,大众很难读进周邦彦,他通常只被作为专业的研究对象进行探讨。

我希望大家了解,我选这首《西河·金陵怀古》,是因为南宋后来有很多怀旧的部分。中国的"南朝文化"有一个很大的特色:它有正统的观念,永远不会承认自己是"偏安"江南。

南宋为了显示收复故土的决心,在杭州设立临安府,称为"行在",而仍然将北方的汴梁城称为京师,这也构成了一个怀旧文学的系统。这当然与政治有关,因为政治不让他们忘掉。我觉得将来应该特别有人去研究怀古文学或者说怀旧文学,它是非常特殊的一个形态,与整个政治史的结构有关,所以每逢"偏安",它就会出现。"夜深月过女墙来,伤心东望淮水。"这里在讲某一种失落感,还是与前面讲的怀旧有关。

"酒旗戏鼓甚处市?"这个"酒旗戏鼓"倒是有趣的。宋以后,民间

的社戏发展起来了。什么叫作社戏？就是民间自己捐钱，在庙会里面开演的野台戏。这个东西在唐代很少，宋代出现大量的社戏，尤其是在南宋文化当中。社戏说明民间的庙会文化开始发达起来，很多文人也开始把自己的东西与戏剧结合。整个民间戏剧文化的提高，与文人下潜有很大的关系。"酒旗戏鼓"就是在讲庙会的热闹。

"想依稀，王谢邻里"，"王谢"也就是王导、谢安家族。《世说新语》里记载，在一个下雪天，谢安让子侄们每人写一句诗来形容雪，有人说好像柳絮，有人说好像盐撒在空中。他们从不到十岁就开始受到文化的训练，有自己的自豪和品位；他们当中产生了一种贵族文化，这种贵族文化强调的不止是权力，不止是财富。

在"王谢"的时代，皇帝（司马氏）曾经希望把女儿嫁到王家、谢家，结果被拒绝，因为王家、谢家认为门不当、户不对。即使你做到皇帝还是会被看不起，因为这些民间的世家认为自己有世家文化。

王羲之不太愿意做官，退隐后就喝喝酒，写他的书法，可是他成为社会里一个文人的最高典范。王羲之曾"坦腹东床"，不守所有的民间规则，敞开衣襟与人家高谈阔论，竟然还被人家选去做女婿，"东床快婿"就是讲王羲之的这个故事。王谢子弟当时建立了非常潇洒的一种性情、一种人格、一种品位，不太受世俗道德的约束。

周邦彦到了南京，想到当年的王家、谢家。他们住的地方叫"乌衣巷"，传说屋檐下的燕子都不会随便飞到一般老百姓的家里。所以唐朝的刘禹锡发出感叹："旧时王谢堂前燕，飞入寻常百姓家。"怎么王家、谢家的燕子竟然飞到普通老百姓家去了，其实是讲王家、谢家没落了，那种人文的品格已经没有了，那种性格和自负已经没有了。

魏晋的贵族文学后来影响了整个唐代文学。很多人认为杜甫是贵族文学重要的变革者，他不写贵族，而是写平民百姓，写民间的疾苦，改变了中国文学的风格。《快雪时晴帖》是台北故宫收藏的王羲之传世的最有名的书法，讲下过一阵子雪，现在晴了，你要不要来看我之类。二十八个字，成为稀世珍品。作为文人的王谢子弟，他们活在大自然当中，有自己跟大自然之间的一个对话关系。他们争取的不是现世的权力与财富，而是在社会中被尊重的地位。

"想依稀，王谢邻里"，周邦彦在这里怀念数百年前的王谢子弟。"燕子不知何世"，燕子不知道今天是什么时代，不知道已经到了宋朝。"向寻常巷陌人家，相对如说兴亡。"燕子一直在那边叫，好像在诉说已经经过多少朝代兴亡了。从魏、晋，经过宋、齐、梁、陈，经过隋，经过唐，到北宋，燕子好像还在跟百姓讲兴亡的事。"斜阳里"，可是已经到了落日时分，我们在这里感觉到周邦彦好像在怀古，在讲一个挽回不了的盛世，一个六朝金粉的盛世，可同时你又发现这首词好像是一个预言，在讲北宋将要亡国了。

很多人会觉得诗非常奇怪，诗里面好像有一种预言性，如谶语一般。在古代，人们其实很重视这个部分，常常在朝代的兴亡当中采集民间的歌谣，从歌谣里面去断定朝代的兴与亡、盛与衰，因为他们觉得民间的歌谣会有征兆。当然，这征兆从今天来讲是合理的，它反映了一种社会群众的心理。大家都很衰颓，都很怀旧，都很感伤，那么整个时代的气息就弱下去了。所以我选这首，大家可以看到，大概到北宋后期，怀旧的东西越来越多，开拓性越来越少，那个气息有一点儿微弱下来。

刚才我已经解释过，我并不见得一定是从气息微弱的角度去批评周邦彦，我觉得他有自己的美学特征。一百多年没有打仗了，你很难让他了解什么叫"豪迈"。就像你今天找来一个二十几岁的年轻朋友跟他讲抗

日战争，他会觉得很奇怪，因为和他的生活已经很不相同了，这里面有时代性。

我很希望大家可以从这个时代性里面，来看北宋是怎样一步一步过渡到南宋的。我们基本上已经看到南宋的感觉出来了，一种唯美的、感伤的，失去了北方领土以后落寞怀旧的心情，已经慢慢出来了。

第八讲　李清照

李清照与苏轼

我们下面的介绍希望从两派很不同的南宋词入手，一派是从李清照这边延续出来的比较抒情、婉约的风格，另一派是从苏轼这边发展出来，延续到辛弃疾的非常阳刚，与社会、政治和历史关系比较密切的风格。这两种风格实际上是两种不同的美学，而且它涉及的是男性和女性两个不同的角度。我不晓得这种对于美学的比较，大家会不会感兴趣。我们从男性和女性的角度来形容美学，也许在美学的专业上你会觉得不太说得通，那么我们可以换一个角度来看这种美学上的比较。

在整个人类的社会结构里面，男性被塑造成为一种状态，女性被塑造成为另一种状态。本来在各自的天性上，他们也许是有区别的，可这种区别又是文化的习惯，一旦这个习惯沿袭久了以后，大家就习以为常，觉得天生如此。我想从给孩子命名里面，就会看得很清楚，比如男孩子常常叫"雄"，还有很多国家和社会的责任都会寄托在男孩子身上。我记得小时候，同一个年龄的同学里面，有好多人叫"胜利"，因为刚好赶上抗日战争胜利。可是女孩子很少叫"胜利"，因为感觉国家的责任是寄托在男性身上的，女性的名字就是贤呀，淑呀，是另外一类的文字。

这种不同的社会角色定位，对于男性和女性的成长空间，以及对于各

自生命价值的判定，不能不说是有影响的。我们会发现在整个文化历史当中，女性的创造力事实上被剥夺得非常严重。至少我们看到在整部文学史、绘画史当中，女性长期缺席。在讲中国美术史的时候，我们曾经特别把管仲姬列举出来。对于这位唯一可以放在男性绘画世界里来讨论的女性画家，我们会觉得她运气很好，嫁给了在诗文、绘画上才能都非常高的赵孟頫；同时更重要的一点，就是赵孟頫也看重妻子的才华。这一点我以为很重要，因为在古代，在封建社会当中，男性受限于男女不同的社会定位，他不一定看重女性本身的才华。

现代人对这件事发表议论，认为这是非常典型的中国传统男性文化：苏轼有自己的文化生活，在这个文化生活当中，他并没有把妻子算进去。而且在这种文化生活当中出现的女性，往往不是妻子，而是另外一类角色——歌妓。中国历史上的女性文化，有一部分创造力就表现在类似歌妓这样的比较另类的职业上。比如，唐朝的薛涛就是一个歌妓，她来往于文人当中，可以画画、作诗、写词。我们曾听过的像苏小小之类的女性，也是歌妓。而作为一个正统文化当中的女性，她的创作往往会受到很大的压抑。

知己夫妻

李清照出身于世家，她的父亲李格非是一代大学者，但是在我们前面提到的正统文化环境中，一个女性在这样的家庭背景下，要表现才华其实反而更难。李清照可以说非常幸运，她的父亲不但自己学问好，同时能够超越当时男女的这种界限，使女儿受到最好的教育。李清照更为幸运的是，她嫁给了赵明诚。赵明诚的父亲赵挺之是当时朝廷的大官，家里的收藏非常丰富，而且在丈夫的家中她得到了像在自己家中同样的鼓励，使得她的文学成长空间非常之大。我们由此看出，个人是活在社会里面的，个人要对抗一个社会的习俗，是非常不容易的事情。这些习俗不是法律，不是道德，而是一种习惯，这种习惯是最容易扼杀一个人的才华的。

要了解李清照婚后生活对她文学发展上的影响，有一篇文章不能不提，那就是她所写的《金石录后序》。我们今天不讲解它，只是希望大家知道，它是了解李清照与赵明诚生活的一篇最重要的文字。我从来不把它当成是收藏学、考古学上的文章来看，而是觉得里面在谈一个生命与另外一个生命抱持着共同的爱好，共同完成一个梦想的经验。这个梦想后来因为战争慢慢破碎了，所以文章里面有一种对文化的哀伤，一种对文物散失的心痛，然后因为这样的心痛，她会更加痛惜她的知己。

我觉得夫妻有这样的情感其实是很困难的，因为在传统的封建系统当中，夫妻关系定位后，其他的部分就不见了。就像我们刚才讲的，我们会质询苏轼：为什么你去赤壁的时候，跟她要了鱼、要了酒，可就不带她去？因为他自动将文化的角色从妻子身上过滤掉了。这样才会使我们珍视李清照和赵明诚的夫妻关系，她与他建立了一种属于知己的关系。我们今天也面临这样的问题。夫妻是一个伦理的结构，却并不一定是一种真情的结构。必须把对方当作朋友，当作知己，夫妻关系的稳固性和持久性才会发展出来。

从今天的角度来看，《金石录后序》是一篇非常重要的文章。她刚刚嫁到赵家时，赵明诚并没有钱，做太学生时曾经当掉衣服去买书；虽然她的娘家、婆家都是在朝为官的，可是家世很清高，不是贪官污吏。可是我觉得，只有在共同的理想当中，保持知己的关系，才让她记下了当年丈夫为了买一部书而把衣服当掉，两个人回家后读书的快乐。后来赵明诚做了几任太守，两人有了一些积蓄，可以收藏更多的书。

他们两个常常会在喝酒或喝茶的时候比赛，讲某一件事情出现在哪一部书的第几卷第几页，说对了才能够喝茶、喝酒。这变成他们夫妻之间一个最快乐的游戏。李清照非常聪明，而且记忆力极好，在这种游戏中说对答案的大都是她。在一个强调夫权的男性文化当中，赵明诚却没有恼怒，反而对李清照很欣赏。封建社会认为女性"无才便是德"，女性的才能因此会被压抑。女性绝对不是没有才华，而是她在自己的生存状态当中要很小心，不要随便透露自己的才华，因为那样会使男性受伤。对于李清照、管仲姬这样的女性，要放在大文化中去看，才会看到她们的有趣。

北宋跨到南宋，国破家亡，李清照带着几车文物逃难。赵明诚临别时嘱咐她，什么东西先丢，什么东西后丢，什么到最后也不能丢，只能"与身俱存亡"。战乱当中，文化使命在自己的身上，话语中有一种哀伤。她在这篇文章里面说"十去其七八"、"十去五六"，读下来非常悲惨，你会觉得她丢的不是文物，而是她与知己共同建立的梦想在一步一步破碎，一直到最后全部消失。李清照最后在心境上的荒凉、空无，已经不仅是因为亡国了。我们从李清照的遭遇可以看出，当战争来临的时候，个人小小的一点意愿都不能够保存。李清照不像北宋的范仲淹、王安石、苏轼那样有伟大的政治理想，而是只有一个与知己共同建立小小的美好世界的理想，连这个理想都不能完成的时候，她的哀伤是非常深沉的。

大家读过《金石录后序》会发现，李清照在丈夫死了以后，依靠的是自己的弟弟和赵明诚的妹婿，而无法自存。一个强盗把她家挖了一个大洞，偷走一大堆东西，她明明知道邻居就是那个强盗，可她还是贴出悬赏，说愿意用钱再买回来，而不敢声张。在《金石录后序》里，我们能感受到她在文化散失时的无奈，这种感觉好像比国破家亡还要令人悲痛——她曾沉浸其中的文化，她自己经营起来的美的世界，瓦解了。

李清照有点儿"野"

当我们谈李清照的时候，恐怕一直要抓住一个东西，就是女性观点。因为在数千年的文化当中，其实没有多少女性观点。我的意思是说，即使在今天的某些时候，都不一定有女性观点，什么叫作女性观点？其实这是一个非常难讨论的问题，甚至有时候会被责骂，说你为什么觉得女性一定要是这样子？比如说在一个社会里面，要强调两性平权的时候，女性被重视，往往就会认为她的服装、她的讲话、她的姿态、她的做事态度，都应该男性化，大家认为这才是两性平权。可是你看李清照的词，她没有忌讳女性的特征，女性的柔软、女性的委婉、女性的某种特殊的情思，她都在很直接地表现。

这就是我想要强调的女性观点。如果从美学的角度来看，从族群来看，女性也是一个族群，不同的族群要有不同的声音，这才构成美学上的一种宽度。我们假设一个女性写的词很好，可是如果和苏轼放在一起比较，意义并不见得很大，因为本来就有苏轼这样的男性词人，可是我们缺乏的是女性这个特别的部分。

我记得在讲美术史的时候，我们讲到了管仲姬，我特别看重她，她可以在十三世纪的元朝，写出"你侬我侬"这样类似今天的流行歌词的作品，非常的女性化。她表达的不是什么伟大的志愿："你侬我侬，忒煞情多；情多处，热似火；把一块泥，捻一个你，塑一个我，将咱两个一齐打破，用水调和；再捻一个你，再塑一个我。我泥中有你，你泥中有我；我与你生同一个衾，死同一个椁。"这里面思考的逻辑方式非常女性化，而这一点才是我们今天还重视她的原因。她就是从很个人化的女性情思去写。

如果你责备她，说你看岳飞死了，文天祥也死了，你的丈夫赵孟頫却在元朝做官，你还写"你侬我侬"，那就没有文学可谈了。其实文学不是单一的，里面有很多个人，每个人在特殊环境里面会发出特殊的声音。李清照晚年在《打马赋》里面提到，自己无法像花木兰那样上疆场，有一点无奈，可说的是实话。

数千年间，中国文化中很少有女性观点，男性文化对女性观点其实是非常恐惧或者害怕的，像赵明诚、赵孟頫这样的男性毕竟很少。李清照其实在历史上是蛮受批评的，有一部分批评说，国家都亡了，她还不写表现国破家亡的词，不写"气吞万里如虎"那种慷慨激昂的句子。

关于李清照的遭遇，还有一件事情需要拿出来说一说，就是后来被捏造出来的她改嫁张汝州的故事，胡适等一些学者对此做过考证。胡适他们这些人是了不起的，在五四运动的时候，他们非常反感这件事情。胡适首先提出来的观点是，改嫁有什么不好，有什么不可以？如果丈夫已经死掉，她为什么不可以改嫁？胡适考证到最后发现，李清照根本没有改嫁。这里面很好玩的地方是说，男性的文化里面，其实非常不喜欢李清照，所以就硬要给她造一个改嫁的故事出来。对于李清照改嫁的争议，大概是五四运动到三十年代文学史最大的公案。现在大家都已经了解到李清照并没有改嫁，可是所有学者强调的是，她真的改嫁也没有什么不对，可是干吗要捏造一个改嫁的故事出来。似乎说她的词写得不好都没什么关系，说她改嫁，这个人就完了——当然这里面反映的是一种男性的道德观。

我一直觉得，历史上一些革命性的人物，他们遭受的非议是惊人的。大家读《红楼梦》的时候会注意到，林黛玉喜欢写诗，贾宝玉拿出去给人家看，后来就被薛宝钗骂了一顿，说闺中的东西是不可以流出去的。因为在古代，女性的文化是非常私密的，它不能在男性的公开场合被流传。李清照取得文学成就的关键在于赵明诚没有这种保守的观点，或者说李赵两家其实都鼓励了她的才华。可是这些并不说明她没有遭遇到社会的非议。在文学史上，我们看到李清照受到了很多的争议，包括觉得她有一些不检点，女性应该守的本分没有守，或者说她有点儿"野"。

李清照的经历让我们了解到在漫长的文学传统里一个女性创作者的重要性，她比男性的创作者更难出现。今天我们很难比较李清照的词是不是比苏轼好，或者比辛弃疾好，我觉得没有必要做这个比较，因为他们的背景根本不同。我提出来的重点在于，文学史上不能不谈李清照，因为没有第二个了。她绝对不会写辛弃疾的"气吞万里如虎"，因为她感觉不到那个部分，她必须是从女性的角度出发。

在下面的阅读过程里，大家会感觉到她的女性气质是特别明显的，她几乎也从来不伪装。在文学史上很好玩，有一部分男性"伪装"成女性去写女性观点，比如说张籍的《节妇吟》或者李白的《长相思》，都是转换自己，假装自己是一个女性，去感受女性的哀伤。可是我们比较少有机会看到一个真正的女性去感受自己的生命。当然，李清照在北宋的作品与她在南宋的作品很不一样，经历过大的变乱之后，她心境上的差别很大。

我刚才用了一个字形容她——"野"，其实她是有一点儿俏皮。她用字很俏皮，比如"绿肥红瘦"。春天过完了，花都凋零了，"红"是一种颜色，可是她用"瘦"来形容红；绿色越来越多，她用"肥"来形容"绿"。其实"肥"和"瘦"是很难入诗的——瘦还好一点，肥更难入诗。李清照的"野"或她的俏皮其实是好的，她比较大胆，常常用这种有点儿像俚语的文字。我觉得大概由于女性不是在正统文化里，她反而会比较自由。我们特别提到过,当一种文化成为道统以后,大家所受到的拘束也就比较大。那么女性如果出现的话,她反而可以跳开这个道统给她的某些限制。

大家阅读的时候可以感觉一下,比如像《点绛唇》,她自己特别注明"闺思",就是在闺房里一个女子沉思的感觉。绝对不能把她的作品和《西河·金陵怀古》那种大的题材比较,她就是很个人的,她也强调自己的个人性。《点绛唇》本身就是一个比较女性化的词牌,女孩子在家里面用胭脂来点自己的嘴唇,这样的歌曲绝对跟《满江红》不一样,它不是悲壮的,而是比较委婉、抒情的歌,大概是适合邓丽君的声音去唱的那种比较轻巧的歌。李清照常常用到的是"点绛唇"、"一剪梅"这类词牌,很少去写"念奴娇"、"水调歌头"或者"满江红"。这和她的音乐性选择也有关系,就是她已经定位了自己的声音,她的声音可能是中弱音的状况,她不去发悲壮的声音。

寂寞深闺,柔肠一寸愁千缕

我们看一下《点绛唇·闺思》。

> 寂寞深闺,柔肠一寸愁千缕。惜春春去,几点催花雨。　倚遍阑干,只是无情绪。人何处,连天芳草,望断归来路。

我们提到李清照批评过秦观,可是我觉得李清照的词当中也有蛮多秦观的东西。秦观的词当中有很多无来由的幽怨,所谓的无赖,所谓淡淡的哀愁,李清照的作品里面也有,只是女性化更明显。像"柔肠"这一类字眼,其实在唐诗里面也常常用到,可都是男性在写,但是当一个女性去写柔肠的时候，当她用"一寸"和"愁千缕"去做关联的时候，我们会发现她把很多细腻的东西一层一层地牵出来，可以看出一个女性在使用文字时的某些特征。也许我们今天都很难去分析女性在文字使用上与男性究竟有什么不同，在长期教育的习惯当中，或者她自己生活的空间里，她会带出一个什么样的美学系统。

"惜春春去"，它不见得一定是女性文化，苏东坡的《寒食帖》里面就有"惜春"，可是"惜春"后面再加"春去"的时候，它的委婉性会增高，它的哀怨性会增强。李清照常常是在调性上面把女性的东西放进去。像"几点催花雨"，她在追悼春天快要过完的时候，雨使得花更快飘零，这些可能都是由于女性的敏感或者说敏锐才会看到的。

女性文化和男性文化某一种程度的平衡，其实对文化是有好处的，严格讲起来，我们说整个宋代是一个比较倾向于女性的文化。男性的东西有他的阳刚，我们都看到男性阳刚文化的好处；但不要忘记，在没有女性文化的时候，男性文化是非常粗鲁的，因为它找不到婉约的东西，没有办法转换。当女性文化在整个文化当中慢慢出来的时候，会促使男性文化去检查自身。

过去我们很奇怪，为什么很多唐代诗人假借女性身份去创作。比如写"明月出天山，苍茫云海间"的李白，会写"长相思，摧心肝"，也就是说，好的创作者身上的男性部分和女性部分其实是平衡的。我的意思是说任何一个创作者，如果以性别来分的时候，只具有某一部分他会不完全；因为阳刚会变成粗鲁，太过女性化的婉约又会变成阴柔，会变成低迷。而在平衡的时候，它会有一个拉力过来。从这个观点出发，我希望大家可以认识到，李清照绝对是宋代女性当中比较男性化的。通过她出去跟人家谈话，通过她跟丈夫的交往，你会觉得她很男性化，是很豪迈的一个女人。可是她在写词的时候,你会发现她毕竟是一个女性,她女性的本性非常直接。

"倚遍阑干,只是无情绪",其实特别接近秦观的东西。"人何处,连天芳草,望断归来路。"尤其是"望断归来路",完全像秦观的句子。苏轼曾经骂秦观:你怎么学柳永作词?这件事也可看出秦观和柳永都有比较女性化的部分。像他们在诗词中表现的每一次跟歌妓告别都会哭,这在男性文化里是不对的,作为男性你怎么能表现得这么牵挂与缠绵呢?这说明当女性文化没有自己声音的时候,一些男性反而去弥补了这个空间,从柳永到秦观,他们把这些抒情的、委婉的,我们叫作"婉约派"的东西带了出来,到李清照的时候当然就名正言顺了,这种女性的婉约情感更直接地被表现了出来。

才下眉头,却上心头

我们再来看《一剪梅》,这里面的女性气质更明显。

> 红藕香残玉簟秋,轻解罗裳,独上兰舟。云中谁寄锦书来?雁字回时,月满西楼。 花自飘零水自流。一种相思,两处闲愁。此情无计可消除。才下眉头,却上心头。

"红藕香残玉簟秋",用竹子编的席子叫作"簟"。席子睡久了,竹皮会发亮,像玉一样,带有一种莹润的色泽。到秋凉了,看到藕已经要结成;藕结成的话,也就是荷花要残了,荷花的红色要残了。"轻解罗裳,独上兰舟。"我想大家一定会感觉到"轻解罗裳"是非常女性化的用字,男性诗人也有类似的描写，可是你总觉得怪怪的。而女性对自己衣服的某一种感觉，就很直接。

我觉得女性文化比较感性，而父性文化、男性文化是比较理性的，因为男性文化要在社会性里面建立起一个合理的逻辑，保留给母性文化或者说女性文化的其实是比较感性、比较直观的世界。讲衣服，讲皮肤，讲很多身体上的感觉，常常是女性擅长的领域。而对于男性来说，他常常在教育里面会被训练到不能够流露自己的感觉，尤其在古代，在比如做官或者贵族的文化当中，他最后会变成一个属于社会性的角色，不太敢流露私情。

"云中谁寄锦书来？"因为这首词是在讲离别的情感，所以提到书信。"雁字回时"，古代常常以大雁的北飞或南飞作为书信传递的象征，大概《诗经》里面就有这一类表达。大家记不记得张若虚的《春江花月夜》里有"鸿雁长飞光不度"，也是讲鸿雁作为书信的代表。"雁字"有更特殊的意义，因为大雁在飞的时候，会排成一个人字。在台湾我们不容易感觉到，可在淮河以北和以南，刚好是雁往北飞或往南飞的时候，大家抬头就会看到天空中大雁排成的人字，所以"雁字"是在讲"人"。在这首词里，因为告别，因为怀念一个人，她会觉得这个人无所不在，好像连自然世界都隐喻出这个人的存在，"雁字回时"有象征人回来的意思。"月满西楼"，一个女子住在楼上，月光遍洒，她在孤独和徘徊中盼望着"雁字回时"，冀望着那个人会回来。

大家知道这种表现方式在我们现在的通俗文化里经常被用到，秦观和李清照的东西大概对琼瑶发生了很大的影响，琼瑶的很多东西都出自这些地方。我不知道大家会不会感觉"雁字回时，月满西楼"非常"女性"，所谓的"女性"是说她含蓄，很多东西不直接讲，而是用象征的方法去写很多的愿望、很多的期待。如果拿李清照同苏轼比较，苏轼最大的特征是所有东西都直接讲，他是不太隐晦的，可是女性文化里面其实有很多遮掩的部分，两个人的个性根本就不相同。苏轼的身上很少有女性细微的东西，白居易的身上就有。白居易写《琵琶行》，写到"千呼万唤始出来，犹抱琵琶半遮面，转轴拨弦三两声，未成曲调先有情"，其实里面有很多心事慢慢透露的感觉。苏轼有一点儿急，你会觉得他要讲话就赶快直接讲出来，生怕你不知道。这是两种很不同的创作方法，一种是平铺直叙、快人快语，另一种是非常隐藏、非常含蓄的感觉。

"雁字回时，月满西楼"对应着下面的"一种相思，两处闲愁"或者"才下眉头，却上心头"。这首词很有趣的是把一个东西分成两部分了，而这两部分里面有一种模棱两可，就是不知道怎么办，有一种放不下的感觉。当然从苏轼的美学来说，你干吗这么麻烦，你放下就好了，能提起来也能放下。可是提不起、放不下是可以变成一种新的美学的，秦观就是提不起、放不下，所以才有了"自在飞花轻似梦，无边丝雨细如愁"。李清照也是提不起、放不下，这其实就是女性文化。我们常常形容女性的情感叫作"缠绵"，"缠"和"绵"都是没有办法一刀剪断的，它就是牵连不断的，在女性的文化里面，这个部分刚好是它的特质。"花自飘零水自流"的象征比喻在男性文化里也常常用，比如在李后主的词作里。看到落花掉在水中，花在飘零水在流，好像是各不相干，其实是有关系的。落花和流水一直被诗人拿来做象征，可是在这里李清照希望用它来解释"一种相思，两处闲愁"，她的意思是说彼此思念的东西是一样的，可是只能各自在两地发愁，这是讲她自己，也讲赵明诚。

"此情无计可消除。才下眉头，却上心头。"这种情感你拿它一点办法都没有，怎么样去排解它都排解不掉。原来在发愁时眉头锁在一起，可是眉头刚刚舒展，心头上的愁又来了。大家会不会感觉这里面可以看到李清照的才华，李清照用字非常的白话，所以今天我们在解读李清照词作的时候，没有像周邦彦那么难。我们提到过周邦彦太讲究音律，所以他的词语有一点脱离生活。可是李清照最大的好处是她的词来自生活，我觉得这是她最成功的地方，尤其是对于女性的文化生活，她很直接地把它们描述了出来。

我希望大家了解到在那个时代当中，一个女性要写自己的私密情感不是容易的事。男人可以，比如假借一个歌妓去写一种思念，柳永就常常做这种事，那没有关系；而女性自己讲就有一点违反妇德，可李清照是用这个方法在写的。大家会不会感觉这是一个很有趣的问题？我们看到过去女性对男性的思念常常是男性假借女性去写，很少有女性自己直接写出来的，所以李清照的"一种相思，两处闲愁"、"才下眉头，却上心头"其实是文化史上女性情感文化的一次表白，是这么直接的表白。要评价李清照，先要把她的身份确定——这是一个女性创作者，你会感到她的作品意义的不同。

懒懒的情绪是南宋词的重要特征

我们来看《醉花阴》。

薄雾浓云愁永昼，瑞脑销金兽。佳节又重阳，玉枕纱厨，半夜凉初透。　东篱把酒黄昏后，有暗香盈袖。莫道不销魂，帘卷西风，人比黄花瘦。

"薄雾浓云愁永昼"，什么叫作"永昼"？是说没有晚上。今天有一种"永昼"是讲北欧的情形，因为北欧纬度较高，会有永昼和永夜。当然，

李清照讲的"永昼"不是这个"永昼",而是说一个漫长的白日,好像不知道要去做什么,所以你感觉到岁月这么悠长。这是讲闲愁,讲慵懒,讲一种"无赖"的感觉,是可以和秦观的东西对照读的。"薄雾浓云愁永昼",那她愁什么?只是觉得白天好像过不完,因为没有事件发生,所以里面是一种淡淡的哀愁。

"瑞脑销金兽",这里又是讲熏香了。我们前面讲的周邦彦的《苏幕遮》里有"燎沉香"。一个铜香炉,有时是麒麟,有时是拼合性的动物形象,里面放上香料。"瑞脑"是香料的名字,"金兽"是外面的香炉。她又回到了家庭生活里非常小的一些事件,好像没事就去撩拨一下香炉,去玩一下身边的小事物。

"佳节又重阳",其实有一点儿呼应着"永昼",就是九月的重阳节来临了,不知不觉又到了秋天,时间就这样在过去。"玉枕纱厨"即作者睡觉用的玉石枕头和防蚊虫的纱帐,用这些表明其实是睡在床上。大概从秦观以后,诗人都是躺下来写诗了,不太出去活动,会有一点儿懒懒的情绪。我觉得这种懒懒的情绪其实是南宋词一个最重要的部分。你可以看出,身体是有时代性的。唐朝人的身体都是坐在马上跑,北宋的时候还跑了一段时间,慢慢就不跑了,身体开始懒下来的时候,他去追求静,然后转成内心世界的一种追求,越来越有一点儿生病的感觉,或者身体没有力气的感觉。"半夜凉初透",因为到了重阳,是秋天了,所以到夜半的时候有一点儿凉。

"东篱把酒黄昏后",夕阳之下,在自己的院子里面喝酒。"东篱"是陶渊明诗的象征,"采菊东篱下,悠然见南山",里面有与菊花的关系。"有暗香盈袖","暗香盈袖"直接映射到东篱的菊花,这里是典故的转用。李清照批评秦观用典故太少,常常是指这个,但我觉得典故不见得一定要用到这么繁复。在这里要解释一下,"暗香盈袖"是讲菊花香,她虽然没有直接讲,可前面有东篱。自己在篱笆旁边喝酒,袖子被菊花染得都是香味。

我们可以看出这些文字是非常女性化的,非常纤细,她会注意到嗅觉,而且是用"暗"这个字,"暗香"、"盈"都有一点儿收敛和含蓄,而不是外放的感觉。女性文化常常会让你感觉到某一种美的表现,可是这个美的表现又是有一点儿遮掩的,所以我们称之为"婉约"。婉约本身常常就是指女性的情感,因为它是绕的,它是曲线的,而不是直接表现出来的。

"莫道不销魂",这样的一个情境,几乎人人都会动情,它会打动你的心魂深处。"帘卷西风,人比黄花瘦。"西风即秋风,从西边吹来的风代表秋天的来临,帘子被吹起来了。"人比黄花瘦",形容自己比菊花还要瘦,她很喜欢用"肥"、"瘦"这一类的字,好像都是形容肢体部分的。我觉得这也是李清照的特质,她感官的东西、她对身体的描绘非常直接,等一下大家会看得更明显。

多少事、欲说还休

我们再看《凤凰台上忆吹箫》,这是李清照被传诵比较多的一首词,也是在讲告别,告别是她生命里的重要主题。

> 香冷金猊,被翻红浪,起来慵自梳头。任宝奁尘满,日上帘钩。生怕离怀别苦,多少事、欲说还休。新来瘦,非干病酒,不是悲秋。　休休!这回去也,千万遍《阳关》,也则难留。念武陵人远,烟锁秦楼。惟有楼前流水,应念我、终日凝眸。凝眸处,从今又添,一段新愁。

"香冷金猊","猊"是一种幻想出来的动物,外形如同狮子。狮子不是中国原产的动物,过去都是波斯进贡的,所以民间常常会幻想出狮子。狮子形状的一个香炉,是铜的,所以用"金"这个字。可是大概有一点懒得起来,连香炉里的"香"都冷了,没有再用火把香烧起来,所以是"香冷金猊"。我们看到"香"和"冷"这两个字,非常感官地把它们放在一起,一个嗅觉上的字和一个触觉上的字。"被翻红浪",睡在床上,盖着锦绣的被子,翻来覆去也睡不着,好像有一点儿慵懒的感觉。这些文字绝对非常的女性化,如果男性写"被翻红浪"会蛮怪的,但是一个女性写自己在闺房里面盖着一床红丝绣的被子、睡不着觉的一些形态,你会觉得比较自然。我一直觉得,大家可以从女性的角度去了解李清照,了解她在文字使用上的特质。

"起来慵自梳头",好像可以起来,也可以不起来,其实是有一点儿懒的感觉。既然起来了,还要用"慵"这个字,这个字也让人觉得懒洋洋的。因为没有什么事可做,就"慵自梳头",有一搭没一搭地梳起自己的头发。

"任宝奁尘满","奁"是女孩子放化妆品的箱子,我们用"妆奁"借指女孩子嫁到夫家要带去的嫁妆。我们在过去讲中国美术史的时候,曾经看到汉唐的女孩子都有这种装化妆品的奁盒,它们有青铜的,也有漆器。所谓的"宝奁"是镶得很漂亮的化妆盒。"任宝奁尘满",明明知道上面灰尘已经堆得很厚了,可是没有心情去整理、擦拭它。这里面一步一步地在点出所谓的"女为悦己者容",因为她爱的男子不在了,所以化妆干什么,所以梳头也没劲。这是非常明显的女性角度,她所爱的那个人,她所眷恋的那个人,让她觉得生命有意义的那个人不在身边,所以她不想梳头,也不想化妆。

"日上帘钩",太阳已经照到那么高了,但是不想起来,起来要干什么呢，又没有自己生活里的知己在身边。"生怕离怀别苦，多少事、欲说还休。"这些其实是李清照最好的部分，我觉得就是白话，非常明显的口语。我们曾经说过苏轼有一种口语，他是比较豪迈的口语；李清照也有一种口语，是一种民间小市民性的口语。

在这里我们顺便也提一下，我觉得宋朝是中国白话文学非常重要的一个阶段，可能大家会有一点纳闷，为什么是宋朝，不是五四运动时胡适开始提倡的吗？我现在讲的白话，是所谓的平话小说，它是在宋朝出现的。什么叫作平话小说？它不是写来给人阅读的小说，而是让说书的人讲给大家听的，它是宋朝出现的。我们看到这个时候中国文学里的阅读性与听觉性开始慢慢分离，它最早的起点就在宋朝。

还有一点，大家知道唐朝时佛教有一个很大的革命，就是禅宗的发扬。禅宗为了要让所有的人经由一个方法能够顿悟，所以常常用口语性的东西去讲。像《指月录》和《景德传灯录》，都不用太难的文字和词汇。大家知道禅宗六祖慧能，他原本是一个不识字、在厨房里砍柴的师傅，所以他传法的时候，是用最简单的口语来传。我们读《景德传灯录》也好，《指月录》也好，你会发现里面都是白话，全部是用生活里的东西在点醒，强调不要在文字或者词汇上造作，认为越在形式、技巧上做作，越远离悟道，要从心里面直接去领悟。

我们在这里可以看到宋代文学其实有几个线索，可以看到白话文学的确受到了很大的重视，当李清照用到"生怕离怀别苦，多少事、欲说还休"时，你会觉得这是另一种口语化的表达。而这种口语和我们前面讲的苏轼那种口语是不太相同的，它比较接近市井小民的文学。比如"才下眉头，却上心头"，非常口语，很像我们现在讲的心里面有什么事放不下。还有"一处相思，两处闲愁"，也是有一点口语化。以往从这个角度去讨论李清照的人不多，我很希望大家可以思考一下李清照的这个部分，她能够在文学史上有这么长久的影响力，可能和这个白话的起点有关，她的东西已经有点儿我们读到的元曲的那种口语与白话的自然性的东西。

"休休！"有没有感觉到完全像元曲的东西，好像自己对自己说"够了、够了"那种感觉，就是怎么会这样缠绵不去，心情上老是放不开呢？这里其实有另外一种女性的直率。"这回去也"，更白话了，就是这一次你离开了。"千万遍《阳关》，也则难留。"送别的曲子唱了又唱，其实都无法阻挡。看到这里我们会想到柳永，柳永的词里有很多这类句子。李清照很好玩，不喜欢苏轼，不喜欢秦观，提起柳永也很不屑，因为她觉得柳永有很多"淫词"，所谓"淫词"就是滥情之词，可是其实这些人对她都有影响。只是作为一个年轻时才华这么高的女性，她写《词论》是非常大胆的。当然，我们也很高兴有这么一种从女性角度出发的对男词人的批判。

"念武陵人远"，"武陵人"也是在比喻，象征着寻找桃花源的人。在《桃花源记》中寻找桃花源的那个武陵人是一个渔夫，偶然进入了桃花源。李清照在用典故的时候，用得比较迂回。我看重她的文学成就，但是不看重这个部分，我觉得这个部分不见得是她最好的。

"烟锁秦楼。惟有楼前流水，应念我、终日凝眸。""凝眸"，柳永也用过，可是用得最好的是李清照，非常女性化。男子乘的船已经开走了，可是女子朝着那里一直看一直看，留恋着他的身影。"凝眸处，从今又添，一段新愁。"这一句非常贴近白话，把一个女性缠绵的心情完全写出来了。她每天看着看着，每天都多出一点愁绪，在那个人没有回来之前，这愁是没有办法停止的。

我相信大家已经慢慢感觉到李清照这种很特殊的女性情感，刚才我讲到缠、绵，都是和丝有关的，我们过去讲美术史也提到缠和绵都是绞丝旁。

女性的文化与编织、刺绣有很大的关系，她们在这个活动当中感觉到一种线条性的婉转，而男性文化里面比较少所谓的缠或者绵，因为它本来就是女性生活里的东西。一个线团怎么解都解不开的时候，它就会变成一种情感的表达，等到有一天她觉得心里面乱得不得了的时候，就会想到那个解不开的线团。我们可以看到文学创作不可能离开生活，

　　辛弃疾能写"醉里挑灯看剑"，但你不要要求李清照去写这样的东西，因为她很少会喝醉，也很难会在灯下看一把宝剑，那是男性的经验。男性在一起的时候，也许会说："你看，我这个勃朗宁手枪怎么样？"而女性在一起，多是在谈情感，在她的生活里，每天就是编织、刺绣。我小时候看到母亲和邻居阿姨在一起，就是打毛线、钩织，讲的也都和编织有关。我常常提到，很多绞丝旁的字都与女性有关，与对女性心情的描绘有关。也许从这个角度你会看到她的柔软，看到她的含蓄与委婉。

愁损北人，不惯起来听

　　下面大家来看《添字采桑子·芭蕉》。

　　　　窗前谁种芭蕉树？阴满中庭，阴满中庭，叶叶心心，舒卷有余情。　　伤心枕上三更雨，点滴霖霪，点滴霖霪，愁损北人，不惯起来听。

　　这是一首咏物词。咏物词在北宋后期大量出现，一般认为周邦彦是咏物词的大家。咏物词出现的意义在于，可能生活里没有巨大的事件或者情感发生了，所以我就以一个东西作为描述的对象。咏物可以作为作文题目

和考试题目，比如大家今天都来写海棠花，这个就叫咏物。苏东坡的《念奴娇·赤壁怀古》不是咏物，"十年生死两茫茫"也不是咏物，因为背后有一种大的生命的情感。可是我们前面已经提到，在承平一百多年以后，这种大的事件和情感比较少了，所以词人会为了写词而写词，咏物词也就常常以形式主义的方式出现了。写一株芭蕉，你再怎么写大概也就是一株芭蕉，只是比较怎么写得新奇，怎么写得特殊而已，因此就会在形式上讲究、雕琢。

尽管历史上认为周邦彦是咏物词的大家，可我觉得咏物词写得最好的是李清照，像这首《添字采桑子·芭蕉》，你会发现她不止在咏物，她把物与情联系起来写。假设我们今天在座的每个人都写一篇作文，题目就叫《芭蕉》，你可以到外面的庭院去看芭蕉树，观察它，然后去写，很可能你会发现能够写出来的内容有限，你不知道怎么去扩大。可是李清照在写芭蕉的时候非常有趣，她会把芭蕉的形态、它的生长状况，与人的心情联系起来。比如"叶叶心心，舒卷有余情"，芭蕉在成长的时候，叶心是卷起来的，然后再慢慢把叶子舒放出来，这是一个自然界的现象；可是我们读到"叶叶心心，舒卷有余情"时，它变成了我们的心境。就像有时候你感觉自己的情感好像一个蓓蕾，锁在心里面出不来，有时候却忽然觉得情感张开来了。"舒卷有余情"，情感在想透露又不想透露之间、很委婉，这是李清照最迷人的部分，非常女性的感觉，就是在透露和不透露之间、张开与不张开之间、接受和拒绝之间的那种关系，她借了芭蕉把它说出来。要把咏物词写好，大概还必须联系到人，否则的话大概写来写去也就是形状、色彩、重量，如果能够扩大变成另外一个内容，具有象征性的时候，它的意义才会出来。

"窗前谁种芭蕉树？"不知道大家有没有感觉，李清照的个性里面有一部分跟苏轼是很像的。我们一直在讲他们的不同,其实他们有一种相像,他们的个性里面都有直率的成分,尤其是起句的部分。"十年生死两茫茫"是一个非常直接的开始,"窗前谁种芭蕉树",李清照直接就把芭蕉树写出来了。从这一点我们看得出来大概李清照还是一个"山东大妞",她其实不那么江南,她有一部分是蛮直接的。

"阴满中庭,阴满中庭,叶叶心心,舒卷有余情。"大家可以去看一下,所有的芭蕉树、橡胶树都是如此,它在没有长成叶子之前,有一个阳光很容易透射进去的卷起来的很翠绿的部分,很柔软,好像在慢慢等待舒展开来,不是很细心不见得观察得到。等到叶子张开的时候,绿色很深的时候,其实已经老掉了,最嫩的叶子是卷起来的,就是叶心的部分。它只要一张开,跟阳光发生更多的关系,它就老了,最嫩的部分是最怕受伤的。这里既是在讲芭蕉,也是在讲情感,情感很怕受伤,很怕透露那个细微的部分,所以用"舒卷","舒"和"卷"是两个动词,是张开与不张开。这些大概都透露出李清照女性特质中最细腻的一面。

"伤心枕上三更雨",比较直接。半夜下起雨来,下雨可能就会被惊醒。大部分诗人在下雨的时候都会被惊醒,不被惊醒的当然就不是诗人,因为他也不会写诗。曾经被雨惊醒的有李后主,有李商隐,李商隐写"曾醒惊眠闻雨过",李后主是"帘外雨潺潺,春意阑珊,罗衾不耐五更寒,梦里不知身是客……",刚才还在做梦,怎么被雨声惊醒,发现自己已经被抓到了北方。这些都是被雨声惊醒的诗词。在这里我们看到李清照继续这样的一个传统,"伤心枕上三更雨,点滴霖霪,点滴霖霪","霖霪"也在讲雨下不完的感觉。"霖"和"霪"都有一点儿过头、泛滥的意思。

"愁损北人,不惯起来听。"这里面白话的感觉非常强,好像觉得过去的日子过得很好,一直在一个比较幸福的处境当中,从来也没有被雨声惊醒，所以非常不习惯半夜听雨声。其实这是一种荒凉、凄厉的感觉。"不惯起来听"与"这回去也"，你可以看到她大量运用白话，后面大家可以看到辛弃疾也是如此，辛弃疾越到晚年，白话的部分越多。所以我一直希望大家可以注意一点，就是南宋时已经有一个征兆出来：文学创作里面的白话部分越来越明显，越来越直接。

物是人非事事休，未语泪先流

李清照的《武陵春·春晚》也是大家比较熟悉的作品。

> 风住尘香花已尽，日晚倦梳头。物是人非事事休，欲语泪先流。　闻说双溪春尚好，也拟泛轻舟。只恐双溪舴艋舟，载不动许多愁。

在用韵上大家可以看到李清照的"由求韵"用得非常多，所谓"由求韵"就是"ou"、"iu"这个韵。"风住尘香花已尽，日晚倦梳头"，"头"是 ou 韵的；"物是人非事事休"，"休"是 iu 韵的；"欲语泪先流"，"流"是 iu 韵的；"闻说双溪春尚好，也拟泛轻舟"的"舟"，"只恐双溪舴艋舟，载不动许多愁"的"愁"，都是 ou 韵的。大家来看李清照的作品，你会发现好多都是这个韵："红藕香残玉簟秋"的"秋"，"独上兰舟"的"舟"，"月满西楼"的"楼"。我常常称"由求韵"为天生适合写诗的韵，因为你把楼、秋、酒、愁放在一起已经很像诗了。我自己写过一首大概一百行的诗，都是用由求韵，那一阵子是有一点儿发疯，把字典里面所有由求韵的字全部排出来，你会发现由求韵的字都很美，都很漂亮。它是一个比较委婉的韵，

"江阳韵"和"中东韵"都很豪迈,"衣期韵"和"灰堆韵"又很低微。

大家看《醉花阴》,"薄雾浓云愁永昼"的"昼","瑞脑销金兽"的"兽","半夜凉初透"的"透","东篱把酒黄昏后"的"后","有暗香盈袖"的"袖","莫道不销魂,帘卷西风,人比黄花瘦"的"瘦",我们几乎看到她一直在用这个韵。

我们用《凤凰台上忆吹箫》再检查一次。"香冷金猊,被翻红浪,起来慵自梳头"的"头","日上帘钩"的"钩","欲说还休"的"休","新来瘦"的"瘦","非干病酒,不是悲秋"(这是她的名句)的"秋"。这首词也把"由求韵"用到了极致。我们这一次选出来的作品当中,大部分都是使用的"由求韵",大家可以看一下李清照在使用音乐性的韵部方面的一个特色。

"风住尘香花已尽"是在讲春天过去了。春天过去,对李清照,尤其是晚年的李清照来讲,是一个象征,她生命最幸福、最美好的时间过去了。"日晚倦梳头",她用过很多梳头的意象,刚才是"慵自梳头",她梳头的时候要不然就是慵,要不然就是倦,好像觉得这个打扮很无聊,很没有意义——人不在了,为谁去化妆呢?"物是人非事事休",这些东西都还在,可是人已经走了,一切事情都发生了很大的变化。"欲语泪先流",这样一个生命的经验,即使要告诉别人,还没有讲,眼泪就已经流下来了,有股无法透露的心酸。"闻说双溪春尚好",听说双溪这个地方春天还好,"也拟泛轻舟",好像应该去解解闷,不要老是在家里发愁。可是到了岸边,"只恐双溪舴艋舟",想想双溪这个船这么小,"载不动许多愁",大概这一生的愁绪,船是载不起来的。她把女性的哀愁非常直接地表现出来了。

这次第，怎一个愁字了得！

下面的《声声慢》，应该是大家最熟悉的。

> 寻寻觅觅，冷冷清清，凄凄惨惨戚戚。乍暖还寒时候，最难将息。三杯两盏淡酒，怎敌他晚来风急！雁过也，正伤心，却是旧时相识。满地黄花堆积，憔悴损，如今有谁堪摘？守着窗儿，独自怎生得黑！梧桐更兼细雨，到黄昏，点点滴滴。这次第，怎一个愁字了得！

光是开始的七个连句，我们大概可以说，男性真的写不出来。男性很少用"寻寻觅觅，冷冷清清，凄凄惨惨戚戚"，其实它是心情一路堆叠的情感，而堆叠是因为女性的感官非常的细腻。很多人提到李清照都会举到这个句子，这么长的叠字句，过去几乎没有人敢用。欧阳修写"庭院深深深几许"，连用三个"深"已经被赞美得不得了了。李清照也曾经讲过"庭院深深深几许"用得非常好，可是她自己用到"寻寻觅觅，冷冷清清，凄凄惨惨戚戚"这么长的叠字句。

李清照是山东人，有一种北方人的直率，一种山东快书般的直率。弹词从这个字到下个字，声音要绕好久；可是你听山东快书，大概只要几秒钟好几行就过去了，它们是很不同的两种文化。李清照本身是北人，而后南渡，跨在两个文化当中，既保留了北方文化的好处，同时又在吸收南方文化的好处。她吸收了江南文化中的委婉，转到一种慢、一种堆叠。一直到今天，我们所说的北曲和南曲在个性上基本也是不一样的。北方的秦腔、河南梆子节奏都是快的，而绍兴戏或者弹词都是软的、慢的、环绕的，它们是两种很不同的美学。

在杭州祭祀花神的庙宇当中,有一副长联,跟李清照的词句很像。上联是"翠翠红红,处处莺莺燕燕",下联是"风风雨雨,年年暮暮朝朝",全部是叠字句。我当时看了一会儿说:"到处都是好诗"。所以诗不见得要到书里去读,它就在文化里,就在生活里。江南民间拜花神的庙里的对联是讲花神的情感,是非常南方的情感,是一种寻找、一种徘徊、一种彷徨、一种缠绵、一种眷恋。至于"寻寻觅觅,冷冷清清,凄凄惨惨戚戚",则是在讲国破家亡、丈夫去世之后,一个孤独的女性心情上茫然的感觉。

"乍暖还寒时候,最难将息。"有一点要暖了,可是天气有时候又会冷,大概就是清明前后。我们在清明前后都会感觉到"乍暖还寒",这个也是很感官的感觉,江南的清明、梅雨都有一点不清楚,不知道应该叫它春天、夏天,还是秋天。"最难将息",要睡觉却很难睡得着,其实是因为心情沮丧。"三杯两盏淡酒",既然很难睡得着,干脆喝一点酒,也许会睡得好一点,就倒两杯酒自己慢慢在喝。"怎敌他,晚来风急。"本来想睡了,喝一点酒可以好睡,可是忽然风又刮起来了。风一刮,所有的树都在呼叫,这个声音又那么凄厉,更睡不着觉了。注意"怎敌他",完全是白话的感觉,很像元曲的句子。"雁过也,正伤心",我们刚才讲她已经用过这个象征了:雁来雁过,雁来是人回来,雁来也是书信来;雁过是书信走了,也是人走了。"却是旧时相识",这个"雁"以前来过,是曾经认识的,可是现在走了。这大概是李清照晚年的作品,你会感觉到她非常孤独,好像一切东西都已经走完了,带着生命里所有的繁华和幸福都已经过去的感伤。

"满地黄花堆积,憔悴损,如今有谁堪摘?"那些落英堆得满满的——女性常常会认为花被摘是被一个男子摘,好像花开是为了一个觉得值得的

对象，它的意义在这里。"守着窗儿，独自怎生得黑！"就是一个这么黑暗的感觉，一个人在屋里灯也没开，就在那边喝酒。这个情境，我觉得拿过来就是现代诗，和我们今天的新诗没有差别，所以李清照是了不起的，她几乎在晚年已经把文法跟现代的语言连接在一起。还有词的最后一句"怎一个愁字了得"，都绝对跟我们今天的现代诗有关了。她把从前的文法破坏掉，把古典诗的文法转成了最口语化的文法形态。

"梧桐更兼细雨"，这里又是李后主的典故，这个梧桐，来自"寂寞梧桐，深院锁清秋"。"到黄昏，点点滴滴。这次第……"，注意"这次第"——这样的状况，这样的情景，又用了口语。"怎一个愁字了得"，"了得"这个词我们现在还在用，"怎一个"我们也在用。所以大家去分析这个语言，会发现李清照应该可以拿到二十世纪来好好谈论一下，她的现代感是非常非常强的。刚才我一再提到由于她不在正统文化当中，她背负的正统文化的词章的压力比较小，反而出现了另类的句子。像苏轼你就很少看到这个部分，可是下面你将会看到辛弃疾有一点，而这些又可以归并到南宋文化的基础上来看。

宋代文人的生活空间

大家从黄山谷（黄庭坚）的书法中可以看到宋代书法的潇洒和自在，它离开了唐楷的规矩和工整以后，完成了一种人的潇洒。你从宋代的瓷、诗、书法，可以看到一个人的活泼，看到这种率性和随意。所以要说文化的白话文运动，恐怕真的从宋代开始。白话文运动是说一种解放，从规矩当中解放，它能够有更多的有韵味的东西发展出来。从南宋以后，我们看到整个文化的气质又有很多改变。

宋代有画自画像的习惯，文人会把它挂在家里面。当时文人的生活其实蛮有趣的。瓷器在宋代扮演着很重要的角色，在今天，全世界瓷的巅峰还是宋瓷。不只是中国，它当时的贸易到达世界各个地方，宋瓷的那种美影响了全世界。我记得跟很多人讲过，在台北故宫博物院四十万件的收藏品中，我最想偷的就只有一件汝窑。它的漂亮你是很难形容的，这次展出了，很多朋友在现场看到，后来打电话跟我说："真的是想偷。"徽宗朝出现了这个瓷器，是一只温酒的莲花碗，里面放热水用来烫酒的。它上面有一点点的裂纹，我们讲美术史讲过"雨过天青"，它很奇特，跟我们讲的青瓷、青色釉是不一样的。宋徽宗认为不应该用青来形容它，因为它里面有淡淡的绿，淡淡的蓝，还有淡淡的紫和淡淡的粉红。这是你拍照片怎么拍也拍不出来的，可是在现场你会很明显地发现，只要光线发生一点点的折射，釉料就反射出不同的光，可是那光又是很收敛的，完全不外露、不炫耀的光。所以宋徽宗才会称它为"雨过天青"，好像下过雨以后天的颜色。

大家知道现在全世界只有六十件到七十件汝窑，有二十件在台北故宫，它大概是全世界拍卖市场里面价格最高的东西，可是在造型上非常素朴，非常简单，几乎没有任何华丽夸张的部分。像水仙盆，就是拿来养水仙的一个花盆而已，简单的一个椭圆形，底下一个座子，大概铺一点沙或石头，然后养水仙。可是我们可以看到宋代文化的惊人，是它这么甘于素朴。我们今天做花器，很少人敢这么简单；可是花器如果不简单，其实花是无法被衬托出来的。

这些是当时皇宫里宋徽宗用的瓷器，它可以这么简单，很少看到一个帝王的文化这么朴素、这么淡雅的感觉。我想这里面有特别值得我们去了解的某种文化品质，希望大家通过这个部分来了解一下我们讲的北宋词、南宋词与整个文化背后的文物的关系到底是什么。

定窑位于今天的河北曲阳，也就是过去的定州，定瓷属于白瓷系统。定窑有一个特别的地方，就是它烧制的时候（比如一个碗），是盖着烧的，烧完以后这个碗的边缘就没有釉了，会有一点割手。所以工匠会用黄金或者铜来包边，叫作包口。定瓷大都有包口，皇宫里面用的通常是黄金。它里面会画花的图案，就是在土没有干的时候，用竹刀在上面刻花，上好釉料以后，只有一点点浮雕的感觉。定瓷很漂亮，它的白常常分出不同的层次。

我们一再讲到，宋代的文学越来越追求细腻，也就是说它会定出很多层次来。过去很粗糙地说这叫白瓷，可是现在认为只说"白"是不够的，白还有很多不同的白。我想大家可以从中感受到宋代美的精神，如果它不是一个瓷器，而是一个文学作品，它们中间的关系是什么？它们都是一种简练，一种淡雅，一种不夸张的情绪，都非常含蓄。

有的定窑的釉已经有一点像玉了，光润性都出来了。这些就是文人当时生活里在用的，可是生活里的东西影响了整个一代的美学气质。美可以这么单纯，其实是非常难的，因为通常我们会觉得美都是刻意做出来的，可是它完全回到了最简单的状态。

钧窑大概是宋瓷里面唯一色彩比较艳的，它在窑里烧了以后，生发出一点一点的紫斑，很像紫丁香的花，所以被称为丁香紫釉。

还有前面跟大家讲的哥窑。哥窑追求开片，烧出裂纹以后，再上釉烧一次，让裂纹变成了一种美学。各位有没有发现后来在中国建筑物里面，比如窗户，就做出这种感觉。用很多很多分割的方法做出这种空间，其实是把破裂变成美学，把本来不好的东西变成好的东西。也就是说，你如果用一个比较宽容的心境去看这个世界，没有所谓的丑，没有所谓的破，也没有所谓的败笔的败。破、败、丑都可以变成美，这都是心念上怎么转的问题。

我们看下面的建阳窑，黑色的釉料，是在福建做出来的。它在烧制的时候常常把一片枯叶放上去，就有一个釉料的痕迹出现。这是他们喝茶时用的。"曜变天目盏"就是在建阳窑里面烧的。我们可以感觉到宋代的文人，像李清照和赵明诚在一起喝茶，然后猜诗，讲书的某一卷记录什么，就是拿这样的碗。这样的碗里面当然是一种文化的气质，也使他们在文学创作上追求的东西可以这么朴素。

还有玉雕的"荷叶洗"，一片荷叶，一个梗，是文人用来盛水洗笔的器物。我想这样大家就可以了解，我们读到的词，是在这些背景下完成的，文人家里用来写字的毛笔、砚台及其他一切东西，其实都体现了文化上的水准，然后共同去完成文学创作。

第九讲　辛弃疾、姜夔

辛弃疾与姜夔——南宋的两面

最后我们讲辛弃疾和姜夔,以此作为对南宋词介绍的结束。其实这两家在整体风格上最不同。我们前面提到,南宋的时候,有一个主题是"国破家亡",面对这种局面大家有一个正统的文化反应,于是发展出辛弃疾这一类作品,他们的快乐或不快乐大概也都围绕着这件事。可是另外一方面,我们也明显看到,在大家不能抗拒这样一个主题的时候,有一类艺术创作者反而躲到了另一个状态,而这样的状态在当时并不是很容易被接受的。甚至今天我们也会觉得,南宋时期抗金的文学才是正统,岳飞等人的作品才是应该受到尊重和提倡的东西。

可是我想,也许我们应该以一个比较持平的看法,去看待姜夔这一类文学家。不仅因为他在音乐上的创造为宋词提供了新的视野,还在于他的作品中表现了战争以外新的内容——毕竟人不是只为战争活着的。我这次挑选出来的作品,两方面的都有。大家可以看到,辛弃疾很明显一直有北伐的意愿,一直到老,一直到死,都把它作为生命最高的、激昂的追求。可是姜夔在走过同样的都市(比如扬州)的时候,他感受到的东西可能是月光、荷花。令人为难的是,你如果是在亡国的情绪里面,你应该看不到月光,也看不到荷花,这是一个矛盾。在文学或艺术的创作上,受到时局的影响是不可避免的,但是看待时局的方法会有所不同,有可能是正面的,也可能是负面的。

把辛弃疾和姜夔放在一起来看南宋,我希望大家能得到一个两面的看法,这在我自己也是一种平衡。在大学时代,我几乎没有办法喜欢姜白石,那个时候辛弃疾的句子常常会从我脑海里跑出来,比如"季子正年少,匹马黑貂裘",有一种豪迈、壮阔的感觉,而姜白石好像太纤弱了。现在回想起来,这可能和当时的文化政策有关,让我不太敢去欣赏柔弱的东西。今天到底应该用什么角度去看宋室南渡以后的文化,我想是一个非常复杂的问题。我现在的意思是说,我们自己本身也可能处于"南渡文化"的影响之中。"南渡文化"在整个文化史中是一个特殊现象,当我们把南宋词的两个极端放在一起看的时候,我不想替大家做任何判断,你可以喜欢辛弃疾,或喜欢姜白石,要注意的就是不能偏废,两部分都要照顾到。

先看辛弃疾。辛弃疾一生都与政治有非常密切的关系,他年纪轻轻就开始做官,而且做得不错,是南宋朝廷中主战派的代表。这里又牵涉一个很复杂的问题。我们知道,南宋有主战派与主和派,一直以来大家都认为主战派是忠臣,主和派是奸臣,似乎没有任何讨论的余地了。我第一次去杭州的时候,看到岳飞庙前面跪着的秦桧夫妇,每个人过去还要吐上一口痰。文化已经很明显地把历史当中的人分成"好人"与"坏人",而且大众是没有选择与思考余地的——你也不必思考,接受就行了。

如果今天有一个人说秦桧也有其历史意义,那个痰可能就对着他来了。我一直觉得历史教育中非常重要的一点是要提倡思考,所以我现在会特别谨慎。作为一个教育者,你大概只有一个责任,就是提供更多的东西让对方了解,使他的选择更多一点。好的文化与历史教育应该是即使我不喜欢某些东西，可是也要让别人知道。我一直觉得自己这些年之所以有一些成长，大概就在于自己对过去的偏见重新做了思考。我希望我们在谈文化史的时候，能够跳出在我们身上影响非常大的观念，尽管你要去抗拒它并不是那么容易。

辛弃疾一直是朝廷里的主战派，他的文学也和他的政治观点密切相关，处于一种慷慨激昂、热血沸腾的状况。事实上辛弃疾并没有北伐中原，没有完成自己的志愿，可是他在文学的世界里不断以此作为动力，发展出了非常动人的力量。文学其实很有趣，它大概是对现实世界中所受伤痛的一种慰藉。如果当时辛弃疾带领大军渡淮北上，把金兵杀得片甲不留，我想他的文学世界恐怕又是另外一个景象了。我们今天读到的辛弃疾文字里的悲壮是和他的失败、挫败感相关的，当然这不是他个人的失败，而是因为南宋当时无法对抗北方强大的军事势力。

再说姜夔。他终生没有做官，是一个民间的文人，他更多关注的是普通人怎么过日子——种种荷花、养养鸡、养养鱼，他看到的是在改朝换代之外，人还有属于自己的生活。文学有一部分是与时局有关的，像辛弃疾的作品；也有无关或者关系不大的，像姜夔的作品。我们不去评判二者的高下，因为这两个部分都会发展出文学里面影响很大的力量。在后来的历史当中，辛弃疾是特别被推崇的，可是我们看到，推崇的背后，有一部分动机是文学，有一部分不是。辛弃疾是一个好的诗人，他在文字运用上、在结构上、在整个情感的表达上，都是一个非常好的诗人；可是很多书在谈辛弃疾的时候，歌颂的不是他的文学，而是他作品中的政治性。比如台湾有一段时间让所有小孩子去读关于北伐中原的诗，其实不见得完全是从文学来着眼。再比如面对一个个性安静、追求退隐的年轻人，说你要是不接受辛弃疾，你就是不懂文学的好处，这个大概就不太对了，因为他可以自己选择喜欢哪一个文学家。

回想我们这一代人用过的教科书,会发现辛弃疾占的分量是非常非常重的。我这里选的辛弃疾的词也很多,大概有一点儿怀念我在大学诗社里讲辛弃疾的感觉,那个时候他是我的最爱。现在回想起来很有趣,我当时没有那么喜欢苏轼,我比较喜欢辛弃疾。我前面也跟大家提到过,我觉得辛弃疾的词特别悲壮,它刚好契合了我读大学时的心情。"保钓运动"以及其他外部局势的变化,让我读辛弃疾的时候感到热血沸腾,因为很像我们自己的处境,好像有一个巨大的压力使我恨不得用生命与外界碰撞。辛弃疾对我们那一代喜欢文艺的年轻人发生了这么大的影响,可是现在这些作品堆在一起,力量却好沉重。

"江南游子"

这首《水龙吟·登建康赏心亭》是大家比较熟悉的。

> 楚天千里清秋,水随天去秋无际。遥岑远目,献愁供恨,玉簪螺髻。落日楼头,断鸿声里,江南游子。把吴钩看了,阑干拍遍,无人会,登临意。　　休说鲈鱼堪脍,尽西风,季鹰归未?求田问舍,怕应羞见,刘郎才气。可惜流年,忧愁风雨,树犹如此。倩何人唤取红巾翠袖,揾英雄泪!

这是辛弃疾到金陵后写的一首词。记不记得周邦彦写过一首《西河·金陵怀古》?两个人在同一个地方,感受却是不一样的。周邦彦想到王谢子弟,想到这个地方的六朝遗迹,是一种怀旧、怀古的感觉;可是辛弃疾想到的是"把吴钩看了，阑干拍遍，无人会，登临意"。他看着手上的宝刀，很清楚自己是作为一个江南游子出现在这里，并没有定居在江南，他觉得自己还是要回到北方的。这种文学背后的悲壮感，这种流浪的，没有国、没有家的气氛，其实弥漫在南宋文学里。

"楚天千里清秋，水随天去秋无际。"一开始就是肃杀的、辽阔的、有一点沉郁的感觉。"遥岑远目，献愁供恨"，"遥岑"即远山，眼前所有的山水都带上了愁绪及仇恨，因为国破家亡了。南宋的马远、夏圭，人称"马一角"、"夏半边"，他们的画叫作"残山剩水"。政治对文学、对美术发生了这么大的影响，画画也好，写诗也好，主题只有一个，就是国破家亡。本来看山看水应该是愉悦的，可是眼前的山和水，都变成了提供愁和恨的基础。

"落日楼头，断鸿声里"，夕阳血红，脱队的孤雁发出凄厉的叫声，都有悲壮的感觉。我们读辛弃疾词的时候，会感觉到里面有很大的凄厉和悲壮。李白的"壮"不会这么"悲"，他是雄壮；可是到了南宋的时候，要去发这种大声音的时候，因为感觉到孤单，感觉到凄凉，感觉到无能为力，就会变成"落日"与"断鸿"的感觉。

接着他又回到自身来讲："把吴钩看了，阑干拍遍，无人会，登临意。"这里面当然很悲哀，大概当时主和派力量很大，他想要北伐中原的心意没有人了解，予人凄凉之感。

"休说鲈鱼堪脍，尽西风，季鹰归未？"这里面用了一个典故。西晋的文学家张季鹰（张翰）因为家乡的鲈鱼味美，便在秋风起时辞官不做，回乡去了。这是过去文人歌颂的一个典型，大家觉得他很清高。可是辛弃疾却把这个典故反过来讲——不要告诉我张季鹰的故事，我身负国家使命，却是难回北方的"江南游子"。"求田问舍，怕应羞见，刘郎才气。"

真正有志向的人，真正有开国气度的人，不应该"求田问舍"，而南宋只是寄望于北方不要打过来，从来没有想要回去。辛弃疾的悲壮越来越强烈，他忽然发现自己变成了一个荒谬者。"可惜流年，忧愁风雨，树犹如此。"他感觉到年岁老大，时间过去。"倩何人唤取红巾翠袖，揾英雄泪！"这里把一个孤独英雄的悲剧情感做了非常深的传达。

下面这首《菩萨蛮·书江西造口壁》也是大家很熟悉的。

郁孤台下清江水，中间多少行人泪。西北望长安，可怜无数山。　青山遮不住，毕竟东流去。江晚正愁余，山深闻鹧鸪。

"郁孤台下清江水，中间多少行人泪。"郁孤台下的水当中，有多少往来之人的眼泪。"西北望长安，可怜无数山。"这里全部是故国之思。讲的是长安，其实是汴梁，北方的京城已经失守，这么多的山阻挡着，已经看不见故国的首都了。"青山遮不住，毕竟东流去。"但青山毕竟不能阻挡流水，江河还是要继续东流。"江晚正愁余，山深闻鹧鸪。"黄昏时分正在江边愁闷的作者，忽然听到了鹧鸪的叫声。

这首作品里有非常清楚的亡国心事，这一类作品大概都和历史上的大背景结合在一起。

辛弃疾的侠士空间

大家再来看下面的《水调歌头》。

落日塞尘起，胡骑猎清秋。汉家组练十万，列舰耸高楼。谁道投鞭飞渡，忆昔鸣䴗血污，风雨佛狸愁。季子正年少，匹马黑貂裘。　　今老矣，搔白首，过扬州。倦游欲去江上，手种橘千头。二客东南名胜，万卷诗书事业，尝试与君谋。莫射南山虎，直觅富民侯。

这是我大学时最喜欢的词，我想是由于里面有一些意象的东西吧，比如"季子正年少，匹马黑貂裘"。其实它是一个符号：年轻的时候披着黑色的貂裘，单枪匹马出去作战，很豪迈地来往于敌人之间，有一点儿武侠小说的感觉。辛弃疾其实有一种侠气，他的词里侠的味道非常强，表达个人生命的豪迈、正义，或者很高昂的一种气质。至于下阕的"今老矣，搔白首，过扬州"，我那个时候都没有注意，我当时注意的只是"季子正年少，匹马黑貂裘"。

"落日塞尘起，胡骑猎清秋"，从这里开始展开了对北方的回忆——胡人骑马在秋天去打猎，南方不会有这种景象。唐代的边塞诗人是真的到了塞外，而辛弃疾写塞外和胡骑的时候，其实是想象的。他词作的荒凉和悲壮并不是真实的感觉，他在想象自己豪迈的时候，常常会和凄凉的东西结合在一起。我想我们特别需要从历史背景去了解，辛弃疾事实上已经是一个南方人，却是一个不甘心做南方人的南方人，所以他的词里常常向往着北方的豪迈和辽阔，我想这个部分也构成他文学上的主调。

我不晓得大家知不知道，辛弃疾后来非常富有，拥有很多很多土地，家里养了很多门客。他在自己小小的世界里，构成了一个很奇特的部分，我觉得和他后来那些豪壮的词作有关。由于南宋朝廷后来根本不主战，所以他就退下来，自己搞了一个想象出来的侠士空间。你读辛弃疾的传记，会发现他是在这个世界里面去完成自己的文学，他其实是把自己封闭起来，然后形成了一种很豪迈的气韵。

却道天凉好个秋

我们再看下面的《丑奴儿·书博山道中壁》,这是他非常好的作品。辛弃疾是一个创作力非常强的人,创作力强说明生命力很强,即便在赋闲的时候,他也会将生命力一直挥洒出来。

> 少年不识愁滋味,爱上层楼,爱上层楼,为赋新词强说愁。而今识得愁滋味,欲说还休,欲说还休,却道天凉好个秋。

《丑奴儿》传诵很广,"少年不识愁滋味"现在几乎人人会讲。它在讲一种生命里面非常抽象的感觉。"爱上层楼,为赋新词强说愁",为了写一首新诗或新词而故意去说"愁",使得这愁变成了捏造出来的东西。"而今识得愁滋味",在生命经历过所有的沧桑之后,知道了什么叫作真正的愁,结果反而是"欲说还休"。其实真正的愁、生命里面最大的悲哀,是没有什么话可讲的,别人问你的时候,你也只是"却道天凉好个秋",说天气好冷,怎么已经到秋天了。他用了很口语化的表达去结尾。

这里面也可以对比出辛弃疾的确是和姜夔不同的。周邦彦、姜白石都是形式主义的诗人,辛弃疾不是,他是重视内容的,所以他会在真正知道什么叫愁的时候,放弃了形式。他根本不想多讲话,只不过说天气好冷而已。

大家可以把李清照作品中口语化的部分和辛弃疾口语化的部分结合在一起来看,会发现口语在宋词里面扮演的角色,可以看到文学史中一个非常重要的变迁。禅宗对于宋代的文学、美学都发生了非常大的影响,绘画里面有一派叫作禅画,像梁楷、牧溪,对日本的影响尤其大,绘画形式上的部分要减到最低,把大家能够领悟的余韵提到最高。

禅宗还有一个术语叫作"机锋",是说我讲出一个内容(比如"天凉好个秋"),好像没有深意,可是你自己要去领悟里面的意思是什么。很多禅宗的庙里会刻三个字——"吃茶去",这是借着情境点破棒喝的"喝",让人顿悟,从知识的执着回到生活的现世里来。

比如,李翱请教惟演禅师:"什么是佛法大义?"惟演禅师指一指天,又指一指桌子上的净瓶。李翱明白了,就说:"我来问道无余说,云在青天水在瓶。"云在天上,水在瓶子里,其实就是一个自然的状况,意思是说你不要本末颠倒了,每天念佛经,念佛法大义,可是连脚下之事都管不好。这也是一个机锋,意思是说要回到人最基本的生命认知上。

禅宗最有趣的一点是它带动了整个白话文学。读书本来是为了求真理,结果越离越远,因为不能够回到生活本身了,所以他们提倡用最简单、最通俗的文字直接去撞破知识的障碍,对当时的文学家产生了很大影响。像"天凉好个秋",有时候一个朋友问你很多复杂的问题,你却不知道该怎么回答,只好说"天气有一点冷",是不是?这个朋友懂就懂了,不懂也就算了。机锋常常是顿悟。

在这首《丑奴儿》里,大家可以看到辛弃疾很不同的面貌。我希望大家可以看到辛弃疾作品中国破家亡的主题,也看到他对于生命的青春形式和老年形式的领悟过程。一个诗人品质中很重要的部分,大概是对于青春的眷恋,以及对老年经历沧桑以后的一种无奈,这一点大概是所有的诗人都有的。辛弃疾会感叹少年时"为赋新词强说愁",而在中年历尽沧桑,了解了生命的状况之后,却只用平白的语言说一句"天凉好个秋"。

众里寻他千百度，蓦然回首，那人却在，灯火阑珊处

《青玉案·元夕》是王国维很赞赏的一首作品，从中我们可以看到以往那个像侠士一般，非常关心政治和社会的辛弃疾，表现出了非常缠绵、深情的部分。我们刚才提到，如果没有这个部分，辛弃疾真的就变得粗鲁了，他其实有非常柔软的部分，《青玉案·元夕》刚好表现了他最美、最深情、最婉约的一面。

> 东风夜放花千树，更吹落，星如雨。宝马雕车香满路。凤箫声动，玉壶光转，一夜鱼龙舞。　蛾儿雪柳黄金缕，笑语盈盈暗香去。众里寻他千百度，蓦然回首，那人却在，灯火阑珊处。

"东风夜放花千树"，元宵节点亮的盏盏花灯，如同被东风催放的繁花一般。辛弃疾和周邦彦、秦观有很大的不同，他的视野比较辽阔。比如"花千树"与"叶上初阳干宿雨"相比，后者是看到一片荷叶上隔夜雨水留下的痕迹，而辛弃疾看到的是一大片花灯。当然这里面有艺术家的个人精神，范宽画《溪山行旅图》，他看到的就是大山，可是当时也有画家画鹌鹑，他看到就是小小的鸟。人的视觉和听觉会感受不同的东西，在美学的世界，这为我们提供了不同的经验。我们透过周邦彦看到更为纤细的东西，周邦彦的作品很像工笔画，像刺绣，而辛弃疾绝对是大泼墨，一上来就是"东风夜放花千树，更吹落，星如雨"。辛弃疾和苏轼的作品都有比较大的空间感。

"宝马雕车香满路。凤箫声动，玉壶光转，一夜鱼龙舞。"很有贵族气。元夕的庆祝盛会上，所有人都出来游玩。很多人讲辛弃疾并没有每天在那

里卧薪尝胆，他其实蛮有钱的，日子也过得很好。他很向往侠士的风度，而他的豪迈和他的富有有很大关系。

"蛾儿雪柳黄金缕"，这是讲女子的饰物；"笑语盈盈暗香去"，这里有一点像李清照。我的意思是说，一个最好的创作者既需要男性的部分，也需要女性的部分，如果把他女性的部分拆掉，你会发现他就只有粗鲁，而少了深情。

下面这部分非常深情，是王国维用来描摹人生境界的句子："众里寻他千百度，蓦然回首，那人却在，灯火阑珊处。"到处都是烟火，也许辛弃疾在找他心爱的人、他牵挂的人，但一直找不到，几乎放弃了，忽然一回头，发现那个人就在繁华的夜市灯光当中。他在写一个事件，可是文学的精彩在于它不是局限于某个事件，像王国维就把它列为人生三境界的最后一个境界。

第一个境界是"昨夜西风凋碧树，独上西楼，望尽天涯路"。它是对孤独的感悟。第二个境界是"衣带渐宽终不悔，为伊消得人憔悴"。你爱一个人，爱到一直瘦下去，却不觉得后悔，心甘情愿。那是一种痴迷，别人都觉得不值得，可是你自己觉得值得。然而所有的痴到最后近于绝望的时刻，你也会怀疑这样下去是不是值得，可是在那一刹那，希望几乎是跟着绝望来的："蓦然回首，那人却在，灯火阑珊处"。好的文学会将特定的事件升高为人生复杂的感受。

辛弃疾当然有自己的痴迷，有自己的追逐，有自己在生命中一直坚持的东西。这个东西是不是北伐中原？我想大家也许可以探讨一下。但是他的确有一种热情和理想，他相信人与人之间那种侠客般的肝胆相照，这也是他要完成的东西。辛弃疾在这些方面完成了自己的生命风范，表面看起来，他没有完成北伐中原的心愿，可是这种热情转成了他对这个世界的爱，他成为了身边有共同理想的文人的典范。我希望大家能够从这些方面重新感受"众里寻他千百度"的含义,生命里面没有过这个寻找的过程,后面的东西都不会有;并且不是寻找一次,而是"千百度"——最后是不是找到并不重要,重要的是你找了"千百度",这就是意义。

法国作家加缪讲过古希腊的一个神话故事:西西弗把石头推上山,石头又滚下来,他就再把它推上山。加缪用它去说明生命存在的意义和价值并不在于实现一个目的,而可能就在实现目的的过程里,在这个循环中。生命的意义就在"众里寻他千百度"的状态当中,生命没有寻找的愿望,是不会有答案的,而答案也许就在寻找的过程里。文学的精彩在于它常常会变成象征。其实"蓦然回首"是非常偶然的(法国后来的美学里面常常讲"偶然性"),你没有办法刻意而求,必须在"千百度"当中累积,没有"千百度","蓦然回首"也没有用。精彩的画面在于"那人却在,灯火阑珊处",生命里面如果许诺给你这个时刻,大概就值得了。精彩的文学常常在于它错综复杂的对立关系。

《丑奴儿·书博山道中壁》、《青玉案·元夕》没有直接讲国破家亡,可是它们是辛弃疾的好作品。王国维选辛弃疾的作品,没有选我们教科书中通常选的那几首,而是选了《青玉案·元夕》,它表现出的生命情境非常精彩。

村居老人辛弃疾

看过《水龙吟》、《丑奴儿》和《青玉案》,你已经看到三个"不同"的辛弃疾,各位再看一下《清平乐·村居》,这又是另外一个辛弃疾,很像晚年的杜甫,完全是一个村居老人的样子。

茅檐低小，溪上青青草。醉里吴音相媚好，白发谁家翁媪。　大儿锄豆溪东，中儿正织鸡笼；最喜小儿亡赖，溪头卧剥莲蓬。

"茅檐低小，溪上青青草"，像不像我们小学唱的一些歌？"醉里吴音相媚好"——这里非常有趣。辛弃疾本是要死在战场上，不肯做南方人的，他会去批评那些"求田问舍"的人。可是有一天，辛弃疾老了，忽然发现南方的吴音其实蛮好听的。这里表现了北人南来很有趣的过程，本来"江南游子"是一直要回北方的，可是有一天，大概因为喝醉了酒，放松了，忽然听到江南的语音，和北方的不一样，很柔软，很美好。这个时候，你会觉得辛弃疾好像是一个在江南生活很稳定的人。我一直觉得辛弃疾真的蛮复杂，这个复杂有可能是南宋环境造成的"性格分裂"：一方面你是一定要唱《满江红》的，而另一方面你会觉得去参加当地人的"丰年祭"也蛮好玩的，不见得一定有冲突。

"白发谁家翁媪"，看到白头发的老太太、老头子，他不认识，这当然就是民间的小老百姓了。辛弃疾的作品里很少出现这样的人，现在自己大概年纪也大了，那种"沙场秋点兵"的豪迈之气过去了，也能体会到这种市井小民过日子的状态。在这种状态里过日子，好像也不太关心朝代兴亡，也不管要不要北伐中原。

下面的句子非常精彩，白头发的老先生和老太太，看到大儿子"锄豆溪东"，二儿子"正织鸡笼"；"最喜小儿亡赖"，最喜欢小儿子调皮天真，"溪头卧剥莲蓬"，就在溪边把莲蓬剥开吃莲子，还不肯坐起来，要卧在那边吃。这是民间非常自然的一个景象，这种画面我们在另外一个辛弃疾身上是看不到的。另外一个辛弃疾永远是紧张的，准备去打仗，准备北伐中原，仿佛稍微躺下来就不爱国了。可是这个时候，辛弃疾有另外一个形象出来。

我希望通过这次选读的作品,大家可以看到辛弃疾的复杂——人不是那么绝对的,他有好几个面。在《清平乐》里,辛弃疾看到的是自然人的状况,而不是"政治人"。其实杜甫有过这种经验,杜甫年轻时的大部分作品和战争、忧国忧民有关,可是他晚年回到四川,盖了一间草堂,写的诗大部分就是这一类内容,比如"老妻画纸为棋局,稚子敲针作钓钩"。杜甫最后也是回到这个经验,觉得人其实不光是活在朝代兴亡里,还是要过简单、朴素的日子的。辛弃疾在《清平乐》中所展现的画面非常有趣,南宋后来有一类山水画就是画这种民间生活的景象,有意避开大山水的雄强,甚至觉得对那个部分无能为力,回头去肯定生活中一些很简单的事情。

醉里挑灯看剑

我们看过了三首比较不同的辛弃疾的作品,再回来看他的《破阵子·为陈同甫赋壮词以寄之》。这是我们常常看到的辛弃疾,就是"标准本"的辛弃疾。

> 醉里挑灯看剑,梦回吹角连营。八百里分麾下炙,五十弦翻塞外声。沙场秋点兵。　马作的卢飞快,弓如霹雳弦惊。了却君王天下事,赢得生前身后名。可怜白发生!

"醉里挑灯看剑,梦回吹角连营。"作为军人的辛弃疾出现了。他喝醉了酒,把灯芯挑起来,让火亮一点,借着火光去看一把宝剑,非常有侠士的感觉。"八百里分麾下炙,五十弦翻塞外声。"我前面已经讲过,对辛弃疾来讲,塞外是一个遥不可及的世界,他想象自己处在凄凉悲壮的环境当中,想象那种"沙场秋点兵"的景象,在理想世界中驰骋疆场。

"马作的卢飞快,弓如霹雳弦惊。"想象中的战争是比真正的战争要美好的,完全像武侠片一样。"了却君王天下事,赢得生前身后名。可怜白发生!"他感觉到自己像个老将军一样。大家记不记得我们讲北宋词的时候讲过范仲淹?范仲淹写这一类作品时是戍守边疆的司令官,他在写到"将军白发征夫泪"的时候,是真的有那种感觉。而辛弃疾收复北方的梦想,直到"可怜白发生"都没有实现。

千古兴亡,百年悲笑,一时登览

我们再看《水龙吟·过南剑双溪楼》。"水龙吟"这个词牌他写得很多,有一点像"满江红",是一种比较豪壮的调子。

> 举头西北浮云,倚天万里须长剑。人言此地,夜深长见,斗牛光焰。我觉山高,潭空水冷,月明星淡。待燃犀下看,凭栏却怕,风雷怒,鱼龙惨。 峡束苍江对起,过危楼,欲飞还敛。元龙老矣!不妨高卧,冰壶凉簟。千古兴亡,百年悲笑,一时登览。问何人又卸,片帆沙岸,系斜阳缆?

"举头西北浮云,倚天万里须长剑。"有没有发现金庸的"倚天剑"是从这里出来的?它很像武侠小说中的描写。武侠小说有一部分是很富于幻

想性的，它把侠变成美学，在我们整个文学系统里建立起一个很让人向往的世界，就因为它不是真实的，真实的侠或战争都不是如此。"人言此地，夜深长见，斗牛光焰。"夜深的时候，在这里能够看到斗星和牛星的光辉。

"我觉山高，潭空水冷，月明星淡。"这部分是辛弃疾的好东西，你即使把它从政治里抽离，这种个人生命和宇宙之间的对话关系也是很迷人的。我们在欣赏辛弃疾的时候，会感到他的情操与苏轼很相似，没有那么多的耽溺。我们看李清照，看秦观，看周邦彦，看柳永，作品都有很大的耽溺。那种耽溺是深情，可是有一点儿牵连不断的缠绵，比较接近女性气质。而苏轼、辛弃疾的深情，常常有一种决绝，他们的生命和山高、潭空、水冷在一起的时候，不会眷恋，不会纠缠不清。"待燃犀下看，凭栏却怕，风雷怒，鱼龙惨。"这种文字非常接近苏轼的感觉。

"峡束苍江对起，过危楼，欲飞还敛。元龙老矣！不妨高卧，冰壶凉簟。"下面是典型的辛弃疾的句子："千古兴亡，百年悲笑，一时登览。"一个人一生将近百年的悲苦和欢乐，与千古以来朝代的兴亡，好像一时都可以在这个悬崖上看到，都可以在这个高楼上看到。他有一种超越地去看生命当中大经验的眼界。"问何人又卸，片帆沙岸，系斜阳缆？"对于辛弃疾这种典型的句型，大家可能已经有比较多的理解。

杯汝来前

《沁园春》本是比较豪迈的调子，它是一种长调。但是大家可以看到，下面这首《沁园春》，表现了辛弃疾在晚年非常有趣的一面。他常常用词来重写古文,把《论语》、《庄子》全部化成词,编成新的句法。我觉得这与戏剧的流行有很大关系。

> 杯汝来前,老子今朝,点检形骸。甚长年抱渴,咽如焦釜;于今喜睡,气似奔雷。汝说"刘伶,古今达者,醉后何妨死便埋"。浑如此,叹汝于知己,真少恩哉! 更凭歌舞为媒。算合作平居鸩毒猜。况怨无大小,生于所爱,物无美恶,过则为灾。与汝成言,勿留亟退,吾力犹能肆汝杯。杯再拜,道"麾之即去,招则须来"。

"杯汝来前,老子今朝,点检形骸。"这句有一点儿俚语的感觉。"老子"这个词是讲自己,有点像一个演员在舞台上称自己"老夫"的感觉,从中我们可以看出白话与词的关系、戏曲与词的关系。"杯汝来前",很像喝醉酒的人讲的话。他不是过去拿杯子,而是说:"杯子,你给我过来。"这种文法上颠覆性的文字产生了非常有趣的效果。"老子今朝,点检形骸","点检"好像应该是检查别人,可是他要检查的是自己。

"甚长年抱渴,咽如焦釜",形容自己对酒的渴望,好像一只很久没有受到滋润的锅。"……于今喜睡,气似奔雷。"这些文字都是比较粗犷、比较直接的,把婉约派的词完全颠覆了。幸好辛弃疾还有《丑奴儿》、《青玉案》这一类比较深情婉约的句子,不然的话,我们会觉得《沁园春》等词作太过随意,词的工整性几乎不管了。

"汝说'刘伶,古今达者,醉后何妨死便埋'。"大家注意在"汝说"之后是杯子的"语言",这完全是剧本的写法,因为已经拟设了角色。辛弃疾这一类作品越来越倾向于戏剧的规则,他会拟定"你说"、"我说"、"我怎么样"、"你怎么样"。

"浑如此，叹汝于知己，真少恩哉！"这里越来越不像词了。今天我们也会讲某人的现代诗写得像散文，可是散文和现代诗的界限其实非常暧昧。很多人说诗词要押韵、有平仄，散文不必，可是不一定，散文有时候也有它的对仗。我们读秦观的"自在飞花轻似梦，无边丝雨细如愁"，会觉得它有着比较严格的诗的浓炼，有丰富的隐喻在里面。可是在读辛弃疾的《沁园春》的时候，大家有没有感觉到他是平铺直叙的，诗意比较少？我相信这样的作品在当时也一定引发了很大的争议，很多人会觉得辛弃疾这一类作品根本不像词。

"更凭歌舞为媒。算合作人间鸩毒猜。况怨无小大，生于所爱，物无美恶，过则为灾。"这根本是把庄子的句子直接拿来用了。"与汝成言，勿留亟退，吾力犹能肆汝杯。"他把杯子当成一个对象、一个活人来看待。"杯再拜，道'麾之即去，招则须来'"，杯子回他说："你要我走我就走，你要我来我就来。"这里产生了很多戏剧性对话的空间。

讲到元曲的时候，大家会更清楚地看到，这一类句法在民间戏剧当中早就已经出现。可能由于辛弃疾等人的好奇，也由于自身创作力的旺盛，于是就采用这样的形式来写词，可是并不说明他们一定将其作为主流。

悲壮美学

下面两首是辛弃疾比较典型的作品，第一首是《贺新郎·别茂嘉十二弟》。

绿树听鹈鴂，更那堪、鹧鸪声住，杜鹃声切。啼到春归无寻处，苦恨芳菲都歇。算未抵、人间离别。马上琵琶关塞黑。更长门翠辇辞金阙。看燕燕，送归妾。　　将军百战身名裂。向河梁、回头万里，故人长绝。易水萧萧西风冷，满座衣冠似雪。正壮士、悲歌未彻。啼鸟还知如许恨，料不啼清泪长啼血。谁共我，醉明月？

我年轻的时候，最喜欢这首词的下阕。"易水萧萧西风冷，满座衣冠似雪。"很迷人，完全像日本电影。这里讲的是众人送别荆轲的情景，大家都穿着白色的衣服，因为知道荆轲此去或许就是死亡，其中有一种悲壮。现在回想起当年那么喜欢这种句子，正是因为它的悲壮，恨不得自己能够去参与这样一种死亡性的抗争。它的内容不是充满希望的，也不是温暖的，而是绝望的——很雄壮，却是绝望的雄壮。"正壮士、悲歌未彻。啼鸟还知如许恨，料不啼清泪长啼血。谁共我，醉明月？"这大概是最典型的辛弃疾的句子了。

这首词的上阕是在写王昭君："绿树听鹈鴂，更那堪、鹧鸪声住，杜鹃声切。啼到春归无寻处，苦恨芳菲都歇。"这里讲花在凋零。"芳菲"是指花，也是指一个年轻女子的岁月青春。"算未抵、人间离别"，带出了王昭君。"马上琵琶关塞黑"，她骑在马上，带着琵琶，要嫁到塞外番邦去了。"更长门翠辇辞金阙"，"长门"本是指汉武帝陈皇后被废黜后居住的长门宫，这里指王昭君出塞前居住的地方，"翠辇"指镶满了翠鸟羽毛的车子。王昭君辞别皇帝的金阙，骑上马，带着琵琶远走。

在这首词里，他讲了两种悲哀，一是王昭君的悲哀，一是荆轲的悲哀。他似乎是在用他们来讲自己的生命，可是我们提到过，辛弃疾事实上并没有真正这么荒凉过，他只是在他的"理想国"里表现这种荒凉。荒凉、悲壮有时候会变成一种美学，变成你欣赏的感觉。我们在年轻的时候非常希望做荆轲，做林觉民，或者是岳飞那种人，很向往那种绝望、悲壮的死亡，其实在现实里你无法完成；可是在文学世界里，它变成了一个美学的典型。

在我们的文化史上，这种美学产生了很大影响，比如《林冲夜奔》这出戏，表现的是一个不断被欺压的男子夜奔逃亡的荒凉与悲壮，这是北曲里面非常动人的画面。我的意思是说，一个人在现实当中受到挫折和阻碍后的出奔、出走，可能要作为一个可以抽离出来的美学范本看待。

这首词里讲到的昭君、荆轲，尤其是"易水萧萧西风冷，满座衣冠似雪"，很明显有很大一部分是辛弃疾在讲自己，他把自己设定为历史里面这种悲壮的人物。文化史上最早在这方面产生影响的可能是《史记·刺客列传》，荆轲、聂政等人物所展现的风范，就是用极大的热情去碰撞他所认为社会里面不义的东西，去完成自己生命的悲壮。辛弃疾其实一直在追求这样的美学，也在他的文学里得到了最高的表现。

我们最后看他的《永遇乐·京口北固亭怀古》。这首词大家也比较熟，我记得是中学教科书里选过的，当时提倡学这类东西。

千古江山，英雄无觅，孙仲谋处。舞榭歌台，风流总被，雨打风吹去。斜阳草树，寻常巷陌，人道寄奴曾住。想当年，金戈铁马，气吞万里如虎。　元嘉草草，封狼居胥，赢得仓皇北顾。四十三年，望中犹记，烽火扬州路。可堪回首，佛狸祠下，一片神鸦社鼓。凭谁问：廉颇老矣，尚能饭否？

在江南这样的地方，对于孙权等历史人物，辛弃疾有一种怀旧，可是他还是希望通过这种怀旧激发自己的激昂之气,最后归到"金戈铁马,气吞万里如虎"。在这样的地方想起这些历史上有过企图心的英雄,好像给予了他很大的豪壮之气。这和周邦彦的"金陵怀古"是完全不同的调子。他不仅是在回忆、怀旧,更是让自己体会到当年那些人生命的开拓性。

在下阕中,辛弃疾把自己比喻成老年的廉颇,别人在问"你最近吃饭怎么样呀?",从而判定他还能不能打仗,还有没有志气——在辛弃疾这里,就是还有没有北伐中原的企图心。用这样的问句来结尾,还是继续了他的豪迈之气。

二十四桥仍在,波心荡,冷月无声

我们现在跳到姜夔笔下的扬州。大家可以看到,同样是写扬州,二者有多么大的不同。在南北隔离的时候,扬州等于是最重要的一个防守城市,扬州一破,江南大概就破了。我们将姜夔的《扬州慢》与辛弃疾的《永遇乐》做个对比。

> 淳熙丙申至日,予过维扬。夜雪初霁,荠麦弥望。入其城则四顾萧条,寒水自碧,暮色渐起,戍角悲吟。予怀怆然,感慨今昔,因自度此曲。千岩老人以为有《黍离》之悲也。
>
> 淮左名都,竹西佳处,解鞍少驻初程,过春风十里,尽荠麦青青。自胡马窥江去后,废池乔木,犹厌言兵。渐黄昏,清角吹寒,都在空城。　杜郎俊赏,算而今、重到须惊。纵豆蔻词工,青楼梦好,难

赋深情。二十四桥仍在，波心荡，冷月无声。念桥边红药，年年知为谁生！

大家注意，在姜夔之前是没有"扬州慢"这个词牌的，这是他的自制曲。他经过扬州时，夜里下过的雪刚刚晴了。这里刚刚打过仗，还有军营号角很悲哀的声音。他感觉很难过，因为扬州本来是一个非常繁华的地方，可是现在变成了前线，变得非常萧条。于是他就作了"扬州慢"的曲子，再填上词，可见他还是音乐家。我们看看他下面的写法，感受一下他和辛弃疾的不同到底在哪里。

"淮左名都，竹西佳处"，我们在讲唐诗时就说过"腰缠十万贯，骑鹤下扬州"，可见扬州是一个繁华之地，是一个享乐之地。"解鞍少驻初程"，他在这淮河边有名的古城停留。

我不知道大家有没有感觉到，对于这种形式主义词人的作品，在文句上的解读会越来越难，因为他讲究音乐性，每一个字的用法都非常讲究。金人南下，过了长江，打到扬州，原本繁华的城市已经废弃、凋零。老百姓现在提到打仗还是很厌烦。有没有发现，"犹厌言兵"这样的句子在辛弃疾的词里是看不到的，辛弃疾是非常金戈铁马的。可是姜夔看到了老百姓的表现是"犹厌言兵"，因为一个繁华的地方变成了一片废墟，老百姓受尽了战争的痛苦，希望不要再打仗了。这就是我刚才强调的，我们在文化史上要看到两面，甚至三面、四面，它们各有不同的角度。对象同样是扬州，辛弃疾和姜夔看到的是这么不一样。

"渐黄昏，清角吹寒，都在空城。"黄昏的时候，姜夔在扬州城散步，听到城中的号角声响起，感觉到荒凉与寒冷。曾经最繁华的扬州，忽然变成了空城，这是战争过后的悲惨状况。姜夔的文学也有自己的观点和态度，而这也造成了与辛弃疾的平衡。

"杜郎俊赏，算而今、重到须惊。"，"杜郎"指唐代的杜牧，他在扬州写过一首非常有名的诗——《遣怀》："落魄江湖载酒行，楚腰纤细掌中轻。十年一觉扬州梦，赢得青楼薄幸名。"还有一首《赠别》。杜牧曾经这么欣赏这个城市，从唐代中期到现在三四百年过去了，他如果再来大概也会吓一跳，因为战争已经使扬州变得残破不堪。

"纵豆蔻词工，青楼梦好，难赋深情。"姜夔在这个时候自度一曲《扬州慢》，写完以后交给这些"豆蔻年华"的女孩子，让她们按照谱子把词唱出来。这些年少的歌手、伶工可以把词唱得这么工整，扬州歌楼上的绮梦还很美好，可是"难赋深情"，好像觉得毕竟有些东西没有满足，其实背后是在讲战争。姜夔很委婉，并没有直接说是什么原因导致"难赋深情"。我想姜夔在当时是会被骂的——国破家亡了，还在写这样的词。如果辛弃疾在扬州写了另一种类型的词，姜夔自己也会害怕，觉得是不是应该写一点田单复国的故事，而不要写"豆蔻词工"或者"青楼梦好"一类的句子。大家由此可以看到二人个性的不同。

"二十四桥仍在，波心荡，冷月无声"，这是姜夔很有名的句子，大家可能知道，这个句子是从杜牧的诗出来的。"二十四桥明月夜"是杜牧写扬州的句子，讲扬州的繁华，姜夔把它转成了"二十四桥仍在"。"波心荡，冷月无声"，波心还在荡漾，可是冷冷的月亮一点声音都没有。繁华已经过去了，连月亮都很悲凉，没有话可讲。

"金戈铁马，气吞万里如虎"和"波心荡，冷月无声"是两个完全不同的意境，我们很难比较哪一个好，哪一个不好，也许我们的生命里需要"金戈铁马"的时候，与需要"冷月无声"的时候，是不同的情境。有时候你会在"金戈铁马"中得到慷慨激昂的美，有时候你会在"冷月无声"

里感觉到萧条荒凉的美。文学不能定于一尊的原因大概也在这里,我们生命的情境需要不同的东西来做比附。

"念桥边红药,年年知为谁生!"姜夔文字的精炼非常惊人,他不讲那种大气派或气势,而是讲很精致的幽静的感觉。

只讲自己的心事

下面这首《点绛唇·丁未冬过吴松作》也是姜夔非常有名的词。这个词牌很女性化,有一种比较纤细的美。

> 燕雁无心,太湖西畔随云去。数峰清苦,商略黄昏雨。 第四桥边,拟共天随住。今何许?凭栏怀古,残柳参差舞。

北宋有那么多词人写春天燕子来了,比如"无可奈何花落去,似曾相识燕归来",用燕子去讲心情;也有那么多人写鸿雁,鸿雁变成很多象征。可是姜夔觉得"燕雁无心",其实燕子和鸿雁都没有特别的意思,它们只是"太湖西畔随云去",来来去去只是自然现象。"数峰清苦,商略黄昏雨",几个山峰清清凉凉架立在那边,好像在商量黄昏的时候是否下雨,有一种画面感。我们回想一下辛弃疾笔下的山水:"遥岑远目,献愁供恨。"可是在"数峰清苦,商略黄昏雨"里,山水是内在心事的荒凉表白,它与政治无关,与历史无关,与社会无关,只是作者自己的心事。所有辛弃疾外放的部分,姜夔都收回来。"第四桥边,拟共天随住。今何许?凭栏怀古,残柳参差舞。"这是姜夔非常个人化的凄苦心境的写照。

下面的《长亭怨慢》也是姜夔的"自度曲",他音乐家的身份甚至要远超过文学家的身份。我在香港的时候,曾经听过大学里面整理出来、用广东话唱的《长亭怨慢》,他们认为那是古谱,也就是姜夔古调的唱法。如果今天我们用普通话唱,其实很多音韵都不合了,而广东话里面很多音韵与古调更合一点儿。

渐吹尽,枝头香絮,是处人家,绿深门户。远浦萦回,暮帆零乱,向何许?阅人多矣,谁得似长亭树。树若有情时,不会得青青如此! 日暮,望高城不见,只见乱山无数。韦郎去也,怎忘得玉环分付。第一是早早归来,怕红萼无人为主。算空有并刀,难剪离愁千缕。

"阅人多矣,谁得似长亭树。树若有情时,不会得青青如此!"这一句是整首词最重要的部分。"长亭"是和朋友告别的地方,"长亭树"是长在告别的亭子旁边的树。每一次告别都伤心得不得了,哀苦得不得了,如果长亭旁边的树也有情的话,它不应该这么绿,不应该"青青如此",把咏物转成咏人。我想大家知道这方面用得最好的是唐朝的李贺,"天若有情天亦老"里说的是"天若有情",姜夔这里用到的是"树若有情"。

"日暮,望高城不见,只见乱山无数。韦郎去也,怎忘得玉环分付。"用到了韦皋和玉箫女的典故。"第一是早早归来,怕红萼无人为主。算空有并刀,难剪离愁千缕。"这里的很多意象其实我们在其他古诗词里也看到过,只是姜白石重新将它们经营与拼凑,他编织经营的技巧可能更高。在不重视形式主义的文学史上,常常会对姜白石有所贬低,认为他不过是一个精雕细琢的工匠而已。胡适称姜白石为"词匠",可是他也认为此人在炼字炼句以及锤炼音乐性方面都有所贡献。

希望大家能够了解,北宋词转向南宋词的时候在美学上发生了什么样的变化,以及这个变化在文学史上的贡献。

南朝的时候
——致李煜

南朝的时候
我打此经过
写了几首诗
和女子调笑
他们戏称我为
帝王

历史要数说我
亡国是罪愆
但是
我的罪
何止亡国？

我来
是看繁华幻灭
看你
是否美丽
一如往昔

当北方军队
到了城下
每一名女子
都掩袖哭泣

我换了白色素服
敌人说
时间仓促
我一直走到
祖宗的坟前
匆匆一叩首
匆匆
向北而去

这次
我来寻找
烧剩的诗稿
灰烬中
可以辨认的
只有一个字
记起那次
转世
便又泪如泉涌了

图书在版编目（CIP）数据

蒋勋说宋词/蒋勋著.—修订版.—北京：中信出版社，2014.9

ISBN 978-7-5086-4757-9

I.①蒋… II.①蒋… III.①宋词–诗词研究 IV.①I207.23

中国版本图书馆 CIP 数据核字（2014）第 192523 号

蒋勋说宋词（修订版）

著　　者：蒋勋
策划推广：中信出版社（China CITIC Press）
出版发行：中信出版集团股份有限公司
　　　　　（北京市朝阳区惠新东街甲 4 号富盛大厦 2 座　邮编　100029）
承　印　者：北京天宇万达印刷有限公司

开　　本：710mm×1000mm　1/16　　印　张：16　　字　数：180 千字
版　　次：2014 年 9 月第 2 版　　　　印　次：2020 年 8 月第 25 次印刷
书　　号：ISBN 978-7-5086-4757-9/I · 564
定　　价：39.80 元

版权所有·侵权必究
如有印刷、装订问题，本公司负责调换。
服务热线：400-600-8099
投稿邮箱：author@citicpub.com